Janne Joonsen

Die Kälte der Teufel

Kriminalroman

Ringstr. 5, 33178 Borchen
www.eire-verlag.de

Umschlaggestaltung:
Britta Sumkötter, sumdesign, Bielefeld
Projektmanagement:
Anna Helene Lemke, Paderborn
Gedruckt in Deutschland.

ISBN 978-3-943380-92-7

Inhalt

Multa bona nostra nobis nocent; timoris enim tormentum memoria reducit, providentia anticipat; nemo tantum praesentibus miser est.

Unsere Vorzüge gereichen uns vielfach zum Schaden: Unser Gedächtnis erneuert uns die Qual der Furcht, unsere Vorausschau lässt sie uns schon vor ihrem Eintritt empfinden; Niemandes Unglück beschränkt sich bloß auf die Gegenwart.

Seneca: Epistulae Morales, Epistula 5

1. Kapitel

Faust und Blindensturz

1.

Ein Kinderfahrrad baumelte an Ketten unter dem Vordach. Reine Dekoration. Es hatte einen bepflanzbaren Korb auf dem Träger, doch die Erde darin war vergessen und hart geworden. Der Blumenladen schloss pünktlich seine Türen für die Nacht, und nebenan schleppte Josh, der Kassenjunge von Martin‘s Market, das Vogelfutter in den Laden zurück.

„Nur noch kurz zu Martin, Sam, dann gehen wir zurück in den Wald."

Freya blickte aus einer Seitenstraße auf den Dorfplatz hinaus. Sie schaute auf Rasenflächen und einzelne Bäume, Pflaster und Steine, Mauerwerk und Autos. Hier und da waren noch letzte Bewohner unterwegs, bevor sie aus der Kälte in die eigenen vier Wände verschwanden. Freya unterdrückte das Gefühl, sich augenblicklich umdrehen und davongehen zu wollen.

„Na komm." Sie zupfte ihren Schal ein wenig höher zum Kinn und marschierte los. „Sonst sperrt der Laden direkt vor unserer Nase zu."

Wenige Minuten später stand sie an der Frischetheke. Die Kühlung brummte, und um sich abzulenken summte sie ein Weihnachtslied.

„... und das ist für Sam. Wartet wohl draußen wie immer?" Martin reichte ihr eine Tüte mit Fleischabschnitten herüber.

„Wie immer. Danke." Freya schritt auf die Kasse zu und bewunderte wie so oft die roten Locken von Josh, der mit einem Sack im Arm an ihr vorbeieilte. Schon beim Anblick der verwaisten Kasse fühlte sie, wie Ungeduld sich in ihr ausbreitete. Sie rief sich selbst zur Ordnung und verscheuchte die innere Hast mit der zweiten Strophe von *Silent Night*. Dann beugte sie sich hinunter, um durch die Eingangstür nach Sam zu sehen. Doch ihr Pflegefall war nirgends zu entdecken.

Freya knickte in den Knien ein und hockte sich auf ihre Fersen. Sie hatte die untere Scheibe der Ladentür vollständig im Blick. Sam war nicht da. Das konnte nicht sein.

Sie starrte weiter in die Dunkelheit und war schon fast auf dem Weg, um selbst nachzusehen, als sie Bewegungen erkennen konnte. Die Tür von Martin's Market öffnete sich, und Freya realisierte, dass eine Person den wartenden Hund verdeckt hatte. Erleichtert stand sie auf und blickte über ihre Schulter. Aus der Personaltür kam Josh und trabte auf sie zu.

„Mach langsam, darauf kommt es nicht an."

Sie drehte sich wieder nach vorn und registrierte im Augenwinkel die Frau im Ladenraum, die eben hereingekommen war. Freyas Blick blieb an ihrer schlanken Gestalt hängen, die auffällig gerade vor einem der Regale stand. Aufmerksam taxierte die Frau Räucherstäbchen und Feuerzeuge. Abschätzig griff sie eine rote Kerze und rollte sie auf ihrer Handfläche vor und zurück. Das gefüllte Regal warf ihr einen rötlichen Schein entgegen.

Die späte Kundin drehte sich zur Kasse herum; vielleicht, um unter der Deckenbeleuchtung besser lesen zu können. Unwillkürlich sahen sich die Frauen in die Augen.

Eisgraue Blicke unter exakt identischen Brauen bohrten sich in Freyas Innerstes. Alles Leben in ihr erstarrte. Ihre Knie schwammen. Sie hielt sich nur aufrecht, weil sie beide Hände fest auf die Kassenablage presste. *Nein, das durfte nicht sein. Das konnte nicht sein. Nicht hier. Nicht in Tathitus Log ...*

„Alles klar bei Ihnen?“ Josh trat zwischen sie, der Kontakt war unterbrochen.

Bleib stehen, Josh, bitte, setz dich nicht hin ... Er ließ sich arglos auf den Stuhl hinter dem Band plumpsen und nahm den ersten Artikel zur Hand. Freya ließ den Kopf auf die Brust fallen und starrte auf die Ablage. Da er bereits zu den Tüten mit den Fleischresten griff, zwang sie schließlich ihre Hände von der Unterlage hoch und sah feuchte Abdrücke auf dem Kunststoff. Sie verflogen rasch.

Als sie meinte, sich wieder einigermaßen gerade halten zu können, reichte sie dem Jungen das Geld hinüber und verstaute die wenigen Waren in ihren Manteltaschen. Auf dem Weg Richtung Ausgang streifte ihr Blick das Kerzenregal. Niemand war zu sehen.

Verwirrt zog Freya die Tür von draußen zu. Leise, aber deutlich hörbar, verklang ein höhnisches Lachen, das aus dem Laden zu ihr hinausdrang.

2.

Sein Gesicht war dem Himmel zugewandt, die Augenhöhlen waren leer. Mit geöffnetem Mund, hilfesuchend und verzweifelt, schien er für einen Moment festen Boden unter den Füßen zu spüren. Er musste fühlen und hören, dass vor ihm etwas passiert war, er schien seinen gesicherten Stand nicht aufgeben zu wollen. Die Sicht auf das Außen war ihm verwehrt. Die Augen entnommen. Die Wahrnehmung der inneren Sinne betont und umso besser fähig, das Geschehen um ihn herum zu realisieren.

In dem verdunkelten Hörsaal des Londoner Colleges für englische Sprache und Literatur stand Literaturwissenschaftler Professor Greg Green vor dem riesengroß an die Wand geworfenen Gemälde. Intensiv musterte er seine Lieblingsfigur, den dritten Blinden von links. Er stellte den Scheitelpunkt zwischen Stand und Sturz dar; den neuralgischen Punkt, der eine Entscheidung erforderte. Mit der Bewegung nach vorne würde es weitergehen, aber womöglich auch ins Verderben – oder in diesem Fall in den Dorfteich. Der Weg zurück war von den Nachfolgenden versperrt. Der Blinde befand sich in einer

Zwangslage, die seine Verzweiflung rechtfertigte. Je länger Greg das Bild studierte, desto mehr strahlte der blinde Mann jedoch eine absolut konzentrierte Wahrnehmung aus, sowohl nach innen als auch nach außen. Greg war fasziniert, doch er sammelte sich und richtete sich an seine Studierenden.

„Nächstes Mal können Sie mir sagen, wer das Gemälde wann gemalt hat." Der Professor schob eine Pause ein und fuhr leiser fort: „Organisieren Sie sich selbständig in fünf Gruppen. Nächste Woche erwarte ich fünf Präsentationen, jeweils fünfzehn Minuten, zu den Themen Landschaft, Personengruppe, Symbolik, Farbe und vor allem: literarische Rezeption. Dass das Gemälde Blinde darstellt und einer über den anderen stürzt, sollte ihnen zumindest bei der Identifizierung helfen. Schönes Wochenende allerseits."

Auch kurz vor Weihnachten konnten sie durchaus ein Referat ausarbeiten. Greg registrierte nur beiläufig, dass ihn die fassungslosen Blicke der Studierenden bis auf den Flur verfolgten.

3.

Die Apfelbäume an der Klostermauer von Tathitus Log trotzten dunkel und scheinbar leblos Wind und Regen. Obwohl die unbelaubten Hölzer kaum mehr Angriffsfläche boten, war jeder einzelne Baum ebenso wie alle sechs miteinander in Bewegung. Zweige und kleinere Äste sammelten sich auf dem Gras, und der Wind sollte noch zunehmen.

In den anschwellenden Lärm, der draußen vor dem Fenster wütete, mischte sich ein Scheppern, das aus der Küche im Stockwerk unter ihr kam. Mit einem explodierenden weißen Licht breitete es sich in ihrem Kopf aus; wie immer, wenn sie in Gedanken war und unvermittelt ein lautes Geräusch dazwischenfuhr.

Jenaya Joloncovschi nahm die Füße vom Stuhl vor ihrem Fenster, und schon wieder knallte es. Goethes Faust war von ihrem Schoß gerutscht und lag nun mit geknickten Seiten vor dem Bett auf dem Holzboden. Schuldbewusst nahm sie das Werk vom Boden hoch. Sorgfältig strich sie die Seiten glatt, schloss das Buch ordentlich mit dem feinen Satinbändchen und legte es auf den Stuhl zurück. Dr. Fausts Beobachtungen eines schwarzen Hundes beim Osterspaziergang verschwanden in den Seiten.

Vor mehr als einem Jahr hatte Jenaya, eigentlich nur Jenna genannt, ihr rumänisches Heimatdorf zwischen Bukarest und der Donau hinter sich gelassen. Noch immer hatte sie sich nicht an das raue Klima des englischen Ostens gewöhnen können.

Mit Schal und Strickjacke über ihrem Pullover wappnete sie sich gegen die Kälte und machte sich auf den Weg in die Klosterküche. Sie nahm die Holztreppe, die die Zimmer im ersten Stock von den Räumlichkeiten unten trennte. Mit jedem Schritt knarrten und ächzten die Stufen.

Jenna lief die letzten Meter über den Gang und sah, dass die Tür zur Küche geschlossen war, doch die Geräusche von Scherben, die auf Steinfliesen zusammengekehrt wurden, und ein zänkisches „*Merda!*“ konnte sie dennoch vernehmen. Sie grinste in sich hinein, klopfte deutlich und drückte die Klinke hinunter.

Der Raum war leer. Jenna bückte sich unter die Holzplatte hinab und sah Maja hinter dem Tisch am Boden hocken. Die Italienerin sammelte Scherben auf einem Kehrblech zusammen, während sie in ihrer Muttersprache munter einen Fluch an den anderen reihte.

„Ich bin ja nicht buddhistisch, aber besonders achtsam wirkt das nicht“, zog Jenna sie auf.

Maja hatte Jenna weder kommen hören noch ihr Klopfen an der Tür wahrgenommen. Regen und Wind hatten noch einmal zugelegt, und mittelschwere Böen zogen lautstark um die dicken Mauern.

„Jenn, sieh dir das an! Ich wollte nur Äpfel hochholen und hatte die Schüssel auf dem Fensterbrett abgestellt. Der Sturm rüttelte am Fenster, und schneller, als ich laufen konnte, sind beide Scheiben aufgeflogen – die Schüssel ist dahin. Meinst du immer noch, den alten Kasten zu übernehmen war eine gute Idee? Wenigstens waren die Äpfel noch nicht drin, sonst könnten wir damit jetzt Murmeln spielen. Und was sollte ich dann mit den ganzen angeditschten Stellen machen?“

Jenna war immer wieder fasziniert von Majas spontanen Ausbrüchen; ihre Wortfluten vertrieben die Dunkelheit in ihr. Sie war die einzige Person außer ihrem Bruder, die sie *Jenn* nennen durfte; ein Klang, der ihr vorkam wie aus einem anderen Leben.

„Machst du Kuchen?“ Jenna nahm sich ebenfalls Besen und Kehrblech und bemühte sich um die Porzellansplitter, die sich hartnäckig in den Fugen hielten. Auf den ersten Blick war sie von der ehemaligen Klosteranlage begeistert gewesen und beschloss, Majas ohnehin nicht ernst gemeinten Zweifel einfach zu überhören.

„Und Marmelade und Chutneys. Es sind ja so viele Äpfel eingelagert. Die werden schneller schrumpelig als wir essen können. Wusstest du eigentlich, dass im Kellerraum eine weitere Tür ist?“

Maja öffnete mit dem Fuß einen Müllbehälter und ließ die Überreste des Sturmopfers geräuschvoll in die Tonne gleiten. Mit einer Mischung aus Staub und Splittern auf ihrem Kehrblech tat Jenna es ihr gleich.

„Tee?“ Ohne die Antwort abzuwarten, nahm Maja mit Schwung den Kessel in die Hand. An zwei Fingern baumelnd hielt sie ihn unter den laufenden Wasserhahn. Jenna zog ihre Strickjacke fest zusammen und ließ sich auf einem Stuhl am Holztisch nieder.

„Hier drunter? In dem Vorratskeller mit dem Kleiderschrank?“ Gedanklich versuchte sie, eine weitere Tür in dem geschlossenen Raum unterzubringen.

Maja hatte inzwischen frischen Ingwer in einen Topf gerieben. Aus einer Keksdose nahm sie getrocknete Holunderblüten hinzu.

„Und genau dahinter muss irgendeine Art von Öffnung sein.“

Minuten später stimmte der Kessel sein Pfeifen an. Maja goss Wasser zu Gewürz und Kräutern und ließ sich mit zwei Tassen, Löffeln und einem Glas voller Honig auf einen Stuhl fallen.

„Unten ist mir ein Apfel vom Arm gerutscht und bis an die andere Seite unter den Schrank gerollt. Und da man sich ja nie sicher sein kann ...“ Maja spielte effektvoll eine Fratze nach und verstellte gruselig ihre Stimme. „... was so alles haust unter einem alten Schrank im Keller ...“, mit normaler Stimme setzte Maja fort, „... bin ich später noch einmal mit einer Taschenlampe runter. Auf den Knien rutschend und mit dem Kopf platt auf dem Boden konnte ich es sehen: den Apfel und das Holz. Also entweder wurde dort kaputtes Mauerwerk durch ein Brett getarnt oder hinter dem Schrank ist eine Tür.“

4.

Nach einem Blick auf die Uhr erhob sich Maja und wirbelte die abgesunkenen Teezutaten durcheinander. Bei der Besichtigung des ehemaligen Zisterzienserklosters waren sie natürlich auch im Keller gewesen. Allerdings war sich Jenna ganz und gar sicher, dass sie dabei kein einziges Wort über einen weiteren Raum gehört hatte. Sie vermutete, dass mit dem letzten Mönch auch das Wissen um die Tür ausgezogen war.

Mit dem Handsieb in der einen und dem Topf in der anderen Hand goss Maja den Tee schließlich direkt in ihre Becher. Jenna nahm Honig hinzu und beobachtete, wie sich der golden glänzende Faden zähflüssig vom Löffel in den Becher zog. Mit der Nase im Teedampf atmete sie tief die Mischung aus Ingwer und Holunder ein. Der Sturm draußen zog geräuschvoll um die Ecken des Gebäudes, während Jenna innerlich warm wurde und sich behaglich in eine bequeme Position ruckelte.

„Komm mit, wir gehen gucken. Der Tee ist gleich auch noch heiß genug." Maja schnappte sich Taschenlampe und Plastikschüssel und war bereits in Richtung der Kellertreppe unterwegs, bevor Jenna eine Chance hatte zu reagieren. An der Holztür nach unten schließlich hatte sie die Italienerin wieder eingeholt. Ein ungewöhnlich feiner Schlüssel mit einem offen gearbeiteten Ring steckte im Schloss.

„Den Schlüssel immer mit Gefühl drehen, Jenn. Der ist permanent abbruchgefährdet."

Maja kippte einen Lichtschalter und sie stiegen hintereinander die Steintreppe nach unten. Sie kreuzten den anschließenden Kellerraum, und Jenna genoss den Geruch von Äpfeln und Holz, der sie begleitete. Mit großen Augen rieb Maja die Hände aneinander und stellte sich unverzüglich an eine Ecke des Kleiderschranks.

„Jetzt bin ich echt gespannt, Jenn. Wenn das nicht klappt, müssen wir doch erst ausräumen."

Sobald sie das erste Stückchen nach vorn gezogen hatten, klirrten die leeren Marmeladengläser bedenklich. Dennoch konnten sie eine Seite so weit vorrücken, dass zumindest Jenna es wagen konnte, sich zwischen Rückwand und Steinmauer zu zwängen.

Während die Gläser sich im Inneren wieder beruhigten, legte sie Strickjacke und Schal zur Seite und band ihren Zopf zu einem handlichen Dutt zusammen. Mit der Taschenlampe in der Hand, dem Gesicht zur Mauer und der Schrankwand in ihrem Rücken drückte sie sich seitlich in den Spalt hinein.

Sie musste sich nur wenige Zoll weit vorschieben, um unversehens vor einer unbekannten Tür aus Holz zu stehen. Mit der Lampe erhellte sie ein rostiges Schloss an ihrer Seite und konnte einen zweiten dieser ungewöhnlich feinen Schlüssel erkennen.

„Was hast du eben gesagt?“ Jenna erschrak über ihre eigene Stimme, so eng zwischen Schrank und Tür eingepfercht. In dem Spalt wurde sie überlaut wieder zurückgeworfen und deutlich leiser setzte sie fort: „Der Schlüssel? Mit Gefühl?“ Sie konnte Maja zwar nicht sehen, sie aber unwirklich dumpf von einem Bein auf das andere Treten hören.

„Fest rein hilft nicht, Jenn, zu weit herausziehen aber auch nicht. Du musst irgendwie die Mitte finden.“

Jenna bewegte den Schlüssel vor und zurück, jeweils um wenige Millimeter in beide Richtungen. An den verschiedenen Positionen verharrte sie immer wieder und versuchte, zu drehen. Dass sie mit der zweiten Hand die Tür nicht an die Zarge heranziehen konnte, machte es unnötig schwierig. Dennoch klickte es irgendwann und der Bolzen sprang zurück. Als wäre es niemals anders gewesen, schwang die Tür in einen unbekannten Raum hinein.

Da der Gegendruck von vorne mit einem Mal fehlte, musste Jenna achtgeben, nicht direkt hinterher zu stolpern. Mit einem Tritt zur Seite brachte sie etwas Mauerwerk zwischen sich und die dunkle Öffnung.

„Jenn? Was denn nun? Mach es nicht so spannend. Was ist dort? Was siehst du? Haben wir ein neues Lager? Vielleicht eine Mumie?"

Jenna schob die Taschenlampe hinter ihrem Rücken in die andere Hand. Sie knipste den Schalter und ließ den Lichtkegel nach vorne wandern. Die Dunkelheit ringsherum wurde noch schwärzer. Ein Geruch nach trockenem Sand schlug ihr entgegen. Flirrende Staubpartikel kitzelten in ihrer Nase und erschwerten die Sicht. Nur nach und nach konnte sie Formen erkennen.

Eine kurze Treppe leitete von einem steinernen Absatz noch tiefer in einen endlosen Gang hinunter. An beiden Wandseiten eines schmalen Raumes bedeckten Holzregale die Wände vom Boden bis zur Decke hinauf. Lederne Rücken dicht an dicht erstrahlten im hellen Schein. Mit ihrer Taschenlampe konnte sie keine Begrenzung ausmachen. Das Ende des Raumes verlor sich in der Dunkelheit.

„Hier sind Bücher, Maja. Tausende von Büchern!"

5.

„Steve, was kann ich für dich tun?"

Greg nahm den Rucksack vom Stuhl, der vor dem Schreibtisch für Besucher gedacht war, und ließ sich selbst dahinter nieder. Die vollständig mit Büchern bedeckte Wand des Raumes hatte er im Rücken. Nur zu Hause fühlte er sich noch so wohl wie in seinem Büro im College.

„Wir haben einen Anruf bekommen. Eine junge Frau hat sich gemeldet und gefragt, wie sie mit alten Büchern umgehen soll."

Greg war inzwischen dabei, E-Mails zu lesen. Professor Steve Fitzsimmons kannte das. Er wusste, dass Greg trotzdem zuhörte.

„Nicht alles, was beim Aufräumen wieder ausgegraben wird, sind unentdeckte Schätze, wie du weißt. Aber sie betonte, dass es besonders viele Bücher seien."

Greg war bei einer Nachricht angekommen, auf die er gewartet, oder besser: gehofft hatte. Er lächelte versonnen in sich hinein und hätte nicht abstreiten können, dass er nicht nur in beruflicher Hinsicht stolz war.

Steves Pause war dieses Mal länger als gewöhnlich, was meistens bedeutete, dass er gern seine ungeteilte Aufmerksamkeit hätte. Über den Bildschirmrand hinweg begegnete er Steves Blick.

„Ich bin in meinem Projekt derart eingebunden, dass ich hier nicht wegkomme, auch nicht in naher Zukunft. Aber sie sprach explizit von Tausenden von Büchern!"

„Nein."

Greg kam der nicht ausgesprochenen Frage zuvor und versenkte sich erneut in seinen Nachrichten. Nachdem er alle Neuigkeiten gelesen und teilweise beantwortet hatte, war die andere Seite des Schreibtisches noch immer ohne Reaktion. Irritiert schaute er wieder hoch. Er blickte in ein Gesicht, welches sekündlich zerknirschter wurde.

„Steve, nein." Greg seufzte. „Wo sind die Bücher?"

„Grafschaft Norfolk, da ..."

„Nein! Steve, wir sind in London. Ich will arbeiten in der Weihnachtspause, neuen Recherchen nachgehen. Ist dir klar, dass zwischen mir und einmal Büchergucken Hunderte von Meilen liegen?"

„Keine 120; da gibt es eine ganz wunderbare Zug..."

„Auf keinen Fall. Ich habe Wochenende." Greg schloss seinen Laptop und packte zusammen.

„Die neue Doktorandin ist also wichtiger, ja?", war das Letzte, was er von seinem Professorenkollegen noch vernahm.

6.

„Wo bin ich hier?"

Boney, eigentlich Mason Smith, grummelte in sich hinein. Die Laune des Detective Inspectors tendierte gen Null. Er spürte, wie die Kälte sich durch die Stoffbahnen des Zelts drängte. Die knochige Hakennase, der er zu seinem Leidwesen seinen Spitznamen zu verdanken hatte, hing wie ein Klumpen

Eis in seinem Gesicht. Selbst der Strahler an der Zeltstange oben brachte nichts außer dem Licht, das so kalt aussah, wie die Luft sich anfühlte.

„Aus dem Weg." Richard Reed, der Pathologe mit dem stahlgrauen Millimeterhaarschnitt, hatte Stellung bezogen. „Zur Seite – oder du fasst mit an."

Boney wählte die entfernteste Ecke, die er erreichen konnte. Er schaute zu, wie die Techniker begannen, die Leiche langsam auf eine bereitgelegte Plane am Boden zu wenden. Mit den Händen auf die Knie gestützt besah sich Reed jedes Detail. Er konnte ihr Gesicht eher inspizieren als alle anderen.

„Oho."

Boney wendete instinktiv den Blick ab. Ein *Oho* von Richard war ihm neu. Nur millimeterweise begann er schließlich selbst mit einer Musterung; allerdings am harmloseren Ende, wie er hoffte.

Sie trug wandertaugliche Schuhe und eine Stoffhose in einem schmutzigen Braun, einen olivfarbenen Rollkragenpullover und einen langen Mantel, der farblich eine Mischung aus beidem zu sein schien. Die Kleidung war der Witterung angemessen, und obwohl Boney auf den ersten Blick gemeint hatte, die wohl einzige Obdachlose des Ortes vor sich zu haben, schien sie doch einfach nur funktionell angezogen. Zusätzlich zum Rollkragenpullover verdeckte ein Wollschal Hals- und untere Kinnpartie. Die dunklen Locken fügten sich harmonisch ins Bild.

Dann gab er sich einen Ruck. Zwar kaum sichtbar durch die dunklen und dichten Haare hatten doch alle Beteiligten die Schusswunde in ihrem Hinterkopf erkannt. Angesichts der Beschaulichkeit des Ortes erschien das bereits außergewöhnlich. Die Gesichtsverletzungen machten nun deutlich, dass auch die Schussbahn eher ungewöhnlich war.

„... weiblich, zwischen fünfzig und sechzig Jahre alt. Schuss von schräg hinten aus leicht erhöhter Position."

Richard saß in der Hocke neben dem Kopf der Toten und sprach in ein Diktiergerät.

„Die rechte Augenhöhle, das Nasenbein und die Nasenscheidewand sind durch den Austritt der Munition beschädigt worden. Rechtsseitig ist der Nasenbeinknochen teilweise freigelegt. Der rechte Augapfel ist zerstört, die linke Gesichtshälfte unversehrt. Nach erster Begutachtung keine weiteren Verletzungen. Vorerst ist die Schusswunde hauptsächliche Todesursache."

Er richtete sich auf und ließ das Diktiergerät in die Manteltasche gleiten. „Also ein gezielter Schuss sieht anders aus, aber ..."

„Ein Jagdunfall?", schlug Boney vor.

Richard strafte die Unterbrechung mit verächtlichem Blick, ließ sich ansonsten jedoch nicht weiter beirren. „... aber fällt dir was auf?"

„Nur noch ein Auge?"

„Nein, das Offensichtliche?"

Boney fragte sich, wann der Pathologe seinen Sinn für Humor entdeckt hatte.

„Was?"

Mit zusammengepressten Lippen und bis zum Haaransatz hohen Augenbrauen kniete sich Richard ein weiteres Mal neben die Leiche. Seine Hand schwebte knapp über der verwüsteten Gesichtshälfte der Frau.

In Boney klickte es. Das unversehrte Auge und die Wange, die blasse Haut und die Mundpartie, das wirkte mit einem Mal seltsam ...

„Ich habe das Auge jedenfalls nicht geschlossen."

Mit einer knappen Handbewegung bedeutete Richard den Abtransport vorzubereiten. Dann ein einzelnes Nicken und er rauschte durch den Zeltausgang in die Nacht hinein.

„... friedlich", vervollständigte Boney leise für sich.

Zwei Männer hoben den Körper samt Plane in einen vorbereiteten Leichensack. Detective Sergeant David Zhang sollte inzwischen einen Rettungswagen bis direkt vor den Eingang dirigiert haben. Seine mandelförmigen Augen unter dem lackschwarzen Haarschopf lugten wie auf's Stichwort durch den Zelteingang.

„Hier draußen ist alles klar. Kann losgehen."

Boney fiel auf, dass sein Gesicht nass glänzte. Über Davids Schulter schaute er ins Freie hinaus. Flocken fielen durch die windstille Nacht. Es war der 15. Dezember, und es hatte angefangen zu schneien.

7.

„Mr Green, Professor!“

Greg hatte gerade erst die Tür zum Büro aufgeschlossen. Den Rucksack mit Laptop und Unterlagen noch auf der Schulter schaute er im Stehen die Post auf seinem Schreibtisch durch. Bei der Aussprache seines Namens kam er nicht umhin, auch das deutliche Zittern in der Stimme wahrzunehmen. Er wusste, wer in der noch offenen Tür stand. Er wusste auch, dass die Stimme vor schlecht unterdrücktem Zorn zitterte.

„James. Setzen Sie sich.“

Ohne weitere Begrüßung hatte Greg sich umgedreht, war zur Tür zurückgegangen und begann, diese zuzuschieben. Wollte James ihn unbedingt zur Rede stellen, musste er dies schon nach Gregs Bedingungen tun. Unnatürlich rot im Gesicht stapfte er herein.

„Sie haben versprochen, mich rauszuhalten. In diesem Raum. Vor diesem Schreibtisch. Jetzt bin ich in der Zeitung, mit vollem Namen. Die schmeißen mich vom College! Mein Vater hat hier promoviert, mein Großvater, mein Urgroßvater ... „

„James. Niemand hat Ihnen Drogen aufgezwungen.“

„Professor, das war Dope, Gras, völlig harmlos! Sie haben versprochen, mich rauszuhalten, wenn ich die anderen hier verpfeife ... am Arsch! Sie haben es versprochen!“

James stand wild gestikulierend zwischen Schreibtisch und Sitzecke. Mit verschränkten Armen und

Beinen lehnte Greg provozierend lässig am Fensterbrett und besah sich den runden Teppich, auf dem James seine Verrenkungen machte.

„Scheiße! Geben Sie mir fünf Minuten und ich kann Ihnen Kokain und Aufputschpillen der allerfeinsten Sorte bringen."

Seine Gesichtsfarbe hatte sich von Dunkel-Rötlich in eine unnatürliche Blässe verwandelt. Aus einem zuckenden Gesicht heraus, schrie er dem Professor entgegen: *„Und Sie ruinieren mich wegen ein bisschen Gras?!"*

Greg war heilfroh, dass es bereits nach 18 Uhr und fast leer war im Gebäude. Er hatte ein Seminar nach dem anderen gehabt. James musste lange auf seinen Auftritt gewartet haben.

„James, Sie haben gedealt und ich habe Sie erwischt. Zufällig. Das College hat sich für ein progressives Vorgehen entschieden. Die Zeitung hat es veröffentlicht und die Polizei kümmert sich um den Rest. Sie sind kein unschuldiges Opfer. Sie haben es riskiert und verloren. Shit happens." Greg musste grinsen.

James trampelte wild auf dem Teppich umher und schoss imaginäre Bälle durch nicht existierende Glasscheiben. Greg hätte beinahe das Klopfen an der Tür überhört, doch das Geräusch war noch nicht ganz verklungen und der Besucher war auch ohne seine Reaktion schon halb eingetreten.

„Greg, ich hab..." Mit dem Türknauf noch in der Hand klappte Steve den Mund wieder zu.

Wie in einem Standbild auf dem Bildschirm eines Fernsehers sahen sie sich alle drei stumm und bewegungslos entgegen. James war als Erster wieder bei der Sache und ließ sich nicht nehmen, es deutlich zu machen: „Dafür werden Sie bezahlen ... Professor!“

Er drehte sich zur Tür und verließ Gregs Büro. Es war die einzige von James' Äußerungen, die Greg wirklich aufhorchen ließ. Mit geradem Rücken richtete er sich auf.

Steve warf einen letzten Blick in den Flur hinein und schob die Tür so vorsichtig gegen die Zarge, dass sie völlig geräuschlos ins Schloss glitt. Greg ahnte, was kommen würde.

„Sag nicht, ich hätte dich nicht gewarnt.“

„Hättest du ihn davonkommen lassen?“ Greg musterte seinen Freund auffordernd.

„Ohne James keinen Artikel. Hast du ihm dein Wort gegeben?“

„Ist denn ein bisschen Dealen weniger illegal?“

„Wenn du auf das Publizieren nicht verzichten willst, solltest du dich mit dem Wort *Informantenschutz* schon vertraut machen.“

Greg bereute nicht einen einzigen seiner Schritte. Jetzt hatte er die entsprechenden Kontakte und könnte immer wieder Artikel platzieren.

„Besuchst du mich, um mir gute Ratschläge zu geben?“

Steve schien weder überrascht noch irritiert. Greg registrierte allerdings, dass er leicht mit dem Kopf schüttelte. Von seiner Fensterposition beobachtete er weiter die breite Eingangstreppe, die zur Straße hinunterführte. James hatte gerade die Stufen bewältigt. Er blieb stehen und drehte den Kopf über seine

Schulter zu ihm hinauf. Ihre Blicke trafen sich. James' Ausdruck hatte sich verändert.

Er war nicht mehr zornig und aufgebracht. Mit einem bösen Grinsen stand er nun ein Stockwerk unter ihm und musterte Greg so geringschätzig wie ein Vogel den sich windenden Wurm in seinem Schnabel.

„Es gibt immer noch eine ganz wunderbare Zugverbindung", sagte Steve und setzte sofort nach, „ich kann das nicht ignorieren, verdammt. Ich finde auch niemand anderen kurz vor Weihnachten und vor allem bin ich auch nicht gewillt, mir den Fund entgehen zu lassen. Stell dir vor, wenn es stimmt ... Tausende von Büchern!"

Greg hörte ihn kaum. James' Fratze wurde vor seinem geistigen Auge übergroß.

8.

Schwarz fielen die Nacht und seine Lider ins Nichts. Hindurch zwischen schlingernden Eisenstäben konnte er ein bisschen vom Sternenhimmel sehen. Zwei pulsierende Himmelskörper, so groß wie Mondscheiben, leuchteten ihm entgegen. Der Vorhang an seiner Seite öffnete sich. Die Show konnte beginnen. Aufrecht im Schneidersitz saß er auf seinem Bett und sah in eine erleuchtete Manege. Er war im Dunkeln, unsichtbar, aber er spürte, dass er der Anlass war für die Vorstellung, die folgte. Dann traten sie auf, die Clowns. Zu zweit balancierten sie ein buntes Podest heran. Mit den witzigsten Grimassen taten sie furchtbar angestrengt. Beide trugen eine gelbe Lockenperücke, weiß und schwarz geschminkte Augen, einen weiß mit rot geschminkten Mund und eine rot glänzende Nase in ihrem Gesicht. Ihre halben Köpfe waren durch die Nasen verdeckt, und er wartete jeden Moment darauf, dass sie in den Sand hinabfielen. Taten sie aber nicht. Die Clowns drehten sich viele Male um sich selbst, sie hüpften übereinander und landeten im Sand, sie versteckten sich hinter Hölzern, die so schmal waren, wie ein einzelnes Handgelenk, und mit so viel Ungeschicklichkeit wie möglich legten sie eine metallene Reckstange auf zwei Ständer.

Im Schneidersitz saß er abwartend im Dunkeln auf seinem Bett. Dann war sie da, die Meerjungfrau. Sie war unglaublich schön. Mit langen dunklen Haaren und großen Augen, die so tief grün schimmerten wie manchmal das Meer im Sonnenlicht. Ein Mann, ganz in Schwarz und ohne Gesicht, trug sie heran. Ihre Flosse bewegte sich heftig auf und ab. Der Kopf schlug von einer Seite zur anderen. Die Haare wirbelten durcheinander, und der Mann ohne Gesicht setzte sie hinab auf das Podest. Er nahm ein Seil und schwang das eine Ende über die Reckstange. Das andere verband er mit ihrem Körper. Starr verharrte sie. Er wusste, der Höhepunkt stand nun bevor. Der Mann ohne Gesicht zog das Seil so straff, dass die Meerjungfrau trotz ihrer Flosse stehen konnte. Ganz heftig zuckte sie in alle Richtungen. Und dann, mit einem Mal, war alles vorbei. Still hing ihre zierliche Statur.

Es war dunkel. Im Schneidersitz auf seinem Bett schaute er hoch. Die Sterne hatten sich verwandelt. Glanzlos und matt, aber groß und blutrot starrten sie ihm ins Gesicht.

Dann schlug er die Augen auf. Auf der Seite liegend hatte er die Knie bis an die Brust gezogen und seine Fäuste hielten im Krampf den Rand der Decke zusammen. Nur zögernd realisierte er die Gegenwart seines Schlafzimmers und erkannte den abgenutzten Teppich auf den Dielen. Er sah den Ständer mit dem Kerzenstummel auf dem einsamen Schrank, auf dem die blaue Wachsspur deutlich stabiler erschien als das Holz darunter.

Er musste unbedingt atmen. Oft nur, wenn seine Lungen vor Not bereits schrien, wurde ihm klar, dass er seit unzähligen Momenten die Luft anhielt. Um keinen Hustenanfall zu provozieren, sog er vorsichtig nur wenig Luft durch die Nase ein. Gedanklich verfolgte er ihren Weg in den Körper und beobachtete, wie sie durch die Nase in den Rachen und gelenkt vom Kehlkopf in die Luftröhre strömte. Er sah den geteilten Strom in die zwei Hauptäste der Bronchien fließen, die sich wie kleine Bäume kopfüber hängend in der Brust befanden. Jeweils durch ihren Stamm hindurch fühlte er die Atemluft bis in die allerkleinsten Blätter und Verästelungen vordringen.

Millimeter für Millimeter hauchte die Luft ihm wieder Leben ein. Noch einmal atmete er langsam ein und aus und konnte vor seinem inneren Auge die millionenfach gehäuften Bläschen in seiner Lunge sehen. Seine Hände hielten die Bettdecke nur noch locker zusammen, und er fing an, seine Beine in eine entspanntere Haltung nach unten zu strecken.

Seit er begonnen hatte, dem Teufel in Tathitus Log nachzustellen, war auch der Traum von früher wieder da, nicht minder vertraut und äußerst beeindruckend.

In dem winzigen, weiß getünchten Haus in einer Seitenstraße des Ortes machte er sich vollends lang und drehte den Kopf in Richtung Fenster. Doch im ersten Licht des Morgengrauens sah er weder die Wolken am Himmel noch die Sträucher im Vorgarten.

Wie schon viele Abende zuvor hatte er auch gestern wieder dort gestanden. Obwohl sein Blickfeld seitlich durch das Nachbarhaus begrenzt war, war der Hinweis auf den Standort hilfreich gewesen. Den Hotelplatz weiter links musste er schließlich nicht sehen können, nur Martin‘s Market gegenüber war entscheidend.

Im Schatten eines Strauches hatte er die offene Tasche abgestellt. Er war bereit. Es war bereit. Er musste nur noch hinunter und durch den Reißverschluss zufassen. Und dann war sie da. Wahrhaftig und wie aus dem Nichts. Schräg gegenüber auf der anderen Seite des Platzes war eine Frau vor den Laden getreten. Um sie zu erkennen, musste er nicht einmal näher heran. Es war so eindeutig sie, dass er plötzlich wie eingefroren war.

Viele Jahre waren vergangen und dennoch konnte er es sehen; an ihren Bewegungen, diese zackige Art;

an ihrer Ausstrahlung, diese eiskalte Aura. Vorsichtig hob er das Gewehr und beobachtete konzentriert, was auf der anderen Seite geschah.

Sie drehte den Kopf über ihre Schulter, musterte den offenen Platz ... und ihre eisgrauen Augen sahen ihn! Ruckartig riss er die Waffe wieder herunter, als würde die Visierung ihm etwas vormachen. Das konnte nicht sein. Wie konnte sie es wissen?

Dort, wo er stand, hatte sich unter ihm ein Abgrund geöffnet. Das Dunkel um ihn herum bewegte sich. Sie waberten um seinen Kopf. Die Bilder. Die toten Frauen. Es drehte sich. Sie drehten sich. Die vielen Gesichter, die gekommen, aber nie gegangen waren. Sie wollten ihn hinabziehen, zurück in die Hölle.

Und er tat das Einzige, was ihm richtig erschien.

Er nahm das Gewehr hoch und zielte.

Er schloss die Augen.

Und drückte ab.

Noch immer in seinem Bett liegend beobachtete er den Himmel. Die Kälte dort draußen schien alles Lebendige erfroren zu haben; unbewegt dicht und grau lag die Wolkendecke über dem Ort.

Er hatte gestern Abend getroffen; ohne zu sehen, aber er hatte es fühlen können.

Endlich brachte er es fertig, das Bett zu verlassen. In Jeans und T-Shirt lief er in die Küche. Mechanisch griff er den Kessel und setzte Wasser auf eine Herdplatte. Dann atmete er tief ein.

Ohne noch einmal stehenzubleiben, nahm er den Weg bis zur Haustür, hob die Tageszeitung vom

Boden und schlug noch im Stehen den regionalen Teil auf.

Er sah es sofort. Sie sprang ihm förmlich ins Gesicht.

Dort, wo er war, mitten in dem schmalen Flur, rutschte er mit dem Rücken an der Wand herunter und saß, wo er gestanden hatte. Dann sprang er auf, riss die nahe Tür zum Bad auf und erbrach sich in die Toilette.

9.

Das Turmziffernblatt über der Londoner King's Cross Station zeigte noch nicht einmal zehn Uhr. Greg hatte es nicht eilig und beobachtete von der anderen Straßenseite den Windrichtungsanzeiger. Der Pfeil über dem Drehkreuz mit den Buchstaben für die Himmelsrichtungen saß auf einer Metallstange und bildete die Spitze des Zeltdaches. Gab es denn nicht ein üblicheres Wort als Windrichtungsanzeiger? Bis zur nächsten Ampelgrünphase war ihm zumindest keines eingefallen.

Auf nach Norfolk, dachte Greg bitter.

Mit leichtem Gepäck und der Times unter dem Arm ging er gemütlich auf die baugleichen Glasbögen von King's Cross zu. Der Himmel über London zeigte sich heute von einer angenehmen Seite. Hier und da ein weißer Wolkenfetzen war alles, was die Sonne ablenkte.

Greg war noch keine 45 Jahre alt und hatte es nicht nur geschafft, seinen guten Ruf in England zu etablieren. Im kommenden Frühling würde er auf einem Literatur-Kongress in Brasilien vor der Weltelite seiner Kollegen sprechen können. Er konnte sich selbst bereits in der südamerikanischen UFPR stehen und den donnernden Applaus aus den Hörsaalreihen genießen sehen. Vergleichsweise laut, aber leider wesentlich näher an ihm dran krachte es an seiner Seite an der Tür des Abteils.

Unangenehm deutlich holte es ihn zurück in die Gegenwart. Bequem in dem wartenden Zug zurückgezogen war er bereits in die Arbeit am Laptop vertieft gewesen. Nun musste er einsehen, dass Steves Klopfen und gleichzeitiges Eintreten vergleichsweise harmlos war.

Eine Frau hatte ihre Hand mit den hervorstehenden Knöcheln derart vehement an die Scheibe geknallt, dass jegliche Reaktion erübrigt erschien. Dennoch stand sie noch immer vor der geschlossenen Abteiltür, musterte ihn durch die Scheibe und wartete offenbar auf eine Antwort. Mit einem Kopfnicken signalisierte er ihr einzutreten.

Sie bückte sich hinunter und schob mit der linken Hand ruckartig die Abteiltür gegen die Führung. Dann bugsierte sie mit der freien Hand einen Koffer, in den sie problemlos selbst gepasst hätte, in den Gang seines Abteils.

„Ursa King. Hallo."

Jedes ihrer Worte war so unumstößlich wie ihr Anklopfen. Sie zwängte sich in den übrigen Raum zwischen den Sitzflächen und hielt ihm ihre ausgestreckte Hand unter die Nase. Das Gepäckstück direkt neben seinem Knie war bereits eine Zumutung. Ihre Hand vor seiner Nase und ihr Mausgesicht bei Tageslicht waren definitiv zu viel.

„Dies ist die erste Klasse." Demonstrativ ließ er seine Finger auf der Tastatur ruhen.

„Ja ... danke."

Sie zog ihre Hand wieder zurück und entledigte sich ihres farblosen Mantels. Mit einem Stricktuch auf den Schultern setzte sie sich schräg gegenüber. Ihre Haare waren zu einem Knoten gebunden und deutlich mit grauen Strähnen durchzogen.

Greg war sich sicher, dass sie höchstens Mitte Vierzig sein konnte. Warum also wirkte sie so viel älter, als sie war? Warum sah sie es selbst nicht? Oder sah sie es und ignorierte es?

Er schaute zum Fenster hinaus und stellte fest, dass er die Ausfahrt aus King's Cross bereits verpasst hatte. Der so freundlich aussehende Himmel von London war leider auch über der Stadt geblieben. Die Winterlandschaft wirkte ohnehin schon trist, doch mit jedem weiteren Kilometer schienen die Wolken dichter zu werden.

Greg rief sich die Frauen seines Umfeldes in Erinnerung, aber selbst die Bekanntschaften in seinem Alter wirkten alle noch jugendlicher als die auffällig unscheinbare Erscheinung gegenüber.

Schmal und mit einer eher kindlichen Figur, die so gar nicht zu ihrer energischen Art passen wollte, saß sie in der Ecke und bediente ein Handy mit Tasten. Greg konnte sich nicht daran erinnern, wann er zuletzt etwas anderes als ein Smartphone-Display gesehen hatte. Er schaute auf die Zeitangabe seines Laptops auf dem Schoß und stellte fest, dass noch deutlich mehr als eine Stunde an Fahrt vor ihm lag. Da sie nicht bereit schien, ihn wieder sich selbst zu überlassen, war er kurz davor, die Frau auf der anderen Seite näher zu ergründen.

Er überlegte gerade, wie er den schlechten Start wieder in andere Bahnen lenken konnte, als ein Telefon schellte. Der Ton war ebenso aufdringlich wie Ursas Klopfen zuvor. Sie warf ihm einen entschuldigenden Blick zu und nahm das Gespräch ohne weiter zu zögern an.

Anfangs war Greg wirklich bemüht und rang mit sich selbst um Gleichmut. Er vertiefte sich erneut in seine Vorbereitungen, erstellte erste Folienentwürfe und durchforstete sein Material. Nach zwanzig Minuten Telefongespräch reichte es ihm schließlich. Selbst ihre Stimme war so aufdringlich wie alles andere, und noch wesentlich schlimmer war, dass sie ihn völlig vergessen zu haben schien. Ungeniert und mit einer penetranten Beharrlichkeit versuchte sie, den armen Tropf am anderen Ende von ihrer Meinung zu überzeugen.

Sie hätte das Abteil verlassen und auf dem Gang telefonieren können. Sie hätte das Gespräch abwimmeln und später führen können. Was auch immer. Sie hätte Rücksicht nehmen müssen. Auf ihn. Auf seine Arbeit. Auf seine Anwesenheit. Greg kochte vor Wut.

Übertrieben laut knallte er das Laptop zu. Sie bemerkte es nicht einmal. Tonlos vibrierte sein eigenes

Handy in der Hosentasche. Wortlos stand er auf und verließ das Abteil. Auf dem Gang draußen beantwortete er den Anruf mit einem schlichten „Steve“.

„Morgen, Greg! Bist du unterwegs? Wie sieht es aus bei dir?“

„Grau, laut und aufdringlich. Du bist mir wirklich etwas schuldig.“

Offensichtlich war sein Ton so eindeutig, dass Steve sofort verstanden hatte. Ohne weitere Umschweife kam er direkt zur Sache.

„Greg, du wirst vom Bahnhof Norwich abgeholt. Die Frauen haben ein Auto. Es sind dann noch gut sechzehn Meilen bis nach Tathitus Log.“

Greg stand am Fenster und beobachtete die Landschaft, nichts als Landschaft.

„Sollte ich nicht besser nach einem Pferdefuhrwerk Ausschau halten?“

„So. Ich muss dann auch mal weitermachen, Greg. Viel zu tun hier.“

„Steve, Moment.“ So leicht sollte er nun nicht davonkommen.

„Falls ich hier heimisch werden sollte in ... in diesem Dorf: Pieter Bruegel der Ältere. Blindensturz, das Gemälde. Mein Donnerstagsseminar. Die Unterlagen mail‘ ich dir gleich.“

Auf gar keinen Fall würde er London gleich für mehrere Tage mit einem Dorf im Nirgendwo tauschen. Aber Greg ging es spontan schon wesentlich besser, wenn er an Steves fassungslos entgleitenden Gesichtsausdruck dachte.

Als Antwort jedoch kam lediglich ein fröhliches: „Natürlich." Steve schien völlig unbeeindruckt.

„Ich nehme an, wir sehen uns heute Abend noch im College."

Schneller als die Außentemperaturen stürzte Gregs Laune wieder ins Bodenlose.

10.

Mr Headman saß lange auf der Bank auf der anderen Straßenseite, ihrem Haus – Thea Bathorys Haus gegenüber. Knapp zwanzig Meilen östlich von Tathitus Log, quer durch die sumpfige Gegend der Broads.

Von dem Ahorn, der im Sommer den Eingang so schön beschattet hatte, war ein Gerippe aus dunklem Holz geblieben. Die ausladenden Pflanzen allerdings, die sich teilweise über die Mauer hinausgestohlen hatten, stellten mit dicken grünen Blättern einen anziehenden Farbtupfer dar. Doch mit Dornen und Stacheln bemühten sie sich um Distanz. Mit tiefrot glänzenden Früchten lockten sie in eine giftig-tödliche Falle.

Eine Mauer im orange-roten Steinwerk des Hauses umgab das großzügige Eckgrundstück auf allen Seiten. Aus dem nördlichen Teil hatte das steile Gefälle der Gegend ein imposantes Bauwerk von mehreren Metern Höhe werden lassen; ein Anblick wie eine Festung, immer wieder faszinierend, betont durch eine zierliche Gartentür, eingelassen in die enorme Fläche roten Mauerwerks als Zugang zum Gartenbereich.

Das schwarze Dach, die roten Ziegel und hellgrauen Absetzungen um Fenster und Türen machten das Haus zu einem attraktiven Anwesen. Die schmalen, aber hohen Erkerfenster wurden von weißen Vorhängen gerahmt, die den Blick ins Innere der Zimmer nicht verbargen. Unter dem Fenster im nördlichen Giebel konnte er die rechteckig hohen Scheiben sehen, die durch Umrandungen zwar begrenzt, aber in ihrer Höhe noch betont wurden; wie die Glasflächen einer Kathedrale, die das Licht auf niederkniende Sünder fallen ließen.

Ganz persönlich hielt Mr Headman es ja für überflüssig, das Glauben, das Beten und das Bitten um Vergebung. Es gab nämlich keinen. Keinen Gott, keinen Himmel, keine unbekannte Macht. Aber vor allem auch keine Hölle, keine Verdammnis, keine Qualen, die für die Ewigkeit währten.

Zwar war da noch immer ein leiser Zweifel in ihm, dank seines Vaters. Doch auch diese Unsicherheit konnte er meistens wieder beruhigen. Es konnte einfach keinen Gott geben. Zumindest keinen gerechten. Er war doch selbst der beste Beweis.

Wie oft hatte es ihm der Vater angedroht, bei einer schlechten Note in der Schule: „Gott wird über dich richten!“ Bei einem Fluch, der aus Versehen über seine Lippen kam: „Gott wird über dich richten!“ Bei einem versehentlich umgestoßenen Glas Milch auf dem Küchentisch: „Gott wird über dich richten!“ Zwar immer begleitet von dem Gürtel seines Vaters und schmerzhaften blauen Flecken an den verschiedensten Stellen, aber nie begleitet von einem Gott, der auch nur irgendetwas tat. Mit der Zeit und mit fortschreitendem Alter jedoch erwuchs auch eine Frage und der immer drängendere Wunsch nach einer Antwort. Irgendwann dann konnte er die eigene Neugier nicht mehr zügeln.

Er war alleine im Haus und beobachtete seinen Vater beim Holzhacken im Garten. Eigentlich sollte er Hausaufgaben machen, aber mal wieder hätte Gott über ihn richten sollen. Früher am Tag. Und wie immer war es nicht Gott gewesen, der etwas getan hatte. Vor Schmerzen konnte er nicht einmal mehr sitzen. Aber wenn die Schulsachen schon warten mussten, so wollte er zumindest etwas anderes lernen.

Er ging hinaus und beobachtete, wie der Vater Scheite in die Höhe stapelte. Vielleicht könnte er es ja auch mal probieren.

Er griff sich die Axt vom Block, bevor der Vater reagieren konnte, und hielt sie mit beiden Händen. Mit gutem Schwung holte er aus und trat zeitgleich zwei Schritte voran. So erwischte er das Holz nicht mittig und damit auch nur die ersten Glieder der mittleren Finger.

Den darauffolgenden Ausdruck im Gesicht seines Vaters hätte er nur schwer beschreiben können. Vielleicht war es die Ungewissheit, die es so schwierig machte, diese nicht gestellte Frage, die sich in dessen Miene spiegelte: War es ein Versehen?

Anstatt seinem Vater ungefragt zu antworten, schritt er lieber ein weiteres Mal zur Tat. Es ging gleich besser. Er hatte den Spann am Fuß recht mittig getroffen und schätzte, dass er bis zur Sohle hindurchgekommen war.

Geduldig hatte er den am Boden liegenden Vater gemustert. Das Gebrüll ebbte nur langsam ab. Ansonsten tat sich nichts.

„Also, ein Versuch noch und wenn dein Gott mich dann nicht richtet, dann hast du mir die ganzen Jahre nur Bockmist erzählt."

Er hatte den Hinterkopf des Vaters im Blick, sich mit geradem Rücken hingestellt und über seinem eigenen Haupt ausgeholt.

11.

„Hallo, Sie an der Palme, ich bin hier, schnell."

Greg war nicht der einzige, der in der Norwicher Bahnhofshalle unter dem tageslichtfreundlichen Dach wartete. Trotzdem schien diese wildwinkende Frau wirklich ihn zu meinen. Er ließ sein Handy in die Manteltasche gleiten, nahm den Rucksack über die Schulter und spazierte mit seinem Trolley in Richtung Ausgang. Zur Not könnte er immer noch unauffällig abbiegen.

„Kommen Sie schon. Schnell. Ich heiße Maja."

Die Frau mit den raspelkurzen Haaren meinte tatsächlich ihn. Sie marschierte direkt auf ihn zu, hielt ihm eine starke Hand mit rundlichen Fingern entgegen und griff sich zeitgleich seinen Trolley.

„Ich dachte, Sie warten draußen. Kommen Sie endlich."

Ihre Hand hatte Greg gerade noch erwischt, doch die Frau war bereits in Richtung Ausgang unterwegs, bevor er realisierte, dass ihm eine völlig Fremde mit seinem Gepäck weglief.

Mit großen Schritten stürmte er durch die Ausgangstüren auf den Vorplatz des Bahnhofs und wäre beinahe ungebremst vor ein Auto gelaufen. Maja hatte ernsthaft zwei Schritte vor dem Haupteingang eines Bahnhofs geparkt.

Sein Gepäck und Maja waren bereits passend verstaut. Sie saß aufrecht hinter dem Steuer und konnte gleichwohl nur wenig darüberschauen. Wollte er also hinter seinem Trolley her, musste er wohl oder übel einsteigen.

Auf dem Weg zum Beifahrersitz musterte Greg das ungewöhnliche Gefährt. Zweifellos war es eine britische Errungenschaft und offensichtlich sogar ein Oldtimer, ein Zweitürer mit Rückbank, schwarz glänzend und mit geschwungenen Linien. Die Seitenspiegel waren nicht an den Türen, sondern weit vorn in der Nähe der Scheinwerfer angebracht. Passanten blieben stehen, vor allem Männer, und warfen dem kleinen Auto bewundernde Blicke zu. Greg war es unangenehm.

Umständlich quetschte er sich auf eine überschaubare Sitzfläche. Mit den Knien in der Nähe seines Kinns konnte er immerhin die Tür schließen.

„Na, dann kann es ja losgehen."

Maja warf ihm strafende Blicke zu und drehte den Schlüssel. Greg überlegte ernsthaft, wie er es Steve würde heimzahlen können.

Bald schon hatten sie Norwich in Richtung Osten verlassen, und Greg beobachtete einen Fluss, der bereits seit einer Weile rechts an ihnen vorbeizog. Da er gar nicht erst versuchen wollte, das Laptop auf seinen Knien zu balancieren, die Stille im Wagen seine Nerven aber nur noch mehr strapazierte, überwand er sich versuchsweise zu einem Smalltalk: „Schöne Gegend. Wie heißt der Fluss?"

Maja starrte ihn an und wirkte erschrocken. Dann schaute sie ruckartig über ihre rechte Schulter, konnte dort jedoch kein Wasser mehr, sondern lediglich einen Haufen eingefrorener Äcker erkennen. Steve hatte ihn nicht nur ins Nirgendwo geschickt; diese Einöde war zudem noch zugefroren.

„Der Fluss in Norwich. Dahinter schienen noch größere Wasserflächen zu sein", ergänzte Greg.

„Für mich ist der Verkehr links einfach falsch, scusi. Neben Fahren noch auf anderes zu achten, überfordert mich."

Maja musterte ihn schnell von oben bis unten, bevor sie fortsetzte: „Besonders britisch wirken Sie übrigens auch nicht. Sie reden auch nicht so. Für einen Südländer sind Sie allerdings viel zu groß. Haben Sie vielleicht italienische Vorfahren? Ihre schwarzen Haare, der dunkle Hautton ..."

„Hamburg, dort bin ich geboren“, sagte Greg. „Ich komme aus Deutschland. Soweit ich weiß ohne südländische Wurzeln.“ Er überlegte. „Zumindest keine, die meine Familie zugegeben hätte ... Sie haben also alte Bücher gefunden?“, fragte Greg weiter.

Maja saß inzwischen um eine Winzigkeit entspannter hinter dem Steuer, vielleicht, weil kaum noch Verkehr auf der falschen Seite an ihnen vorbeirauschte. Er konnte sich ebenfalls nicht an das Linksfahren gewöhnen. In London kam er aber ohnehin ohne Auto aus.

„Eigentlich nur die Tür. Jenn hat sich da unten aber schon näher umgeschaut.“

„Da unten?“

„Ein Kellerraum, in dem Kloster, in das unsere Gruppe eingezogen ist. Die Tür war noch nicht einmal gut versteckt. Es stand einfach nur ein alter Schrank davor. Vielleicht ist das ja auch alles nichts Besonderes.“

Etwas in der Art hatte Greg befürchtet. Er schaute wieder aus dem Fenster und beobachtete die Häuser und Gebäude einer Ortschaft, die größer sein musste, als es auf den ersten Blick schien. Gerade hatten sie tatsächlich einen offenen Dorfplatz und ein McDonalds-Restaurant hinter sich gelassen. Er hatte sehen können, dass Maja ebenfalls auf den Platz gesehen hatte und spürte, nachdem sie sich wieder der Straße zuwandte, dass die Stimmung im Innenraum eine andere war.

„Haben Sie etwas auf dem Herzen?“, fragte er unverblümt.

Erstaunt blickte sie ihm in die Augen und umso schneller zurück auf die Fahrbahn.

„Im Dorf ist etwas passiert, jemand ist gestorben."

„Das tut mir leid", sagte Greg automatisch.

„Es war eine Freundin von uns. Von Jenn und mir. Sie hat bei vielen Dingen geholfen. Sie konnte richtig gut nähen."

„War sie älter?"

„Ende Fünfzig vielleicht? Vielleicht wirkte sie auch nur älter. Sie führte einen etwas, na ja, ungewöhnlichen Lebensstil; in einem ausrangierten Eisenbahnwagen im Wald."

Eine Aussteigerin, dachte Greg. In gewisser Weise war er ja nicht anders. Für seine Verhältnisse hatte er Hamburg sogar überstürzt verlassen.

„War sie krank?"

Maja setzte den Blinkerhebel nach rechts und konzentrierte sich darauf, das Gefährt um die Kurve zu bringen.

„Freya wurde erschossen."

12.

London, vor mehr als drei Jahrzehnten

„Wie heißt du?"

Der kleine Junge antwortete nicht.

„Ich bin einundzwanzig. Wie alt bist du denn?"

Der Junge blieb stumm. Sie schätzte ihn auf fünf oder sechs Jahre alt. Aus Angst, ihn verschrecken zu können, blieb sie erst einmal stehen, wo sie war, schaute sich jedoch um und ließ den Blick durch den Raum schweifen. Ganz links von ihr war eine Tür, farblich so dunkel wie der Stein der Wände rundherum. Dahinter vermutete sie eine Art Badezimmer. Rechts von ihr fiel ein wenig Tageslicht auf ein Kinderbett. Daneben war eine Wand mit einer langen Scheibe, wie ein Fenster. Nur gab es den Blick nicht frei auf einen grünen Rasen, das Nachbarhaus oder eine Straße. Es ermöglichte gar keinen Blick.

Um besser erkennen zu können, lief sie langsam, wie beiläufig, auf das Glas zu. Vorsichtig streckte sie eine Hand danach aus und strich mit den Fingerspitzen über die Oberfläche. Glatt und kalt saß die Scheibe in dem Stein und trennte den Raum des Jungen von ... wovon eigentlich?

Mit einem Lächeln über die Schulter versuchte sie ihm deutlich zu machen, dass alles in Ordnung war. Er saß noch immer unbewegt in der gegenüberliegenden Ecke des Zimmers, mit einem Teddybären im Arm, der mindestens Dreiviertel seiner eigenen Größe maß. Er hockte auf seinen untergeschlagenen Fersen auf dem Teppich und blinzelte unsicher hinter dem Kopf des Plüschtieres hervor.

Mit den Händen muschelförmig an den Schläfen schirmte sie das einfallende Licht ab, so gut es ging, und drückte dabei gleichzeitig ihre Nase gegen das Glas. Im ersten Moment konnte sie rein gar nichts erkennen, außer perfekter, makelloser Schwärze, doch nach und nach bildeten sich Formen heraus. Hinter der Scheibe sah sie weiche Wellen, die wahrscheinlich von der ständigen Zugluft kaum merklich zum Schaukeln gebracht wurden.

Als hätte das Glas sie an Stirn und Nase verbrannt, zuckte sie zurück. Schnell warf sie dem Kleinen ein weiteres Lächeln zu, doch es war verlegen und unecht. Um sich selbst und den Jungen davon abzulenken, hauchte sie spontan an die Scheibe und malte ein Herz auf das beschlagene Glas.

„Das macht Spaß, musst du auch mal versuchen", sagte sie hastig und fügte verschwörerisch hinzu: „Aber lass dich nicht erwischen. Scheiben putzen finden die hier nicht so toll."

Mit dem frechsten Augenzwinkern, dass ihr möglich war, verließ sie den Raum und drehte von außen den Schlüssel im Schloss. Wie ferngesteuert lief sie den menschenleeren Stollen entlang, wohl wissend, dass es an keinem seiner Enden einen Ausgang gab. Dann blieb sie stehen. Mit leerem Blick und gesenktem Kopf begann sie, kleine Kreise zu gehen.

13.

Gegenwart, Grafschaft Norfolk

Maja hatte erzählt, was sie von dem Schuss wusste und berichtete von den Neuigkeiten aus der Morgenzeitung. Danach verstummte sie wieder und Greg wechselte das Thema.

„Wie kommt eine Italienerin denn in ein englisches Kloster?" Geduldig und leicht amüsiert beobachtete er Maja bei einem Disput mit dem langen Schalthebel.

„Wirklich nett, der Morry, aber hin und wieder braucht der einen Tritt in den Hintern ... was ich in England mache? Der falsche Mann, die falschen Schwiegereltern, das Übliche eben. Eigentlich habe ich online nur nach einem Urlaubsziel gesucht. Dabei bin ich auf einen Bericht über eine Gruppe mit buddhistischen Grundsätzen gestoßen. Ich bin nicht wirklich religiös, aber danach habe ich gepackt, bin zum Flughafen und habe Italien seitdem nicht wiedergesehen. Das war vor gut einem Jahr. Inzwischen sollten die zu Hause festgestellt haben, dass ich nicht nur Urlaub mache."

„Sie leben in einem buddhistischen Kloster?"

Ohne den Blick von der Fahrbahn zu nehmen, schüttelte sie heftig den Kopf.

„Drei Freundinnen aus London haben ein Cottage im Dorf gekauft und alles anders gemacht als zuvor. Sie haben einen Nutzgarten angelegt, sich dem Buddhismus zugewandt und fortan ohne Männer gelebt. Das hat sich herumgesprochen und ist wieder in London angekommen. Die Geschichte hat auch andere Frauen ermutigt, etwas zu ändern, aus welchen Gründen auch immer. Die Gruppe hat sich vergrößert, von ganz allein. Eine nach der anderen kam hinzu, einige sind wieder gegangen. Andere werden vielleicht für immer bleiben. Das Cottage wurde irgendwann zu klein, und wir bekamen das Kloster kostenfrei angeboten. Wir richten es selbstständig wieder her. Über die Wintermonate ist die

Gruppe allerdings unterwegs, bis auf Jenn und mich.“

Sie trat auf die Bremse und passte ihre Geschwindigkeit den immer schmaler werdenden Straßen an. Greg war während des Gesprächs fast entgangen, dass sie sich bereits auf eine Ansammlung von Häusern zubewegten.

„Wieder da“, sagte Maja und seufzte.

Aus ihren Worten konnte er so viel Erleichterung heraushören, dass sie offenbar echte Zweifel gehabt hatte, das Kloster zeitnah wiederzusehen. Bei dem Gedanken, in der Kälte zwischen gefrorenen Äckern stehenzubleiben, wurde ihm sogar nachträglich noch ganz anders. Er schickte ein stummes Dankgebet an den Gott aller Kraftfahrzeuge und sah aufmerksam auf die Straße, auf der sie inzwischen nur noch im Schritttempo daher rollten.

Sein Blick fiel auf das nahende Ortsschild und er konnte erkennen, dass es vollständig aus Holz und offenbar auf einem Pfahl befestigt war, der über und über beschriftet schien. Dieser war in einen gemauerten und mit Kieseln dekorierten Quader eingelassen. In bunten Farben gemalt sah er eine Kirche und die Flügel einer Windmühle, und im Holz eingebrannt konnte er so gerade noch den Ortsnamen unter dem Bild erkennen: Tathitus Log.

„Kennen Sie zufällig die Namensherkunft des Ortes?“, fragte Greg.

„Warum?“

„Tathitus Log, lateinisch vielleicht. Tathitus könnte von *tacere* kommen, *schweigen*, und log von *logus*, das *Wort*. Das ist interessant, vor allem in Hinblick auf Ihren Fund. Die Assoziation zwischen *schweigenden Worten* und Literatur in Form von Büchern ist ja nicht übertrieben weit hergeholt."

Maja betrachtete ihn eingehend; so lange und intensiv, wie es der Verkehr gerade noch zuließ.

„Was denn? Schauen Sie lieber auf den letzten Metern nach vorne."

„Das ist ja voll Ihr Ding, oder?"

Greg war so überrumpelt, dass er platt zurückgab: „Was?"

„Lateinische Wörter, Literatur, Bücher. Sie klingen ganz anders, wenn Sie darüber reden. Das ist genau Ihr Ding, nehme ich an."

„Das ist mein Fach und ich finde das nicht nur extrem spannend, ich bin auch gut darin."

Mit hochgezogenen Brauen studierte sie ihn kurz.

„Sie meinen das genauso todernst, wie Sie es gesagt haben?"

„Warum?"

„Nur so."

Maja grinste vor sich hin und ließ sich nicht mehr zu weiteren Erläuterungen hinreißen. Inzwischen fuhren sie auf einer Art Umgehungsstraße, und ohne weitere Häuser zu passieren, sah Greg unvermittelt einen Turm vor sich auftauchen.

„Da vorn ist die Klosterkapelle. Das einzige an der ganzen Anlage, was oberflächlich noch gut in Schuss ist."

Direkt vor dem Kapellenturm steuerte Maja in eine Straße, die links vor dem Kloster wieder aus dem

Ort hinausführte. Nach ein paar Metern bog sie wieder scharf nach rechts ab und manövrierte das Gefährt durch eine Öffnung in einer Steinmauer.

Sie fuhren frontal auf ein Wohngebäude zu, das im rechten Winkel zur Kapelle lag und insgesamt von der Mauer umrandet war. Der Innenhof war fast quadratisch. Als überragend allerdings, selbst im Winter, empfand Greg die zentrale Gruppierung dreier riesiger Eichen. Wie sie dort selbst im Winter den Hof dominierten, so imposant würden sie in ihrem vollen Laubkleid im Sommer wirken.

Maja brachte den Wagen direkt vor dem Wohngebäude zum Stehen. Ähnlich flink, wie sie in ein Auto hineinkam, konnte sie offensichtlich auch wieder daraus hervorspringen. Sie war bereits im Gebäude verschwunden, bevor Greg das zweite Bein auf dem Boden hatte. Erst beim Öffnen der Wagentür wurde ihm bewusst, wie kalt es wirklich war. An einigen Stellen meinte er sogar, Reste von Schnee erkennen zu können.

Von Maja alleingelassen stand er neben dem Wagen. Es war vollständig windstill, und ihm fiel auf, dass überhaupt alles still war. Er hielt den Atem an und hörte absolut gar nichts.

„Es ist kalt. Kommen Sie rein."

In der Tür stehend hatte Maja ihm zugerufen. Sie war allerdings schon nicht mehr zu sehen, als er sich vollständig umgedreht hatte.

Greg seufzte, ja, es war kalt. Mit gedehnten Schritten lief er auf den Eingang zu, hinter dem sie so schnell wieder verschwunden war. Sein Gepäck fand er im Wagen gut aufbewahrt. Warum Umstände machen, wenn er in wenigen Stunden nach London zurückreisen würde?

Nachdem er das Gebäude durch eine gläserne Terrassentür betreten hatte, stand er in einer ausladenden Wohnküche und realisierte Maja an einer Anrichte.

„Da sind Sie ja endlich. Wir bereiten Tee vor."

Am Ende eines langen Holztisches in der Mitte des Raumes erkannte er eine Frau, die vielleicht zehn Jahre jünger war als er selbst; eine Frau mit langen dunklen Haaren, die ihr ungeordnet in Wellen über Schultern und Rücken fielen. Aus großen Augen, die so intensiv grün waren, wie er es noch nie zuvor gesehen hatte, blickte sie ihm entgegen.

Greg machte auf dem Absatz kehrt und verließ die Küche.

2. Kapitel

Spuren von Seele

1.

Mr Headman saß auf seiner Bank, gegenüber dem Haus, gegenüber Thea Bathorys Haus, knapp zwanzig Meilen östlich von Tathitus Log. Er beobachtete. Und dachte nach. Und beobachtete. Je nachdem. Mal so, mal so.

Er betrachtete die zwei versetzten Giebel in Richtung des Haupteingangs und er inspizierte die Erkerfenster und die Säulen neben der Haustür. Er sah das runde Fenster in dem Giebel zur Gartenseite in Richtung der gewaltigen Mauer und der zierlichen Holztür. Er versuchte sich vorzustellen, wie das Anwesen aufleuchten würde, wenn die Sonne es irgendwann einmal durch die Wolken schaffte. Mauerwerk in rot-orange mit schwarzem Dach und immergrünen giftigen Sträuchern im Garten; die Kathedralenfenster, wie er sie für sich getauft hatte, würden wunderbar in Szene gesetzt, dunkel, drohend und abgründig.

Gott hatte sich tatsächlich nicht blicken lassen. Und Vater, der Gott sonst immer mit dem Gürtel zu

Hilfe kam, konnte auch nicht mehr einspringen. Er hatte gut getroffen. Ein glatter Hieb. Fasziniert hatte er die wohl einmalige Innenansicht von Vaters Schädel gemustert. Fast bedauerte er dabei, dass er nicht weiter oben angesetzt hatte. So war doch einiges zerstört, was er sich gerne auch heile angesehen hätte.

In der Hocke sitzend, und beobachtend, und nachdenkend, mal so, mal so, hatte man ihn dann auch gefunden. Er konnte sich gut daran erinnern; nichts war *wie im Rausch* geschehen, nichts war *verschwommen und nebulös.* Glasklar war es ihm bewusst gewesen, jede einzelne Sekunde. Noch heute.

Und der Grund für sein Tun? Er wollte sich mal ein sterbendes Gehirn anschauen? Zwar interessant, aber nein. Er wollte Gott herausfordern? Vielleicht. Schon irgendwie. Er wollte sich seines Vaters entledigen, der willkürlich drangsaliert, geschlagen und gequält hatte? Auf jeden Fall. Ließe er im Rückblick noch andere Antworten gelten, wäre er so wahnsinnig, wie sie behauptet hatten. Damals. Die Polizei, die Nachbarn, die Ärzte. War er aber nicht.

Er sah die Vorhänge durch die geschlossenen Scheiben. Nur ganz oben, im vorderen Giebel, dort war das Fenster halb hoch. Trotz der Kälte. Ein Windstoß fuhr in das Zimmer und schaukelte sanft den Stoff hin und her. Oder stand sie etwa dort oben? Sah die Bathory gerade auf ihn herab?

Bei dem Gedanken an Thea war es plötzlich wieder da. Ganz leicht nur. Aber es war da. Angst?

Nein, keine Angst. Er war ein alter Mann geworden und ja, er wusste es, er kannte das Gefühl der Angst. Aber was sich in ihm regte, was sie auslöste, wenn er sie beobachtete, wenn er sich von ihr beobachtet fühlte, das war etwas anderes.

Er hatte lange genug gebraucht, um es herauszufinden. Oder er hatte es lange verdrängt. So sicher war er sich da nicht. Aber einerlei. Das Resultat war dasselbe. Es war zu spät. Mr Headman hatte es ignoriert, sein Gewissen.

Und jetzt hatte sie ihn.

2.

„Schau mich nicht so fragend an, Jenn. Großstädter eben."

Scheinbar völlig unbeeindruckt drehte Maja sich zur Arbeitsplatte und hantierte mit ihrem Tee.

Jenna gab ihr Bestes, sich nichts anmerken zu lassen. Im Innersten allerdings war sie völlig perplex. Sie wusste nicht, was sie zuerst oder überhaupt denken sollte. Doch das bestimmt nicht nur, weil der erwartete Besuch so brüsk wieder herausspaziert war.

Unter Aufbietung purer Willenskraft setzte sie sich in Bewegung und stellte Teetassen auf den Tisch. Sie beugte sich nach vorn, ließ ihre Haare kopfüber fallen und streckte sich mit Schwung wieder nach oben. Mit beiden Händen griff sie ihre Mähne zu einem Zopf zusammen, zwirbelte sie bis in die Spitzen und fixierte mit einem Haarband einen gedrehten Dutt am Hinterkopf.

„Sehr geschäftsmäßig."

Maja brachte Tee in einer Kanne zum Tisch und grinste sie an.

„Die Haare kitzeln im Gesicht. Aber da kannst du ja eh nicht mitreden."

Natürlich hoffte Jenna insgeheim, dass die äußere Seriosität zumindest ansatzweise auf ihr Inneres abfärbte. Trotzdem konnte sie sich den Seitenhieb auf Majas raspelkurze Haare nicht verkneifen.

„Ich hatte mein Gepäck vergessen."

Jenna zuckte zusammen. Der Besuch aus London stand im Türrahmen und war so groß, dass er so gerade nicht den Kopf einzuziehen brauchte. Die Haare fielen ihm schräg bis in die Augen. Auf den Wangen konnte sie narbige Haut erkennen. Er blickte ihr freundlich entgegen und Jenna fühlte sich augenblicklich unwohl. Sie gäbe viel für die Fähigkeit, so unbefangen mit Menschen umgehen zu können, wie Maja es vermochte.

„Setzen Sie sich doch hier, bitte", brachte sie schließlich heraus.

Er stellte sein Gebäckstück zur Seite, hängte den Rucksack über eine Lehne und schloss die Tür hinter sich. Er schickte sich an, völlig bekleidet am Tisch Platz zu nehmen.

„Moment. Ich nehme den Mantel."

Während Jenna auf sein Kleidungsstück wartete, musterte sie ihn unauffällig und rüttelte sich innerlich zurecht. Mit einem gezwungenen Lächeln nahm sie seinen Mantel. Er schaute sie prüfend an, setzte sich jedoch ohne ein Wort an den Tisch und begann unaufgefordert, die Teetassen zu verteilen.

Sie verließ den Raum, hängte seinen Mantel in den Flur und atmete tief ein und wieder aus. Ein Geruch von Waschmittel und einem schwachen Parfum zogen ihr in die Nase. Sortierter als noch zuvor kehrte sie zurück an den Tisch. Jenna streckt ihm die Hand entgegen. „Jenaya Joloncovschi. Gerne Jenna, wenn Sie mögen."

Er erhob sich, nahm ihre Hand und erwiderte: „Greg Green, hi."

Mit Zitrone, Milch und Zucker in den Armen balancierte Maja ebenfalls zum Tisch.

„Ich habe schwarzen Tee gemacht. Ich war mir nicht sicher, ob Sie wirklich unsere Kräuter probieren wollen."

„Müssten Sie als Italienerin nicht eigentlich auch eher Kaffee trinken?"

„Mein Gott, Sie trinken Kaffee? Grazie a Dio!"

Theatralisch hob Maja ihre Hände gen Himmel. Passend dazu wendete sie verzückt ihren Blick nach oben.

Er war so überrascht, dass er lediglich stumm dreinblickte. Jenna lächelte in sich hinein. Sie empfand eine tiefe Dankbarkeit, einen Menschen wie Maja kennengelernt zu haben.

Die Italienerin raffte Jacke, Tasche und Schlüssel zusammen und stürzte auf den Hof hinaus. Greg schaute derart verwundert drein, dass sie unwillkürlich lachen musste.

„Was tut sie?“

„Sie werden hier nie wieder Tee trinken müssen, wenn Sie nicht wollen. Maja wird wahrscheinlich mit Kaffeebohnen und einer Kaffeemühle gleich dazu wieder durch diese Tür kommen. Bisher hatte sie immer darauf verzichtet, weil die Frauen ausnahmslos Tee bevorzugen. Aber möchten Sie das überhaupt?“

„Jenna, ich bin in Hamburg aufgewachsen, in einer Händlerfamilie“, antwortete Greg in einem Ton, der keine Zweifel zuließ.

Sie nickte und trank. Dabei registrierte sie durchaus, dass er sie wieder mit einem Blick bedachte, dem sie nichts entgegenzusetzen hatte. Kurzerhand schob sie ihre Gedanken beiseite und versuchte, abzulenken.

„Sind Sie nicht schon ganz gespannt?“

„Auf die Bücher? Aber unbedingt.“

Sie erhob sich erleichtert: „Maja hat Ihnen auf der Fahrt doch bestimmt schon einiges berichtet.“

„Wirklich gesprächig war sie nicht zu Beginn. Danach hat sie mir von der Sache auf dem Dorfplatz erzählt.“

Sie ließ sich zurück auf ihren Stuhl fallen. Vorübergehend hatte sie es tatsächlich geschafft, es aus ihrem Bewusstsein zu verbannen. Umso stärker kam die Erinnerung nun zurück.

„Freya war eine Freundin für uns.“

Greg nickte. „Maja hatte so etwas angedeutet. Sie hat im Wald gewohnt?“

„In ihrem Wagen, unter Baumkronen und freiem Himmel, Freya die Waldfrau, ganz allein. Oder fast allein“, sagte Jenna und musste lächeln bevor sie wieder ernst wurde: „Sam, ihr Hund, war immer an ihrer Seite. Aber Sam scheint verschwunden zu sein ... schon alles sehr ungewöhnlich.“

„Überlebt ein Hund im Wald?“

„Sam kann Mäuse fangen, aber bald wird es zu kalt dafür sein. Ich war heute Vormittag bereits dort und habe Futter abgestellt. Darüber freuen sich aber vermutlich nur die Füchse.“ Sie lächelte bitter und fuhr mit einem Finger die Holzmaserung entlang.

„Ich begleite Sie.“

Jenna schaute ihm in die Augen. Sie waren dunkelbraun und strahlten eine unbesorgte Selbstsicherheit aus.

„Ich begleite Sie, Jenna. Morgen. In den Wald.“

3.

Momente noch beobachtete er die Wölkchen aus seiner Atemluft. Dann schloss er die Augen und Freya tauchte vor ihm auf. Sie starrte ihm entgegen.

Der Blick in die Zeitung war gerade siebzehn Stunden vergangen und mit jeder einzelnen Stunde wurde ihr Starren intensiver. Er fühlte in sich hinein und fand das Loch so tief wie zuvor. Dennoch hatte sich etwas verändert; er konnte ein Ziehen fühlen, es aber nicht zuordnen.

Und so öffnete er die Augen, sah hinter dem Strauch hervor und schritt in gemäßigtem Tempo über den Acker. Mit dem Rücken an den Stein des ehemaligen Bauernhauses gepresst stand er im Dunkeln und stellte fest, dass er den Atem anhielt. Geräuschlos versuchte er, vorsichtig ein Mindestmaß an Sauerstoff in die Lungen zu bekommen.

Er wartete, bis sich seine Atmung wieder normalisiert hatte und spähte vorsichtig um die Hausecke. Im Schatten des überstehenden Daches bewegte er sich aufrecht in Richtung des alten Scheunentores. In seinem Kopf knarrte das Holz bereits wie Donnergrollen.

Noch mehrere Schritte vor einer moderneren Terrassentür verlangsamte er sein Tempo und näherte sich mit immer kürzeren Tritten. Läge dahinter eventuell die Küche des Hauses, so wollte er einen der Millers bestimmt nicht bei einem Glas Wasser in der Nacht überraschen.

Bis auf die Augen verdeckte er den Kopf mit einer Ski-Maske und verscheuchte die Bilder von schneebedeckten Hängen und Kaminfeuer aus seinem Geist. Dann setzte er einen letzten Schritt bis in Reichweite der Schwelle ... und zog sich ein weiteres Mal wieder zurück. Die Tür war geöffnet.

Es war nur einen Spalt von weniger als fünf Zoll. Doch immerhin bestand die vage Möglichkeit, dass er im Haus echte Einbrecher bei der Suche nach Wertsachen überraschen könnte. Unbeeindruckt zuckte er mit den Schultern und wollte es nicht einmal verhindern, dass sich seine Lippen zu einem gemeinen Grinsen verzogen.

Lediglich mit einem Finger schob er die Tür in den Raum hinein; in jedem Moment darauf bedacht innezuhalten, sobald er den kleinsten Laut verursachen würde. Absolut geräuschlos jedoch konnte er eintreten.

Er blieb stehen, fing nach wenigen Momenten an, erste Umrisse und Formen zu erkennen und nahm an, dass er sich in einem Abstellraum des Praxisgeschäfts befand. Schränke bedeckten Dreiviertel der Wandflächen, und an der vierten Wand konnte er schemenhaft leere Käfige und Aquarien ausmachen.

Mit der Schranktür, die ihm am nächsten war, fing er an. Er zog sein Smartphone aus der Jeanstasche, aktivierte lediglich dessen Bildschirm und konnte in der sonst kaum wahrnehmbaren Helligkeit problemlos Wundreinigungsmittel und Verbandsmaterial erkennen.

Er war gerade dabei, verschiedene Packungen in einem Beutel zu verstauen, als er im Augenwinkel eine Bewegung wahrnahm; ein Schatten an seiner linken Seite.

Aus dem Impuls heraus, selbst nicht erkannt zu werden, drückte er die Handyoberfläche vor die Brust und starrte in die neu entstandene Dunkelheit. Alles war ruhig. Er hörte lediglich sein eigenes Atmen. Dann war es rechts von ihm. Etwas berührte seine Haut an der Hand; würde der Beutel nicht an seinem Arm baumeln, er hätte ihn fallenlassen. Hätte er sich nicht im letzten Moment beherrschen können, wäre er mit einem Satz zur Seite gesprungen. Zarte Barthaare kitzelten seine Finger und er konnte schemenhaft spitze Ohren und einen langen Schwanz erkennen.

Tatsächlich musste er sich eingestehen, dass er Freude bekam an seinem Ausflug. Gut gelaunt schloss er den Schrank und würde nun nicht umhinkommen, etwas tiefer in das Haus vorzudringen; wahrscheinlich sogar bis zu einem der Praxisräume, wo er Spritzen, Instrumente und Medikamente vermutete.

Die Tür zum nächsten Raum war ebenfalls geöffnet und machte es ihm einfach, geräuschlos voranzukommen. Seine neue Bekanntschaft, die Katze der Millers, folgte ihm auf den Fuß.

Mit dem Handy in der Hand orientierte er sich neu und konnte zwei weitere Katzen erkennen, deren Augen ihm aus ihren Käfigen entgegenleuchteten. Das Tier am Boden hatte es sich inzwischen auf seinem Schuh bequem gemacht.

Dann vernahm er ein klickendes Geräusch, was er so ganz und gar nicht seinen eigenen Bewegungen zuordnen konnte. Die runden Katzenaugen in den Käfigen hatten aufgehört zu leuchten. Er zwinkerte einige Male, um dann aus schmalen Schlitzen ein Gesicht unter weißen Haaren zu erkennen. Viel zu grell für seine eigenen Augen brannte unvermittelt die Deckenbeleuchtung.

„Was machen Sie da mit meiner Katze?“, fragte Dr. Miller entsetzt.

4.

„Dann ist ja alles klar“, sagte Jenna geschäftig.

„Die Bücher?“, fragte Greg und erhob sich.

„Die Tür nach unten ist direkt hier.“

„Unter der Küche sind Unmengen von Büchern und Sie haben das erst jetzt gefunden?“

„Warten Sie es ab.“

Sie drehte den Schlüssel mit so viel Gefühl, wie sie aufbringen konnte. Sie legte den Lichtschalter an der Decke um und lief die Stufen hinab. Er war wohl nicht der Typ Mann, der laut fluchend hinter ihr hereilte, aber sie registrierte in ihrem Rücken, dass seine Größe es ihm unter der niedrigen Decke nicht einfach machte.

Unten angekommen knipste Jenna auch im Vorratskeller das Licht an. Greg begann, sich umzuschauen.

„Sie haben bestimmt nicht in London angerufen, um mich Marmelade probieren zu lassen“, vermutete er und deutete auf die inzwischen gut gefüllten Regale.

Sie war bereits so häufig hier unten gewesen, dass sie gar nicht mehr wahrnahm, wie wenig auffällig die versteckte Tür immer noch war, trotz des schräggerückten Schrankes.

„Und das würde sich sogar lohnen.“

Sie nahm die Taschenlampe aus einem Regal, durchquerte den Raum und musterte ihn im Vorbeigehen von oben bis unten.

„Eigentlich sollte das passen. Zur Not müssen wir den Schrank noch ein wenig weiter vorziehen“, sagte Jenna und deutete auf den Spalt.

„Wie charmant", antwortete er grinsend, nahm ihr entschlossen die Taschenlampe aus der Hand und machte sich auf den Weg in den neu entdeckten Raum hinein.

Wie sie sich anschickte, hinter ihm her durch die Öffnung zu steigen, musste sie für einen Moment an die Zeit ihrer Kindheit zurückdenken; an die Sommer und die kühlen Verstecke im Wald, wie sie sich hinter dem großen Bruder in Felsspalten und durch Dickichte gedrängt hatte, an das Eis auf der Terrasse und die Lagerfeuer mit den Freunden, an die Mutter vor dem Spiegel mit ihrem silbernen Medaillon und den nervös trippelnden Vater, der in Sekundenabständen den Beginn der Oper bedeutete. Sie hatte es geliebt, dort zu spielen, zu entdecken ...

„Jenna?"

Sie zuckte zusammen und sein Tonfall ließ Zweifel in ihr wachwerden, ob die Bücher überhaupt etwas Besonderes waren ...

... ob die Werke es rechtfertigten, einen Professor aus London herzubestellen, ob sie nicht einfach nur aussortierte Massenware gefunden hatten, die nicht einmal jemand geschenkt nehmen würde, ob sie nur aufbewahrt worden waren, weil die Papierentsorgung ...

„Jenna!"

Wie energisch die Stimme war und wie fordernd sein Tonfall ... Augenblicklich reagierte sie mit Unwillen, der sie im wahrsten Sinne zurück in Richtung Küche trieb. Mitten im dritten Schritt hielt sie inne. *Jenna, reiß dich zusammen, du kennst ihn doch gar nicht!*

Sie atmete tief durch und schüttelte sich. Dann zog sie ihren Dutt noch fester zusammen und folgte ihm hinter den Schrank.

5.

London, vor mehr als drei Jahrzehnten

Einen halben Schritt vor der Tür des kleinen Jungen blieb sie noch einmal stehen und schaute prüfend an sich hinunter. Schuhe, halblanger Rock, schlichter Pullover, Halstuch und die Haare zu einem braven Zopf gebändigt. Kurz tastete sie an ihrem Ärmel und konnte sich ein Schmunzeln nicht verkneifen.

Sie streckte die Hand zum Schlüssel aus, überlegte es sich jedoch anders und klopfte langsam, aber deutlich hörbar an den Stahl. Sie erwartete keine Antwort, empfand es gegenüber dem Kleinen jedoch nur als fair, sich anzukündigen.

Vorsichtig öffnete sie schließlich die Tür und steckte lediglich den Kopf durch den Spalt. Ihre Augen suchten den Raum ab und blieben an einem wirren Haarschopf hängen, der mit nicht mehr als den äußersten Spitzen hinter dem Bett zu vermuten war.

„Hallo, ich bin es."

Die Haare bewegten sich näher in Richtung Laken. Millimeter für Millimeter schoben sich auch Stirn und Augenbrauen dahinter hervor und sie konnte zumindest erahnen, dass sie von großen Augen beobachtet wurde.

„Ach, da bist du ja."

Sie zog den Kopf wieder zurück und bückte sich neben die Tür auf den Boden hinunter. Mit einem Holzbrett, das sie auf der flachen Hand balancierte, betrat sie den Raum und drückte mit rechts die Tür zurück ins Schloss. Gekonnt ließ sie das Brett von ihrer Hand auf ein Tischchen gleiten und setzte in fließendem Übergang eine höfliche Verbeugung nach.

„Es ist angerichtet, Monsieur."

Soweit sie sehen konnte, blieb er völlig regungslos.

„Brot, Käse, Apfel und ..."

Mit offenen Handflächen winkte sie ihm entgegen. Dann schloss sie die Finger zur Faust und stieß beide Arme zusammen in Richtung Boden. Immerhin saß die Packung nun direkt an ihrem Handgelenk. Mit den Füßen in schneller Folge auf der Stelle trippelnd, ähnlich einem Trommelwirbel, riss sie dann beide Arme mit Schwung wieder nach oben.

Der Plan hatte vorgesehen, die Packung als Überraschung in der Hand zu halten, wenn die Arme wieder in der Waagerechten waren. Schon in der Bewegung allerdings flog der glänzende 5-Star-Schokoriegel aus ihrem Ärmel und mit großer Geschwindigkeit und lautem Knall gegen das Glas in der gegenüberliegenden Wand.

Was den Kleinen letztendlich dazu gebracht hatte, war ihr eigentlich egal; ihr eigener Gesichtsausdruck, bei dem sie nur vermuten konnte, wie verdutzt sie tatsächlich ausgesehen hatte, oder die fliegende Schokolade. In jedem Fall hörte sie ein spontanes Kinderlachen hinter dem Bett hervorschallen.

Zwar war sie eine Gefangene wie er selbst, doch allein seine Anwesenheit hatte sie vorerst vor der Hölle bewahrt. Es gab keine Chance zu entkommen, doch sie würde alles und mehr unternehmen, um es ihn vergessen zu lassen.

6.

Tathitus Log, Gegenwart

„Greg, du bist noch dort, oder? Die Bücher oder eine Frau? Bitte sag mir nicht, dass es nur eine Frau ist."

„Steve, du musst mein Seminar übernehmen."

„Habe ich alles nachgelesen. Was ist nun? Mach es nicht so spannend."

„Ernsthaft, du schuldest mir etwas. Nicht nur die Zugfahrt war ein Desaster. Hast du eine Ahnung, wie kalt es hier ist?"

„Greg. Hast du die Bücher gesehen? Kauf dir Schal und Mütze, verdammt."

„Ja."

„Ja, du hast sie gesehen?"

„Ja, du kannst die Handschuhe herauskramen und im Staub wühlen."

Steves folgender Laut war zwar schwer zu definieren, sollte aber wohl Freude ausdrücken.

„Zu den Besitzverhältnissen gibt es hier allerdings nur vage Vermutungen, aber das ist ja eh voll dein Ding", setzte Greg fort.

„Voll mein Ding?"

„Aufgeschnappt“, antworte er knapp. „Nicht nur eine Frau?“, fragte Greg zurück, „Warum überhaupt eine Frau?“

Steve seufzte. „Wie lange kennen wir uns?“

„So viele Jahre sind es noch gar nicht.“

„Trotzdem habe ich recht, stimmt's? Melde dich, und kein Wort über die Bücher. Ich regel das“, sagte Steve und legte auf.

Greg beobachtete das Display, wie es vom Startbildschirm zurück auf schwarz wechselte. Er ließ es genervt auf die Kissen fallen. Wofür noch Feinde haben bei solchen Freunden?

Für einen winzigen Moment tauchte James' Gesicht vor ihm auf. Da Steve nichts erwähnt hatte, nahm er an, dass er es auf sich beruhen lassen konnte. Außerdem vernahm er andere Stimmen von außen und er wunderte sich, dass einzelne Worte sogar durch die Wände des Turms bis zu ihm vordrangen.

Irgendwo im Kloster schien es einen lautstarken Streit zu geben. Angestrengt lauschte er und war verwundert, eine Männerstimme wahrzunehmen, schwerer zu hören, weil leiser und ruhiger, aber deutlich zu erkennen. Die zweite Stimme schien eher von Jenna zu stammen. So viel er wusste, waren Maja und sie allerdings allein im Kloster.

Jenna hatte einen Freund?

Setzen Sie sich doch hier, bitte. Das waren ihre ersten Worte gewesen mit dem leichten Akzent, dem rollenden *R*, vermutlich einer balkanromanischen Sprache ... Ernüchtert erhob er sich. Noch nie hatte er eine junge Frau mit so tief traurigen Augen wie

Jenna gesehen. Es wäre spannend gewesen, dem näher auf den Grund zu gehen.

Ohne Erfolg suchte er etwas Wärmeres als Hemd und Anzug, und mit Kleidung, die kaum weniger passend sein konnte, machte er sich auf den Weg in Richtung Küche.

Noch nicht einmal ganz unten angekommen zog ihm unverwechselbar und köstlich ein Geruch in die Nase. Er konnte es kaum erwarten, drückte die Klinke und betrat den Raum.

„Guten Morgen", sagte er beim Eintreten, sah sich jedoch nach einem kurzen Blick allein in der Küche stehen.

Er setzte sich an den Holztisch und griff automatisch zum Handy. Doch er stockte mitten in der Bewegung und ließ es ungesehen zurück in die Anzugtasche gleiten. Was sollte kurz vor Weihnachten nicht warten können?

Stattdessen zog er einen Stapel Tageszeitungen heran und nahm die Zeitung vom Vortag heraus. Greg blätterte sich bis zum regionalen Teil vor. Die Titelseite berichtete ausführlich über den *Tod auf dem Dorfplatz*. In Ermangelung eines wirklich brauchbaren Fotos schien der Journalist mit dem Zufallsfoto eines Passanten vorliebgenommen zu haben. Die Blässe ihrer Haut ließ die Schatten unter den Augen umso dunkler erscheinen. Um ein glücklicheres Gesicht herum hätten die dunklen Locken wahrscheinlich sogar attraktiv wirken können.

Viel größer als das Bild Freyas war die Aufnahme eines Zeltes sowie die Portraits der ermittelnden

Beamten. Ein alter Knochen und ein attraktiver Mann mit asiatischen Gesichtszügen. Detective Inspector *M. Smith* und Detective Sergeant *D. Zhang* waren ab sofort zuständig. Greg begann zu lesen.

„Hey!"

Er schaute hoch und sah Maja mit einem Korb voller Äpfel aus dem Keller kommen. Schnell sprang er auf, als er sah, dass die Tür hinter ihr wieder aufschwang.

„Danke", rief Maja auf dem Weg zur Anrichte. „Aber vorsichtig bitte. Einmal schief gucken und der Schlüssel bricht im Schloss ab. Haben Sie gut geschlafen? Tolles Zimmer oder?"

Greg hatte die Herausforderung an der Tür nach unten bewältigt und setzte sich zurück zu seiner Zeitung.

„Sowohl als auch."

„Jenna hatte die Idee mit dem Turm. Vielleicht fangen wir irgendwann an zu vermieten. Retreats für gestresste Londoner. Eigentlich sind Sie ja schon der erste ... was halten Sie von einem Kaffee?"

Greg hoffte wirklich, dass die Frage nur rhetorisch gestellt war. Insgeheim brannte er so sehr auf den ersten Schluck, dass er kaum noch stillsitzen konnte. Maja produzierte frisch gemahlenes Kaffeemehl in einer Mühle und füllte mehrere gehäufte Löffel in eine French Press. Dann füllte sie die Glaskanne bis zur Hälfte mit Wasser, rührte um und füllte schließlich weiter auf bis zum Rand.

Wie hypnotisiert beobachtete Greg das wirbelnde Kaffeemehl.

„Ein paar Minuten“, sagte sie fröhlich und begann, an der Anrichte zu hantieren.

„Sind hier zurzeit eigentlich noch andere Bewohner? Ich habe heute Morgen Stimmen gehört.“

„Sie meinen wahrscheinlich David und Jenn, ja, sie waren nicht wirklich einer Meinung.“

„Das kommt vor in Beziehungen“, sagte Greg mechanisch. Nachdenklich begann er wieder den Artikel zu lesen.

„Ich bin mal gespannt“, setzte sie fort, „vielleicht ging es um Freya. Jenn kommt bestimmt gleich.“

„Freya?“

„Sie hat doch mit David gestritten. Der ist unter anderem zuständig für den Fall.“

Maja stellte Äpfel, Schüssel und Messer auf den Tisch und setzte sich ihm gegenüber. „Da ist er doch“, sagte sie weiter und deutete auf die Zeitung.

Greg folgte ihrem Finger und schaute direkt in das Gesicht von *D. Zhang*. Der erschreckend gutaussehende Detective David war also gerade bei Jenna.

7.

Er entspannte sich und spürte der Musik nach, die gewaltig das Wageninnere erfüllte. Bis zur Abfahrt der ersten Fähren würde er problemlos im Hafen sein. Warum es ihn gerade nach Irland zog, konnte er nicht einmal mehr nachvollziehen, vielleicht einfach nur, weil es im Westen lag und östlich von Tathitus Log nicht viel mehr war als die Nordsee.

Er dachte zurück an seinen Ausflug in die Tierarztpraxis. Nach dem klickenden Geräusch im Dunkeln hatte Dr. Miller vor ihm im Licht der Deckenbeleuchtung gestanden. Von einem auf den nächsten Moment war er gezwungen gewesen, sich zu entscheiden.

Sein Gesicht war gut verdeckt und er wäre schneller wieder aus dem Haus, als der Tierarzt beim nächsten Telefon. Zu bleiben würde allerdings mehr Freude machen und vor allem hatte er eine Gelegenheit gesehen, die er nur ungern ziehen lassen würde.

Also hatte er zwinkernd zwischen den Käfigen unter den Neonröhren gestanden, mit dem Tierarzt im Türrahmen vor sich und dessen Katze zwischen seinen Füßen.

Er wusste, dass in solchen Augenblicken vor allem das männliche Nebennierenmark Adrenalin produzierte, der Blutdruck und Puls in die Höhe gingen, sich der Hautwiderstand vergrößerte und die Muskelaktivität zunahm. Wie häufig hatte er schon erklären müssen, dass Stress nicht nur eine Belastung war. Ohne diese Momente von Zeit zu Zeit wäre es dem Immunsystem gar nicht möglich, in besonderen Stresssituation angemessen zu reagieren; in solchen Situation wie diesen.

Er überragte den Tierarzt um einiges und war mit zwei weiteren Schritten bei ihm. Im Gehen hatte er bereits in die Tasche gegriffen und das Messer vor dessen Gesicht unter der Lampe glitzern lassen. Meistens war es nicht das Grauen selbst, was die größte Angst auslöste. Oft waren es vielmehr die Vorstellungen von dem, was passieren könnte.

So blieb die beabsichtigte Wirkung nicht aus und der Mann mit den weißen Haaren wurde aschfahl. Lediglich mit einem Finger an seinen Lippen bedeutete er Dr. Miller, keinen Laut von sich zu geben. Er ließ den Beutel von seiner Schulter gleiten, öffnete eine Binde und verband dem kleinen Mann seine Augen. Dessen Brille steckte er ihm in die Tasche des Bademantels, den er über einem schlichten Pyjama in Himmelblau trug.

So, wie er war, drängte er ihn blind aus dem Haus heraus. Mit seiner Faust auf dessen Schulter ruhend, drückte er die Messerspitze gegen die Haut. Die Tür blieb offen, wie er sie vorgefunden hatte, und gemeinsam überquerten sie den gefrorenen Acker in Richtung seines Land Rovers. Er schob den Tierarzt auf den Beifahrersitz, griff zu einer weiteren Binde und fesselte seine Hände an den Haltegriff über der Tür.

Wortlos waren sie in der Nacht durch den stillen Ort gefahren. Dabei war der Mann neben ihm so bleich im Gesicht gewesen, dass er sich alle paar Meter vergewisserte, dass er bei Bewusstsein blieb.

Am Haus angekommen vertraute er auf seine unerschütterliche Überzeugung und darauf, dass seine Nachbarn einen guten Schlaf hatten. Direkt am

Fußweg zur Eingangstür stellte er den Wagen ab, stieg aus und griff im Gehen zum Messer. Mit der Klinge in der Hand öffnete er die Beifahrertür, löste mit einem Schnitt Dr. Millers Hände vom Haltegriff und zog ihn am Arm aus dem Wagen. Der erhöhte Sitz des Land Rovers ließ den Mann problemlos herunterplumpsen.

Die nahe Kirchturmglocke hatte dreimal geschlagen, während er sich willenlos zum Hauseingang und schließlich durch den Flur in die Küche drängen ließ. Dann zog er ihm achtlos die Binde vom Kopf und ging selbst in den Raum hinein.

Vielleicht war es doch zu spät. Das hatte er gedacht im ersten Moment. Dann war er zurückgetreten und hatte Dr. Miller im Türrahmen gemustert. Er hatte sehen können, dass der Tierarzt alles tun würde, was nötig war.

A loaded gun won't set you free.

Die Liedzeile aus dem Radio lenkte seine Gedanken zurück in die Gegenwart. Dass Sänger Ian Curtis von der Band *Joy Division* Selbstmord begangen hatte, war dabei eine gewisse Dialektik, die er nicht unbedingt auflösen konnte. Der Magie der gewichtigen Melodie hatte er sich dennoch nie entziehen können.

Über einen verkehrsfreien Motorway raste er in die Nacht hinein. Jeglichen Gedanken an das Gewehr auf seiner Rückbank verbot er sich.

8.

„Jenna, Sie lachen mich aus."

Die schwarz-weiß karierten Gummistiefel über den Jeans und mit Rollkragenpullover und Wachsjacke stand Greg vor dem einzigen Kleidungsgeschäft von Tathitus Log. Er war heilfroh, dass es überhaupt eins gab.

„Steht Ihnen", sagte Greg in Jennas Lachen hinein, „ist ja nicht so einfach, Sie dazu zu bringen, wenn man nicht Maja ist."

Sie wurde sofort wieder ernst, und unter schwarzen Wimpern hinweg begutachtete sie ihn von unten bis oben. Er hielt ihrem Blick stand und für einen Augenblick taxierten sie sich stumm. Greg hatte das Gefühl, sie würde etwas erwarten und hoffte gleichzeitig, es nicht bestätigt zu bekommen. Im nächsten Moment ließ sie die angespannten Schultern fallen und lächelte.

„Das ist ja nicht gerade Anzug, Hemd und Mantel", sagte sie und lief los.

Sie verließen den Dorfplatz in Richtung Süden, doch kurz bevor sie in eine Seitenstraße dorfauswärts einbogen, blieb Greg noch einmal stehen und sagte: „Hier ungefähr muss es gewesen sein, oder?"

„Haben Sie mit Maja gesprochen?"

„Die Zeitung. Der Bericht war schon recht ausführlich, aber ich bin mir gar nicht sicher, ob das so gut ist, bevor die Polizei überhaupt angefangen hat zu ermitteln."

„Ermitteln!"

Jenna spuckte das Wort vor ihre Füße und sah sofort danach so bitterböse zum Horizont, dass Greg sie erschrocken anstarrte. „Nennen Sie seitenweise Papier produzieren etwa ermitteln? Sie kochen den Fall dermaßen auf Sparflamme ... nichts wird dabei herauskommen. Gar nichts. Jemand ist gestorben. Freya ist gestorben! Und wer kümmert sich?!"

Greg war ehrlich überrascht, dass sie zu so einem Ausbruch fähig war; sich dabei auch nicht einmal um die verwundert dreinblickenden Passanten kümmerte. Mit großen Schritten stürmte sie los und Greg versuchte, annähernd so schnell, ihr zu folgen. Wann war er eigentlich das letzte Mal in Gummistiefeln gelaufen? Vielleicht mit acht Jahren an der Elbe in Hamburg?

Er begleitete sie stumm aus dem Dorf hinaus und auf einem Feldweg liefen sie nebeneinander jeder in einer Furche. Der Himmel war grau, die Luft eiskalt und er war ehrlich dankbar für die warme Kleidung aus dem Geschäft.

„Ich möchte mich wirklich nicht beschweren", sagte er irgendwann, „aber der Laden war ja ungewöhnlich gut sortiert für so einen Ort."

„Direkt hinter dem Dorf Richtung Osten beginnen die Broads. Mit Sumpfgebieten und landschaftlichen Attraktionen, die Touristen anziehen. Ohne entsprechendes Schuhwerk, Kleidung und Ausrüstung kann das im schlimmsten Fall sogar gefährlich werden. Das Dorf hat sich im Laufe der Jahre darauf eingerichtet, diejenigen auszurüsten, die nicht an alles gedacht haben. Oder kurzentschlossen hier gelandet sind."

Er war froh, dass sie ihm so bereitwillig Auskunft gab und nahm es als Anzeichen, dass sie sich offenbar wieder beruhigt hatte.

„Wie geht es Ihnen?“

Sie blickte nicht einmal hoch, aber er konnte sehen, dass sich ihre Stirn zusammenzog.

„Ich habe einen Streit gehört heute Morgen“, versuchte er es anders.

Sie bückte sich hinunter und hob einen auffällig karamellfarbenen Stein vom Weg auf. Im Gehen bewegte sie ihn unbewusst zwischen den Fingern und strich immer wieder mit dem Daumen über die glatten Seiten.

„Dann sind die Turmwände wohl doch nicht so dick.“

Sie hob das Kinn und ging mit größeren Schritten voran.

Er hätte kein weiteres Mal nachgehakt, doch nur wenig später sprach sie weiter: „David ist zuständig für Freya und er hat versprochen, mich im Rahmen seiner Möglichkeiten auf dem Laufenden zu halten. Im Grunde genommen haben wir uns nicht gestritten, aber ich habe mich furchtbar geärgert, und zwar über Boney, eigentlich Mason. Die Schussbahn ist offenbar so ungewöhnlich, dass der Schuss auf Freya tatsächlich ein Unfall gewesen sein könnte.“

Sie machte eine Pause, nur um dann mit Energie hinzuzufügen: „Er würde es am liebsten als Jagdunfall abstempeln, aber worauf denn bitte soll ein Jäger geschossen haben? Auf Kaninchen? Im Garten? Im Dunkeln? So ein Blödsinn!“

Mit jedem Wort wurde sie wieder lauter und untermalte ihre Aufregung mit wilden Handbewegungen. Nach einem weiteren Schritt, den sie lang über den Grasstreifen in seine Furche setzte, blieb sie dann stehen und war so ruhig, als wäre nichts zuvor geschehen.

„Außerdem brauchen sie mehr Energie, um einem anderen Fall nachzugehen. Freya wird nichts zurückbringen, aber seit Ende November wird ein Junge vermisst."

9.

London, vor mehr als drei Jahrzehnten

„Wo sind meine Eltern?"

Sie stockte und ließ ihre Hand auf das Papier sinken. Ohne es wirklich wahrzunehmen, blickte sie in das helle Rechteck unter der Decke. Während des vergangenen Jahres, in dem der Kleine nun in dem Raum war, hatte sie versucht, mit so wenig Lügen wie möglich auszukommen; lediglich um ihm seine neue Welt erträglicher werden zu lassen, als sie war. So wiederholte sie nur, was sie bereits vor vielen Monaten geantwortet hatte: „Ich weiß es nicht, Will."

Und das war die Wahrheit. Sie wusste es nicht. Der Junge war in ihrer unterirdischen Welt von heute auf morgen aufgetaucht und sie war dazu bestellt worden, ihn zu versorgen, ohne zu fragen. An den anderen Mädchen hatte sie nicht selten noch viele

Tage in den schillerndsten Farben sehen können, wie in ihrem Kosmos unnötige Fragen beantwortet wurden.

Obwohl er ihr irgendwann seinen Namen verraten hatte, war es ihr noch nicht gelungen, etwas herauszufinden. Seit sie sich kümmerte, war nicht ein einziges Mal durch die Medien gegangen, dass ein Kind vermisst wurde. Sie wünschte sich nichts mehr, als dass er aus einer reichen Familie stammte und der Teufel lediglich eine weitere Geldquelle aufgetan hatte.

Sie senkte ihren Blick hinab vom Oberlicht und sah ihm in die Augen. Immer, wenn er sie beobachtete, meinte sie, wie mit einem Erwachsenen reden zu können. Neugier, Wissensdurst, das unbedingte Verlangen, verstehen zu wollen, sprach so deutlich aus seinem Blick wie es geschrieben stand, in einer der Zeitschriften und Zeitungen, die er regelmäßig ansah. Selbst wenn sie seine gesamte Zeit bei ihnen rekapitulierte, fiel ihr auf, dass sein Verhalten nicht ein einziges Mal dem eines Fünf- oder Sechsjährigen entsprochen hatte.

Hatte er jemals geweint, um eine verlorene Familie? Einen großen Bruder oder eine kleine Schwester? Um ein liebgewonnenes Haustier oder einen Freund? Zumindest niemals in ihrer Anwesenheit. Sie überlegte, ob das Rückschlüsse auf seine Herkunft zuließ und erlaubte sich einige Mutmaßungen zu seiner Vergangenheit.

Vielleicht stammte er aus einer Familie, in der er viel sich selbst überlassen war? Schon früh auf persönliche Beziehungen, vielleicht sogar auf mütterliche und väterliche Beziehungen verzichten musste? Wann und warum würden Eltern sich derart verhalten?

Der Kleine musterte sie noch immer, und es kam ihr vor, als konnte er in ihrem Gesicht lesen wie in einem Buch. Das sollte er lieber nicht tun, dachte sie schnell, streckte ihm spontan die Zunge heraus und drehte eine lange Nase. Er fing an zu lachen, senkte den Kopf und vertiefte sich wieder in seinen Aufgaben auf dem Papier.

Sie zerzauste seinen schwarzen Haarschopf und horchte still in sich hinein. Die Tatsache, dass ihr immer mehr Fragen zu Will auf der Seele brannten, würde ihr Dasein nicht gerade einfacher machen.

10.

Tathitus Log, Gegenwart

Jenna riss einen Halm von einem hohen Gras und wickelte ihn eng um ihren Zeigefinger. Dann ließ sie ihn sich in eckigen Kringeln auf die andere Handfläche fallen, begutachtete ihr Werk und wiederholte die Prozedur mit dem anderen Zeigefinger. Mit jedem einzelnen Mal beobachtete Greg, dass die eckigen Kringel immer runder wurden.

„Wie geht es Ihnen also?“

„Sie sind hartnäckig.“

„Immer bei wichtigen Themen.“

Jenna kippte die Hand zum Boden, ließ den Halm fallen und vergrub beide Hände tief in die Taschen.

„Eigentlich war ich eher skeptisch, aber die Frauen im Kloster sind so offen und gleichzeitig zurückhaltend, dass ich mich wohlfühle. Ich mag diese Wege, die Felder und den Wald ... da sind wir auch schon."

Mit dem Blick vor seinen Füßen war er innerlich ganz bei ihr gewesen. Nun schaute er hoch und sah sich mit einem Mal direkt am Waldrand stehen. Zwei Schritte weiter hinein und sie blieben erneut stehen. Es fühlte sich an wie in einer anderen Welt.

„Merken Sie das? Die Luft ist milder. Die Vögel klingen voller. Das Licht ist spärlich, aber auch auffallender. Faszinierend, oder? Freya hat es geliebt. Im Frühling und Sommer ist der Unterschied sogar noch größer."

„Hier hat sie also gewohnt?"

„Ein Stück ist es noch. Von der Dorfseite aus sieht der Wald recht schmal aus. Aber er zieht sich nach Süden hinab."

Die Kronen der Nadelbäume rauschten leise über ihren Köpfen, und auf braunen Nadeln am Boden bewegten sie sich weiter in den Wald hinein. Die Wege wurden uneben und so schmal, dass es bequemer war, hintereinanderzulaufen. Bei fast jedem Schritt mussten sie auf hervorstehende Wurzeln oder Steine achten und er achtete so konzentriert auf den Boden vor seinen Füßen, dass er fast in sie hineingelaufen wäre, als Jenna jäh stehenblieb.

Er wollte sie gerade an seine Anwesenheit hinter ihr erinnern, als er von der Seite ihren Gesichtsausdruck registrierte. Er klappte den Mund wieder zu und folgte ihrem Blick; konnte jedoch wirklich nichts ausmachen, was an dem Bild, das sich ihnen bot, so erschreckend war.

Sie standen vor einer dunklen Fläche, vor einem Teich, der mit Sicherheit schon bald dick zugefroren sein würde. Die Größe der Wasserfläche zwang die Bäume am Rand immerhin so weit auseinander, dass mehr Licht durch ein Loch in den Kronen zu ihnen herunterfiel.

„Hier hat sie sie gefunden, Freya kam zufällig hier entlang."

„Sie gefunden?"

„Es war jemand aus dem Dorf und Freya hat ihn auch erkannt, aber nie darüber gesprochen. Der Bastard ist weggelaufen, hat den Sack aber noch ins Wasser geworfen." Jenna schüttelte sich. „So, wie sie war, ist Freya in das Wasser gegangen. Sie wusste nicht einmal, was überhaupt darin war, tastete aber so lange danach, bis sie den Stoff zu greifen bekam. Es waren zwei Hundewelpen, beide leblos. Freya hat sie trocken gerubbelt und der kleinere der beiden hat tatsächlich wieder angefangen zu atmen. Tagelang hat sie danach ununterbrochen um diesen Hund gekämpft."

Sie lief weiter und erzählte im Gehen: „Viele Leute im Ort wissen davon. Aber Freya hat fast nie darüber gesprochen."

Nach wenigen Metern blieb sie noch einmal stehen und er sah, dass sich der Pfad vor ihnen gabelte.

„Wir gehen nach links", sagte sie entschieden, „gestern bin ich direkt zum Wagen gelaufen und habe Sam nicht gefunden. Jetzt nehmen wir den anderen Weg."

Seit sie vom Ort aus losgegangen waren, hatte Greg kein bisschen seiner Aufmerksamkeit auf die Umgebung verschwendet. Er war inzwischen so orientierungslos, dass es ihn selbst verwunderte. Nun lief er hinter Jenna in den Wald hinein und hätte nur raten können, wo sich vielleicht das Kloster befand.

„Freya war unsere Freundin, und Maja und ich hatten immer eine leise Vermutung, wer damals dahintersteckte. Ist er es tatsächlich, dann traue ich ihm sogar noch ganz andere Dinge zu. Er ist ein grausamer Mann, und zurzeit ist die Geschichte sogar noch mehr Gesprächsthema als sonst. Nächstes Jahr werden Bürgermeisterwahlen stattfinden und auch die Leute aus dem Dorf haben inzwischen herausgefunden, dass es wahrscheinlich ... oh mein Gott!“

Da er den geografischen Faden ja bereits verloren hatte, war er mit den Gedanken wieder bei ihrer Geschichte gewesen. Durch ihren plötzlichen Ausruf hatte sie ihn nicht nur unsanft an seine Umgebung erinnert, sie hatte auch gleichermaßen so ungläubig und entsetzt geklungen, dass er meinte, ahnen zu können, was ihn erwartete. Da sie wie erstarrt vor ihm stand, schaute er vorsichtig über ihre Schulter.

Direkt vor ihren Füßen lag eine Schlagfalle aus dunklem Metall. Die rostigen Bügel waren zusammengeschnappt, ansonsten jedoch leer. Vielsagend aber war der große Fleck darunter und das schwarze kurze Fell, das in Büscheln darumherum lag.

11.

Auf dem Rückweg zum Kloster hob Jenna nicht ein einziges Mal den Blick vom Weg, gab keinen einzigen Laut von sich, griff nicht zu langen Halmen am Feldrand und war geistig offenbar nicht mehr in seiner Welt. Sie war in sich selbst verschwunden. Er fand ihren Zustand beunruhigend.

Vom Klosterhof ging sie unverzüglich durch die Außentür hinein und verließ die Küche ohne Umwege in Richtung Treppe und ihres Zimmers. Greg war mehrere Meter hinter ihr geblieben und konnte sie nur noch von hinten verschwinden sehen. Er ließ sie gehen, hängte seine Jacke über eine Stuhllehne und schaute sich in der Küche um.

Maja war gerade weder am Werkeln noch überhaupt anwesend, doch während sie unterwegs waren offenbar ziemlich fleißig gewesen. Auf dem Tisch stand nicht nur ein Apfelkuchen, sondern auch eine Menge an Gläsern mit Apfelkompott und Marmeladen, ordentlich aufgereiht und samt Zutaten beschriftet.

Greg studierte die Zettelchen auf den Gläsern, als die Italienerin mit einem Einkaufskorb von draußen hereinkam.

„Ihr seid schon zurück? Eigentlich wollte ich das Essen doch fertig haben“, rief sie vergnügt, stellte den Korb auf dem Tisch ab und fing an auszupacken: Dosentomaten, frische Tomaten, große Zwiebeln und Knoblauchzehen, Karotten und Sellerie, Petersilie, Basilikum und Hackfleisch.

„Wir sind nicht so weit gekommen, wie wir dachten.“

Aus ihrer eigenen Küche suchte sie weitere Utensilien zusammen: selbstgekochte Gemüsebrühe, Rotwein und Olivenöl, Lorbeerblätter, Oregano, Paprikapulver, Salz und Pfeffer.

Der Herd in seiner Junggesellenwohnung in London ließe sich mit zusammengekniffenen Augen vielleicht sogar noch als neu bezeichnen. Doch er war in einer Welt voller Delikatessen aufgewachsen, und obwohl sich seine Kochexpertise bei Steak und Spiegelei bereits erschöpft hatte, wusste er, was Maja kochen wollte.

„Wenn Sie jetzt noch Pasta dazustellen, bin ich mir ziemlich sicher, was es zu essen gibt.“

„Mögen Sie Bolognese? Das dauert aber alles noch ein Weilchen. Die Dosen öffnen, alles würfeln, würzen, abschmecken, Spaghetti kochen ...“

„Ich helfe Ihnen ja. Geben Sie mir Karotten und Sellerie.“

Maja lächelte ihm entgegen und freute sich, schien aber dennoch ehrlich überrascht zu sein. Skeptisch reichte sie ihm Messer, Brett und Gemüse hinüber.

„Ich werde mich damit schon nicht umbringen“, bekräftigte er und begann anfangs vorsichtig, dann aber immer geübter, Karotten und Sellerie in kleine Würfel zu verwandeln.

Maja bemühte sich inzwischen um Zwiebeln und Knoblauch und hatte bereits Petersilie und Basilikum gehackt, als Greg ihr voller Stolz ein Brett mit weißen und orangenen Würfeln entgegenstreckte.

„Das sieht gut aus. Fast so gut wie bei Jenn ... wo steckt die eigentlich?“

Maja gab das Hackfleisch zu ihren vorbereiteten Zutaten und Greg wartete mit seiner Antwort, bis sich das Brodeln und Zischen im Topf etwas gelegt hatte. Dann berichtete er von ihrem Waldausflug und versuchte dabei, jede Kleinigkeit wiederzugeben, an die er sich erinnern konnte.

Nachdem er fertig war, hatte sie bereits passierte Tomaten und ein Glas Rotwein in den Topf gegeben und verfeinerte die Bolognese, die bereits so köstlich duftend durch den Raum zog, noch mit Kräutern und Gewürzen. Sie kochte die Sauce ein weiteres Mal auf und stellte den Gasherd auf die niedrigste Stufe. Dann legte sie einen Holzscheit in den Ofen und setzte sich ihm gegenüber.

„Jenn und ich sind ungefähr zur gleichen Zeit hier angekommen. Dazwischen lagen nicht einmal vier Wochen“, fing Maja an. „Sie war die erste von uns beiden und in dem Zustand, den sie eben als *verschwunden* bezeichnet haben, habe ich sie hier angetroffen. Viele der anderen Frauen der Gruppe haben ein mehr oder weniger schlimmes Schicksal hinter sich. Jenn hat dies ganz sicher, aber darüber gesprochen hat sie noch nie. Erschwerend kommt noch hinzu, dass sie wirklich ein ausgesprochen wechselhaftes Naturell besitzt. Und das können sie in jedem Sinne verstehen, der ihnen einfällt.“

Er sah von der Tischplatte auf und runzelte die Stirn.

„Ich muss auch nicht unbedingt über meinen missratenen Mann und die unschönen Dinge reden, aber mir ist bereits dadurch geholfen, dass ich mich in der Küche entfalten darf. Außerdem helfe ich mir selbst, indem ich Jenn helfe."

Damit konnte Greg etwas anfangen. Er dachte sofort daran, wie Jennas Gesicht sich aufhellte, wenn sie über Maja sprach.

„Sie sind also einfach nur anwesend?"

„Anfangs kannten wir uns ja noch nicht so gut. Nach vier Wochen in der Gruppe ging es mir wieder richtig gut. Jenns Zustand allerdings war noch immer unverändert. Und dann habe ich eben angefangen, etwas zu unternehmen. Ich habe sie zum Markt mitgeschleppt, unter dem Vorwand, dass sie mir tragen helfen muss. Ich habe ihr gezeigt, wie man Zutaten zum Kochen auswählt. Ich habe mit ihr den Morris Minor gefunden und abgeholt, und zusammen mit einem Mechaniker aus dem Dorf haben wir Ersatzteile besorgt, alles geputzt und restauriert, was wir konnten. Dabei haben wir übrigens auch Freya kennengelernt. Jemand hat uns den Tipp gegeben, dass die Frau im Wald nähen kann. Freya hat uns die Sitzbezüge für den Morry gemacht. Alles das hat dann geholfen, irgendwann."

Maja stand auf und schaute prüfend in ihre Bolognese. Zufrieden rührte sie die Sauce und füllte anschließend einen schlanken Topf randvoll mit Wasser. Sie stellte ihn samt Deckel auf den Herd, wählte die höchste Stufe und setzte sich wieder.

„Ich bin wirklich kein Profi in solchen Dingen, aber meine Oma hat immer gesagt, dass Gartenarbeit glücklich macht. Aktivitäten sind besser als Stillstand."

Er konnte es nachvollziehen. Sein Vater war verarmt und in einem heruntergekommenen Haus in einer entsprechenden Nachbarschaft aufgewachsen. Sein Familienname hatte ihm lediglich Prügel eingebracht und alles, was die Familie sich aufgebaut hat, war Cleverness und praktischem Handeln zu verdanken.

„Wäre es in Ordnung, wenn ich noch ein paar Tage bleibe? Natürlich zahle ich dafür oder nehme mir ein Hotel, wenn Sie das Zimmer brauchen."

Maja war bereits dabei, unglaublich lange Spaghetti in das kochende Wasser zu befördern.

„Wir haben gerade so viele freie Zimmer, dass Sie jede Nacht in einem anderen Bett schlafen könnten. Die anderen sind noch bis ins nächste Jahr hinein in Tibet. Wir sind alleine hier, weil Jenn nicht reisen und ich sie nicht alleinlassen wollte."

Sie vergewisserte sich, dass das Wasser beständig vor sich hin blubberte und kam zum Tisch zurück.

„Ich wäre froh, wenn Sie bleiben würden, und ... außerdem ist das Kochen für drei viel schöner. Der Durchschlag ist ganz oben", sagte sie schnell.

Er nahm an, dass sie irgendetwas sagen wollte und es dann doch hinunterschluckte. Sein Magen knurrte inzwischen allerdings derart, dass er einfach nur in das oberste Fach griff und sich danach um den Tisch bemühte. Er suchte Teller, Besteck und Gläser zusammen, stellte die Flasche mit dem restlichen Rotwein auf den Tisch und fand in einer Fensternische eine passende Kerze. Dabei schaute er beiläufig zum Himmel hoch und sah unverändert dichte Wolken über dem Land.

„Und Jenn kommt auch, wie passend."

Das Quietschen und Ächzen der Treppe war sogar durch die Wand zu hören, und nur Momente später öffnete sich die Tür.

„Bin ich eingeladen? Das riecht köstlich. Bis in mein Zimmer hoch."

So weit entfernt, wie es ihm gerade vorkam, könnte London nicht einmal sein, wenn es auf einem anderen Kontinent wäre.

12.

Mr Headman saß auf der Bank unter seinem Baum; gegenüber dem Haus rund zwanzig Meilen östlich von Tathitus Log. Er beobachtete schon lange nicht mehr. Er dachte nach. Und da gab es inzwischen ganz viel nachzudenken. Viel zu viel.

Gott wird dich richten. Gott wird dich richten. Gott wird dich richten. Er hatte es im Ohr wie eh und je, drohend und unheilvoll die Stimme des Vaters, der er in jüngerer Zeit wieder mehr Beachtung schenkte, seit er die Bathory kannte.

Eigentlich war er ja sicher gewesen. Es gab keinen Gott, keine Präsenz, keine höhere Macht, keine unbekannte Kraft, nichts, absolut nichts dergleichen. Doch dieser kleine Dorn, der kleine Keim, den Vater in ihm gesät hatte, dessen er sich nie vollständig entledigen, ihn lediglich begraben konnte, er war wieder da. War offenbar gewachsen und schien prächtig zu gedeihen. Seit er sie kannte.

Es war nur eine Theorie. Eine Möglichkeit, die ihm der Vater verschwiegen hatte. Bewusst vielleicht. Vielleicht war es eine Lehre, der er selbst gewahr werden musste. Eine Lektion, die er am eigenen Leib zu erfahren hatte.

Er musterte die Zweige des Walnussbaumgerippes über seinem Kopf und fühlte plötzlich den Drang, seine Rinde zu berühren. Die Oberfläche zu spüren und zu fühlen, was wahre Natur war.

Langsam rutschte er zur Seite seiner Bank hinüber und legte die flache Hand gegen den Stamm. Trocken und kalt nahm er die Furchen des Baumes an seiner Haut wahr.

Er konnte es nicht erklären, aber seine Gedanken ordneten sich. Mit der Handfläche gegen den Stamm gedrückt, atmete er. Langsam und gleichmäßig. Ruhig und beruhigter als zuvor. Und aus dem Chaos in seinem Kopf wurden Bilder, Eindrücke und Strukturen, mit denen er umgehen konnte.

Gott richtet. Ja, vielleicht war es so. Aber er macht sich dabei nicht die Finger schmutzig. Nicht selbst. War es das, was Vater ihm beibringen wollte? Dass Gott Stellvertreter auf Erden hatte? Vater war wahrscheinlich einer dieser stellvertretenden Richter gewesen. Und die Bathory war es garantiert.

Sie hatte ihm aus ihrer Vergangenheit erzählt. Viel erzählt, ausführlich berichtet. Zum ersten Mal hatte sie von ihrem Geschäft gesprochen.

Nachdem sie erst einmal angefangen hatte, stellte er keine Fragen mehr. Sie redete einfach. Zusätzlich beseelt von einem Wein vor dem Kamin. Und er hörte einfach zu. Es war nicht geordnet, nicht von vorne nach hinten. Sie berichtete mal dieses, mal jenes, in unzusammenhängenden Bildern, episodisch und sprunghaft. Aber es reichte. Er konnte sich seine Vorstellungen machen.

Sie haben einen Handel geführt und Dienstleistungen erbracht. Sie haben eingekauft und sie haben verkauft. Sie haben produziert, veredelt, Nachfragen bedient. Weil der Markt es forderte. Weil der Markt es bezahlte.

Junge Frauen. Keine älter als Mitte zwanzig; gestrandete Mädchen im London der siebziger Jahre, abgeschöpft von der Straße, durch Lockungen und Versprechungen.

In unterirdischen Räumen fanden die Perversen des Landes ihr Paradies. Anonym. Gesichtslos. Nonverbal. Die Eintrittskarte: ein halbes Vermögen. Dann hatten sie sie zur freien Verfügung, die Mädchen. Was auch immer sie tun wollten. Wie auch immer es endete. Keine Fragen. Keine Opfer. Sie verschwanden einfach. Dafür wurde bezahlt: ein ganzes Vermögen. Und beim nächsten Besuch wieder die freie Auswahl.

Er hatte verstanden, dass es Videos gab, Filme, die verkauft wurden. Es gab Glasscheiben und Liveshows, Kostümabende und Vorführungen, aber auch die stillen Genießer mit ihren Objekten in versteckten Zellen. Unter der Erde. Für eine ganze Nacht.

In Gedanken war sie dort, während sie erzählte. Er hatte es sehen können. An den sonst so kalten Augen, die förmlich glühten, während sie berichtete.

Sie war selbst so jung gewesen, als es anfing. Dennoch war es so perfekt gelungen, ihre Organisation.

Und das mit dem Kind. Das war auch ihre Idee gewesen. Selbst ihre Leute hatten Zweifel gehabt. Es wäre zu gewagt, zu gefährlich, damit würden sie eine Grenze überschreiten. Niemand kannte diese jungen Dinger. Die meisten kamen vom Land. Niemand vermisste sie. Die Stadt hatte sie sich einverleibt.

Aber ein Kind? Das war etwas anderes. Verschwand ein Kind, so wurde die Welt aufmerksam. Aber sie wusste, was sie tat.

Nur zum Probieren gewählt.

Aber aus der entsprechenden Familie.

Nur *ein* Kind.

Aber das richtige.

13.

„Haben Sie Größeres vor?“

Greg zuckte zusammen und drehte sich zu ihr um. Die beim Frühstück noch offenen Haare hatte Jenna zu einem hohen Zopf am Hinterkopf geflochten. Ihre grünen Augen blickten ihm unergründlich entgegen. Sie stand an der Tür und hielt die Hand auf der Klinke. Also gab er sich einen Ruck, dachte an das Gespräch mit Maja zurück und ging in die Offensive.

„Wir beide gehen jetzt direkt zu Freyas Wagen, und wer weiß, vielleicht finden wir etwas.“

Er hielt inne und hoffte, dass die Informationen zu ihr durchdrangen.

„Oder haben Sie Besseres zu tun, Jenna?“

Mit dem Rucksack über der Schulter und einer Hand in der Jeanstasche erwiderte er ganz offen ihren prüfenden Blick. Greg hoffte inständig, dass er wenigstens einen Bruchteil der anziehenden Wirkung auf Frauen besaß, die zumindest Steve ihm nachsagte. Auf jeden Fall konnte das gerade nicht schaden.

Aber helfen offenbar auch nicht.

Ihre Augen verdunkelten sich, sie zog die Stirn zusammen und drehte sich auf dem Absatz wieder zum Flur zurück. Mit Schwung zog sie die Tür hinter sich ins Schloss, dass es knallte.

Er war sprachlos.

Seine Haltung kam ihm mit einem Mal lächerlich und viel zu gewollt lässig vor. Er zog die Hand aus der Tasche. Der vergessene Rucksack fiel ihm von der Schulter. Beim Hinunterbücken stieß er mit dem Kopf auf eine Stuhllehne. Mit Mühe verdrängte er den Ärger, der in ihm hochkochte, griff zum Stuhl und ließ sich auf die Sitzfläche fallen. Den Rucksack beförderte er mit einem Tritt unter den Tisch.

Vermutlich dauerte es tatsächlich auch nur wenige Sekunden, aber eine gefühlte Ewigkeit später öffnete sich erneut die Küchentür. Äußerlich nicht einen Deut anders als zuvor betrat Jenna wieder den Raum.

„Haben Sie schon Majas Keksvorrat gefunden?“

Sie marschierte zum Kühlschrank und zog das Schubfach darunter auf. Er erhob sich und umrundete den Tisch.

Unzählige Sorten selbstgebackener Plätzchen lagerten in verschiedensten Kunststoffbehältern. Wahllos zog sie einen davon heraus und hielt ihn Greg mit freudigem Grinsen entgegen.

„Aber nicht verraten“, sagte sie etwas leiser und schüttelte mit dem Kopf, „das soll alles für Weihnachten sein.“

Stumm nahm er ihr die Plätzchen aus der Hand, als es plötzlich auf der Kellertreppe polterte.

„Cazzo“, hörten sie Maja murmeln und einen Moment später laut rufen: „Ihr seid noch da, oder? Alles gut. Nichts passiert. Ich habe gerade beschlossen, dass es später Apfelmus gibt.“

Jenna grinste von einem Ohr zum anderen, drehte sich um und verließ die Küche in Richtung Hof.

Greg konnte sie zwar durch die Fenster hindurch sehen, aber er war sich ganz und gar nicht sicher, wer genau dort gerade aus der Tür spaziert war. Unsicher fischte er den Rucksack unter dem Tisch hervor, verstaute die Kekse und trottete hinter ihr her.

14.

Ohne weitere Umwege über die Dorfmitte zu nehmen, gingen sie direkt in Richtung des südlichen Waldes. Das Wetter hatte nicht nur kalte Temperaturen zu bieten, sondern schien sich auch eisern für die kommende Zeit so halten zu wollen. Dank der Windstille war es dennoch gut zu ertragen, und sie spazierten ohne Eile zwischen den Feldern entlang.

Als sie noch viele Meter entfernt ein Kaninchen auf den Weg springen sahen, blieben sie stehen und beobachteten das Tier. Zwischen den trockenen Halmen, die lang nach oben wuchsen, schien es nach frischerem Gras am Boden zu suchen.

„Wie meinten Sie das eigentlich eben?"

Er hätte sich gewundert, wenn sie nicht irgendwann gefragt hätte. „Vielleicht finden wir etwas, wofür sich die Detectives einfach nicht interessiert haben."

Das Kaninchen war mittlerweile unter einem Strauch über den nächsten Acker verschwunden. Sie setzten ihren Weg fort und ähnlich unvermittelt wie bereits am Vortag standen sie wieder unter den Kronen der Nadelbäume.

„Von hier aus gibt es nur den einen Weg", sagte Jenna im Gehen, „zumindest, wenn wir uns nicht quer durch den Wald schlagen wollen."

Sie zögerte und schnaubte einmal.

„Passen Sie in jedem Fall auf, wo Sie hintreten. Vor gar nicht langer Zeit hat der Detektor eines Schatzsuchers angeschlagen. Es war eine offene Falle am Boden."

Ohne über Wurzeln und Steine stolpern zu müssen, liefen sie nebeneinander zwischen den Bäumen. Nach wenigen Minuten meinte Greg bereits erahnen zu können, wo Freya sich abseits des Ortes ein neues Zuhause geschaffen hatte. Während weiter außen am Rande des Waldes mehr Tageslicht und Sonne zur Verfügung standen, war die Konkurrenz um Licht und Wärme innerhalb des Waldes größer. Die Bäume wuchsen immer spärlicher und weniger dicht und an vielen Stellen hätten auch abseits vom Weg problemlos Autos fahren können.

„Hier ist es also."

Greg stand auf einer Lichtung vor einem ausrangierten Eisenbahnwagen. Er war außen vollständig mit Holz verkleidet, in der typischen schmalen und langen Bauweise, an jeder Seite waren große Fenster eingelassen und ein Stückchen Ofenrohr schaut aus dem Satteldach heraus.

Vielleicht hatte Freya zu den Menschen gehört, deren Erfahrungen es einfach bedingten, länger eine Auszeit zu nehmen? Vielleicht war der Wagen im Wald ihr Versteck gewesen? Ein Rückzugsort? Aber vor wem und warum?

„Das Futter ist weg. Natürlich ist es das. Es wäre ungewöhnlich wenn nicht, in einem Wald mitten im Winter."

Während er in Gedanken in der Stille stand, war Jenna bereits um den Wagen herumgelaufen und kam wieder zurück.

„Wo hatten wir eigentlich die Falle gefunden?"

Ihm war eine Idee gekommen.

„Keinen Kilometer entfernt."

„Freyas Wagen hier lässt sich doch wirklich gut mit einem Pkw erreichen oder? Vielleicht nicht unbedingt mit dem Morry, aber ein Geländewagen müsste das problemlos schaffen."

Jenna blickte Fragezeichen in die Luft.

„Hund weg, Falle zu. Wie ich diese Folterinstrumente einschätze, wird sich das Tier nicht selbst befreit haben können."

„Jemand hat Sam mitgenommen?“

Greg nickte: „Und jetzt suchen wir die passenden Reifenspuren. So gefroren ist es hier noch nicht. Wer auch immer das gewesen ist, wird wohl nicht mit dem Hund auf dem Arm einfach aus dem Wald spaziert sein.“

15.

Er hob nur den Finger, und der Drei-Zentner-Mann hinter der Theke schwang sich von seinem Barhocker, ein Mann wie ein Bär; allerdings wollte der rötlich gelockte Vollbart nicht ganz stimmig ins Bild passen.

Seit seiner Ankunft am Vortag hatte er nichts anderes getan, als diversen Kneipiers bei der Arbeit zuzusehen. Die Auswahl an Lokalitäten an der Mathew Street war nahezu unbegrenzt. Er würde niemandem auffallen, was vor allem auch daran lag, dass er nicht mehr der abgerissene Typ mit den dunklen Haaren bis auf die Schultern war.

Er hatte zwar nicht die erste Fähre von Liverpool Richtung Irland genommen, dafür aber den kürzesten Weg in das nächste Shopping-Center. Mit unauffällig dunkelblonden Haaren, einem ordentlichen Kurzhaarschnitt und mit Jeans und Jackett saß er nun an der Theke. Der schwarze Rollkragenpullover verdeckte zumindest teilweise das hervorstechendste seiner Merkmale, die gezackte dunkel-blasse Linie vom Schlüsselbein den Hals hinauf. Eine schwarz gerahmte Brille mit runden Fenstergläsern hatte er in einer Kostümecke aufgetrieben.

Wie sehr allein ein Brillengestell die Menschen doch täuschen konnte. Als würde es dazu veranlassen, nur genau bis zu den Gläsern zu schauen, jedoch nicht mehr dahinter.

Durch die Biergläser hindurch musterte er sich in den Spiegelflächen gegenüber der Theke. Würde er den Kerl nicht seit 43 Jahren kennen, der ihm entgegenblickte, er hätte sich nicht auf Anhieb wiedererkannt.

Die runde Brillenform machte sein kantiges Gesicht weicher und die auffällig blauen Augen freundlicher. Ohne den zauseligen Vollbart lief die Narbe zwar deutlich aus dem Rollkragen bis zur Wange hinauf, doch wohl nur er selbst sah sie an seinem Hals leuchten. Die kurzen Haare samt dunkler Kleidung sorgten gleichsam dafür, dass er in der Masse verschwand.

Er hatte sein Hotel an der Regent Road für nichts anderes als seine Besuche im Pub verlassen. Noch immer hätte er jeden Tag mehrmals das Land verlassen können. Noch immer wandte er sich nur nach links in Richtung Mathew Street. Er verharrte in einem Zustand, der verdächtig ruhig daherkam.

Er bekam sein Bier vor die Nase gestellt und nickte dankend. Rotlöckchen nahm es wohlwollend zur Kenntnis und zog sich zurück auf seinen Barhocker an der anderen Seite der Theke. Bis auf einen weiteren Tisch in seinem Rücken war es leer im Raum, und der Wirt konnte sich in aller Ruhe mit zwei Männern auf einer Eckbank unterhalten.

Die Stimmung im Schankraum war entspannt. Dreiviertel des Glases waren mit den ersten Schlucken bereits geleert und er freute sich auf das wattig benebelte Gefühl in seinem Kopf, das sich ungefähr nach dem dritten Pint ausbreitete. Wieherndes Lachen in seinem Rücken störte ihn empfindlich auf dem Weg in die geistige Dämmerung und er beeilte sich, mit dem Finger ein zweites zu bestellen und ein drittes anzudeuten. Dann versenkte er sich in die Betrachtung einzelner Bläschen auf der dünnen Schaumschicht in seinem Glas und ließ sich nur noch kaum vom erneuten Lachen hinter ihm stören.

Nur weil er spürte, dass Rotlöckchen sich nicht mehr mit seinen Gästen an der Ecke unterhielt, blickte er zur Seite und sah drei Augenpaaren entgegen, die ihn unnatürlich starr im Fokus hatten.

Da er zurzeit nicht viele Gedanken ans Essen verschwendete, musste das erste Pint doch stärker gewirkt haben, als er dachte. Sonst wäre der Schatten, der nun in seinem Rücken stand, ihm sicherlich eher aufgefallen.

Er blickte sich nicht um und ignorierte den Spiegel ihm gegenüber. Besser als jeder äußere Eindruck konnte sein Gespür ihm mitteilen, was ihn erwartete.

Seine Nackenhaare stellten sich auf.

Würde er die Ärmel seines Jacketts hochschieben, könnte er es auch daran erkennen; die Piloerektion, Gänsehaut, eine vom Nervensystem gesteuerte Kontraktion der winzigen Muskeln an den Haarfollikeln, den nach innen gekehrten Taschen der Epidermis, aus denen die eigentlichen Haare aus der Haarwurzel erwuchsen; eine Wirkung ohne Beteiligung des Bewusstseins, hervorgerufen durch Temperatur, Kälte, aber auch durch emotionale Erregungszustände, Angst, Schrecken und unbestimmtes Unbehagen.

Tock, tock, tock.

„Ich kenne dich nicht. Muss ich auch nicht. Aber was ich weiß: Wir bedanken uns hier ordentlich, wenn es ein Bier gibt."

Der Schatten machte zwar eine Pause, aber er wusste trotzdem, dass etwas folgen würde. Schließlich sollten seine Jungs hinten am Tisch sich freuen dürfen; und die Pointe fehlte noch.

„Schaffst du das dritte Pint überhaupt noch?"

Es war genau das, was er vermutet hatte. Er hörte in seinem Rücken wieder das wiehernde Lachen vom Tisch und vom Schatten hinter ihm ein unnatürlich schnelles Ein- und Ausatmen.

Tock, tock, tock, tock.

Er hob den Kopf und schaute hinüber zum Wirt und seinen Gästen. Alle drei beobachteten die Situation, aber Rotlöckchen schien nicht gewillt, einzugreifen.

Aus zwei verschiedenen Richtungen, von hinten und von der Seite, wurde er also gerade mit Blicken bombardiert. Sie zwangen ihn zu reagieren und allein der Gedanke ließ es abwechselnd heiß und kalt durch seinen Körper rauschen.

Tock, tock, tock, tock, tock.

Sein Herzschlag beschleunigte sich. Er wusste, dass verstärkt Testosteron produziert wurde, dass sich die Aktivität des Frontalhirns reduzierte und der Amygdala, dem Aggressions-Areal im Gehirn anstieg. Zugunsten des Alarmsystems im Körper wurde das logische Denken unterdrückt – und das Mitgefühl.

Tock, tock, tock.

„Er hat es gesehen, dass ich ihm gedankt habe."

Er drehte sich um und zeigte auf den Wirt, Rotlöckchen nickte sogar.

Den Mann, der ungefähr im Abstand von drei Metern vor ihm stand, würde er als typischen Pub-Besucher bezeichnen. Deutlich kleiner als er selbst war er von einer gedrungenen, aber muskulösen Statur. Sein Gesicht war flach und breit mit kurzen rotblonden Haaren. Darunter waren kleine, enge Augen und ein rastloser Blick ohne erkennbare Intelligenz.

Tock, tock, tock, tock, tock.

Und dieses Geräusch ... Immer wieder klapperte der Schatten mit dem Absatz eines Schuhs auf den Boden. Er trug lediglich ein schwarzes T-Shirt, das seinen Bauch unvorteilhaft in Szene setzte. Dennoch hatte er eine unnatürlich rötliche Gesichtsfarbe, mit deutlich abgesetzten, glühenden Wangenpartien.

Motorische Hyperaktivität, schnelle Pulsfrequenz, gesteigerter Blutdruck, erhöhte Körpertemperatur, hohe Atemfrequenz; die Symptome einer zentralnervösen Stimulation und die aus dem Nichts entstandene Aggressivität könnte einen regelmäßigen Konsumenten anzeigen. Er vermutete Kokain.

Die Situation durfte auf keinen Fall aus dem Ruder laufen. Würden Gäste draußen auf der Straße aufmerksam, würde es nur wenige Minuten dauern, bis auch Streifenpolizisten im Pub ständen. Nicht, dass ihn ihre Anwesenheit tatsächlich nervös machte, doch das Gewehr in seinem Wagen könnte ihm Probleme bereiten.

Tock, tock, tock, tock, tock, tock, tock.

„Ach ja? Gesehen? Ich hab es aber nicht gehört."

Mit schnellen Trippelschritten reduzierte der Schatten die Distanz auf ein unangenehmes Maß.

Er musste sich etwas einfallen lassen und brauchte ein paar Sekunden zum Überlegen. Mit gleichmütigem Ausdruck blickte er so wenig provozierend wie möglich im Raum umher und analysierte das Bild.

Keiner der anderen Anwesenden hatte sich bewegt. Rotlöckchen saß noch immer bei seinen Gästen am anderen Ende der Theke. Im Rücken des Schattens hingen noch immer seine zwei Jungs auf ihren Stühlen.

Und es fiel ihm etwas ein.

Keiner hatte einen direkten Blick, was zwischen ihm und seinem Gegenüber wirklich geschah. Die Theke und dessen eigener Körper verdeckten es. Die Bündelung sympathischer und parasympathischer Nervenfasern, das größte autonome Nervengeflecht des Körpers zwischen dem ersten Lendenwirbel und dem letzten Brustwirbel, der Solarplexus.

Er saß noch immer auf seinem Barhocker, was eine denkbar ungünstige Lage war, die es ihm kaum erlaubte, sein gesamtes Kraftpotential zu entfalten. Doch was er hatte, musste er nehmen.

Er ballte die rechte Hand zur Faust und ruckte mit seinem Kinn in Richtung Ausgang. Aus purem Reflex folgte der Kopf des Schattens und im selben Moment musste es geschehen.

Mit den Füßen stützte er sich auf dem Barhocker ab, erhob sich dabei so hoch wie möglich aus seiner sitzenden Position und ließ sich mit der Faust auf Magenhöhe mit allem vorhandenen Schwung nach vorne fallen.

Eine gezielte Schlagwirkung auf den Solarplexus führte zu einer sofortigen Erweiterung der Bauchraumgefäße und einem plötzlichen Abfall des Blutdrucks. Die resultierende Unterversorgung des Gehirns bewirkte mindestens Desorientierung und Schwindel oder Bewusstlosigkeit und Tod.

Krachend landeten er und der Barhocker auf dem Boden und noch im Fallen beobachtete er den Schatten. Wie in Zeitlupe sackte er in sich zusammen. Er hoffte inständig, dass es in Wirklichkeit viel schneller ging.

„Alkohol sollten nur die trinken, die es vertragen. Hast du dir etwas getan?"

Rotlöckchen streckte ihm wie aus dem Nichts heraus eine Hand entgegen. Der Wirt musste schon seine Theke umrundet haben, während er selbst noch dabei war, seine Gliedmaßen zu sortieren. Zügig ließ er sich auf die Füße ziehen und der Wirt schwankte nicht einmal. Rotlöckchen war von so wuchtigem Körperbau, dass er einbetoniert nicht hätte massiver sein können.

„Ähm, ja, er hat mich wohl einfach mitgerissen." Er wusste, dass er fallen würde und bekam wahrscheinlich nicht einmal einen blauen Flecken.

Dennoch schaute er prüfend an sich herunter. „Gut ... ja ... wohl noch alles dran.“

Dann musterte er den Mann am Boden und konnte sehen, dass sich dessen Brustkorb regelmäßig hob und senkte. Der Kopf lag auf der Seite und ein Speichelfaden lief ihm aus dem Mundwinkel. Ansonsten allerdings schien er weggetreten zu sein.

Er wagte sich auf gefährliches Terrain: „Ja, ähm, vielleicht sollten wir einen Krankenwagen rufen? Die Menge an Alkohol muss ja beträchtlich ...“

Noch bevor er den Satz vollendet hatte, winkten alle Gäste gleichzeitig ab; sie machten wegwerfende Handbewegungen, sogar die Jungs hinten am Tisch. Offenbar war es ihnen eher peinlich, dass ihr Häuptling regungslos am Boden lag und sabberte.

„Wir lassen ihn schlafen und achten darauf, dass er weiteratmet“, antwortete Rotlöckchen gelassen.

Er nickte dem Wirt zu und setzte sich zurück auf seinen Barhocker. Ein weiteres Mal ließ er es sich nicht nehmen, sein Spiegelbild im Glas gegenüber zu mustern. An der Narbe in seinem Inneren konnte er nichts mehr ändern. Die Narbe an seinem Hals trug er mit Stolz. Die Army, Ausland, Afghanistan; es waren alles Erfahrungen, die er danach gemacht hatte. Die Narbe bedeutete, dass er es überlebt hatte.

Schließlich ließ er eine Zwanzig-Pfund-Note auf den Tresen segeln und trat mit langen Schritten auf die Mathew Street hinaus. Von einem wolkenlosen Himmel funkelten ihm die Sterne entgegen. Er blieb stehen und sog gierig die Luft ein. Er schloss die Augen, und Freya starrte ihm entgegen. Augenblicklich wurde das Ziehen in ihm stärker; er ignorierte es. Einen Sekundenbruchteil dachte er an das Gewehr auf seiner Rückbank; es war ihm ganz und gar egal.

Er war nicht überrascht, dass ihm etwas anderes dafür überhaupt nicht mehr egal war. Der Entschluss musste bereits in ihm gewesen sein, bevor er in Liverpool eingetroffen war. Andernfalls säße er schon mit einem Guinness in Dublin anstatt sich mit einem Idioten in Liverpool abzugeben. Doch erst jetzt konnte er diesen Entschluss fassen, und offensichtlich war die Willkür des Schattens genau das gewesen, was es gebraucht hatte.

Er würde zurückgehen, zurück in den Osten, und in der Kälte den Teufel finden.

3. Kapitel

Ferne, Licht und Dunkel

1.

Und doch ist nie der Tod ein ganz willkommner Gast. Mit den Füßen auf der Bettkante saß Jenna auf dem Stuhl in ihrem Zimmer. Wie recht er doch hatte, ausgerechnet Mephistopheles.

Erstmals seit Tagen war Jenna für mehrere Stunden allein gewesen und hoffte auf ein wenig Ablenkung. Doch die Tragödie, die auf den Knien vor ihr lag, schien gerade nicht das Passende zu sein; weder zur Würdigung des Textes noch zum hinreichenden Verständnis konnte sie aktuell genügend Konzentration aufbringen. Selbst der Tee war ihr keine Hilfe gewesen, der noch immer auf dem Schränkchen stand und schwach vor sich hin dampfte ...

Sie zog die Schultern nach oben und schaute mit gesenktem Kopf von rechts nach links im leeren Zimmer umher. Die Tür in den Flur war geschlossen und die gerollte Decke am Boden würde Schlimmeres verhindern. Leise kicherte sie in sich hinein.

Wie ein rohes Ei legte sie Goethes Werk auf dem Tischchen neben dem Bett ab und schloss die Strickjacke bis auf den letzten Knopf hinauf. Dann öffnete sie das Sprossenfenster in Richtung Apfelbaumgarten. Mit Macht drängte die Kälte herein.

In ihrem Kleiderschrank oben, ganz hinten links; auf Zehenspitzen stand sie vor der geöffneten Flügeltür und tastete nach der rechteckigen Verpackung. Mit einem Grinsen auf dem Gesicht griff sie die Schachtel und stellte sich vor das Fenster. Nur mit den Fingerspitzen von Daumen und Zeigefinger angelte sie eine Lucky Strike hervor, hielt sie zwischen den Lippen und entzündete die Zigarette mit dem Feuerzeug, das in der Packung an der Seite steckte.

Der erste Zug seit Wochen, und die Wirkung setzte fast unmittelbar ein. Behaglich berauscht ließ sie ihre Schultern nach unten fallen, die oft unbewusst kraus gezogene Stirn glättete sich spürbar und durch ihr Fenster im ersten Stock schaute sie gottergeben in das Grau des frühen Nachmittags.

Während ihres letzten Spaziergangs waren sie fündig geworden. Wahrscheinlich hatte irgendjemand Sam aus dem Wald getragen, tot oder lebendig. Unweit der Lichtung hatten sie die Spuren eines Pkws entdeckt. Und da Freya nie Besuch hatte ...

... hätte die Polizei aufmerksam werden müssen. War sie aber nicht. Niemand würde einen Zusammenhang zwischen dem Hund und Freyas Tod sehen; schon gar keinen strafbaren. Eher ließe sich vermuten, dass ein Spaziergänger einen Hund aus einer Falle gerettet hatte. Aber damit erschöpfte es sich nicht. Jenna war sich sicher, dass eins mit dem

anderen zusammenhing; und nicht nur aus einem Gefühl heraus. Wäre Sam einfach so gefunden und zu Dr. Miller gebracht worden, hätte es nur einen Tag später das gesamte Dorf gewusst. Wäre das Tier in dieser Falle gestorben und tot aufgefunden worden, auch dann hätten es alle erfahren. Es war aber gar nichts bekannt. Mit den Reifenspuren konnten sie selbst überhaupt nichts anfangen. Sie konnten sich ja kaum einen Abdruck mit Majas Plätzchenteig basteln und einen riesigen Reifenspurenkeks backen, nur weil die Polizei ...

Jenna hielt inne, weil sie spürte, dass ihre Gedanken immer finsterer und schneller wurden; um sie herumkreisten, strudelten und diese bekannte Dunkelheit in ihr heraufzuziehen begann. Würde sie jetzt nichts unternehmen, wäre sie bald gefangen wie in einem Panzer. David war mehr als angespannt wegen der Kindesentführung, sein Schreibtisch war übervoll. Er tat, was er konnte.

Mit tiefen Zügen verdrängte sie das Denken an den Rand ihres Bewusstseins und gab sich der Rauschwirkung hin, spürte die Kälte im Schutz ihres Zimmers, ließ den Blick bis zum Horizont schweifen und horchte in die Stille, die draußen, am Rande des Dorfes dominierte.

Schließlich schloss sie das Fenster und wollte sich zur Treppe aufmachen, als sie bei einem Blick in den Spiegel über sich selbst erschrak. Sie bekämpfte ihre beinahe schon krankhaft aussehende Fahlheit mit etwas Lippenfarbe und Mascara, löste den am Hinterkopf gebundenen Dutt und kämmte die Haare ordentlich über ihre Schultern zurück. Der letzte Blick gab ihr nun immerhin ein Bild zurück, mit dem sie leben konnte. Sie versuchte es sogar mit einem Lächeln, das eher zu einem schiefen Grinsen geriet; ein Grund mehr, aus dem Zimmer zu verschwinden.

Ohne auf das Knarren und Ächzen der Holztreppe Rücksicht zu nehmen, lief sie hinunter und öffnete mit Schwung die Küchentür.

Zur Abwechslung waren es mal keine Äpfel, die von der Italienerin dort gebraten, gekocht oder anderweitig zubereitet wurden. Maja stand an der Küchenzeile und bearbeitete einen riesigen Klumpen Teig. Statt einer Begrüßung versuchte Jenna ein wenig davon zu stibitzen, ohne unter das bedrohliche Nudelholz zu geraten.

„Hey, Jenn", beschwerte sich Maja, „das schmeckt nicht. Das ist Weihnachtsstollen, kein Plätzchenteig. Magst du eigentlich Orangeat? Ich auf jeden Fall nicht ... ich nehme nur Rosinen und Marzipan."

Jenna gab ihr Unterfangen auf und setzte Wasser auf den Herd. Dann lehnte sie sich mit verschränkten Armen und Beinen an ein Fensterbrett und wartete auf den Pfeifton.

„Maja? Wer soll das eigentlich alles essen? Die Gläser und Plätzchen, Kuchen und Stollen? Selbst wenn die anderen im nächsten Jahr wieder zurück sind – wir sind nur fünfzehn und nicht hundertfünfzig. Gerade sind wir sogar nur drei."

Maja hielt nicht einmal inne in ihrer Tätigkeit, sondern malträtierte weiter den Teigklumpen auf dem Holzbrett.

„Weißt du eigentlich, was ich dir die ganze Zeit schon erzählen wollte?“, fragte Maja statt einer Antwort und ignorierte Jennas Einwand damit auf ihre so unnachahmliche Weise. „Rate mal, wo ich heute Morgen war. Ich gebe dir einen Tipp. Es ist Samstag!“

Maja grinst vor sich hin und schien sich offensichtlich über Jennas fragenden Gesichtsausdruck zu freuen, aber Geduld gehörte definitiv nicht zu ihren Stärken.

„Jenn, ich war auf dem Markt!“, platzte sie unvermittelt heraus. „Ich habe es endlich geschafft, unseren Marktstand zu beantragen und weißt du was? Das ist fantastisch! Ich bin fast alles losgeworden. Der Weihnachtsmarkt zieht sogar Touristen an. Apfelmus, Apfelchutney, Weihnachtsplätzchen, würzige und süße Marmeladen, und ich habe eine Menge verkauft und das macht so einen Spaß! Und Geld nehmen wir damit auch ein. Dann können wir im Frühling anfangen zu renovieren.“

Maja schien aufgeregt wie ein Kind und schwang bei ihren Gesten das Nudelholz gefährlich nah an Jennas Kopf vorbei.

„Du bist die Beste, ich weiß.“

„Ach übrigens, jetzt muss ich dir noch etwas erzählen. Ich habe etwas auf dem Markt gehört.“

Nun unterbrach Maja die Arbeit und lehnte sich mit der Hüfte gegen die Arbeitsplatte. Das Nudelholz ruhte.

„Es ist nur ein Gerücht, eine Sache, die ich aus einem Gespräch am Nebenstand aufgeschnappt habe. Eigentlich wollte ich ja nichts erzählen. Zumindest nicht, bis ich mehr weiß. Aber andererseits ... Dr. Miller behandelt einen Hund ohne Herrchen."

Äußerlich ließ sich Jenna nichts anmerken, aber sie konnte spüren, wie ihr Puls in die Höhe schnellte. Dabei konnte das alles und nichts bedeuten.

„Es ist wohl selten, dass Dr. Miller einen Hund in stationärer Behandlung hat. Die Hunde aus dem Dorf versucht er eigentlich in ihrem Zuhause zu lassen, und da hat seine Frau, zumindest nehme ich an, dass es Dr. Millers Frau war, ihn nur ganz beiläufig gefragt, wem der neue Patient gehören würde. Daraufhin war ihr Mann so komisch geworden, wie sie ihn noch nie zuvor erlebt hatte ... danach kamen leider Leute an meinen Stand, und das Gespräch nebenan wurde auch unterbrochen."

Jenna spürte selbst, dass sie stirnrunzelnd und mit geneigtem Kopf in Richtung Maja blickte. Seit dem Wort *Herrchen* war sie allerdings abwesend und lauschte ihrer Freundin nur noch mit einem Ohr. Es konnte also wirklich sein, dass Sam lebte.

„Das ist interessant", sagte sie knapp.

Maja wandte sich wieder ihrem Teigklumpen zu und der auf dem Herd vergessene Wasserkessel stimmte seinen Pfeifton an. Jenna erwachte aus ihrer Starre und bereitete Geschirr, Kaffee und Plätzchen für drei vor. Dann machte sie sich auf den Weg in Richtung Turm.

„Er ist unten, Jenn."

Auf dem Absatz machte sie kehrt.

„Greg ist seit heute Vormittag dort unten. Wenn ich das richtig verstanden habe, braucht das College ein paar mehr Infos. Steht dir übrigens gut, die Farbe und die offenen Haare."

Wie meistens, wenn sie von Majas Wahrnehmung überrascht war, beschloss Jenna, einfach den Mund zu halten. Mit der italienischen Schlagfertigkeit konnte sie es ohnehin nicht aufnehmen.

2.

London, vor mehr als drei Jahrzehnten

„Kannst du dich denn noch erinnern?"

Will überlegte, bevor er antwortete: „An ein Haus und große Zimmer."

Dabei schaute er an den nackten Stein der Decke hinauf, und sie schloss daraus, dass es sich nicht nur um große Zimmer, sondern für ein Kind auch um ungewöhnlich hohe Räume gehandelt hatte.

„Außerdem war alles hell und ... und irgendwie glänzend."

Was er beschrieb, hörte sich eher nach einem Palast denn nach einem freundlichen Kinderzimmer an.

„Und wer hat dort gewohnt?"

„Eine Frau. Wir haben oft zusammen gespielt und ..."

Mit rechts griff er sich seitlich in die Haare, krallte die Faust zusammen und zog sie waagerecht zur Seite weg, immer und immer wieder; offenbar eine völlig unbewusste Geste, die sie immer an ihm beobachten konnte, wenn er intensiv nachdachte oder angestrengt war. Oder beides. Er schien auch nicht zu einem befriedigenden Ergebnis zu kommen, denn auch während er schließlich fortsetzte, malträtierte er weiterhin Haare und Kopfhaut.

„... ein Mann, der war immer in der Küche. Und ein anderer, der das Auto gefahren hat."

Er krallte die Hand in die Haare und zerrte daran, Hand in die Haare und zerrte, in die Haare, zerrte, Haare, zerrte ... Sanft berührte sie seine Schulter. Mitten in der Bewegung hielt er inne und sie nutzte den Moment, um die kleine Faust zwischen ihren eigenen Händen zu verstecken.

„... und deine Eltern?", fragte sie leise.

„Vater und Mutter, die waren da auch."

Um Himmels willen! Welche Eltern ließen sich freiwillig *Vater* und *Mutter* nennen anstatt Mama und Papa oder Mutti und Vati oder Mummy und Daddy ...

„Manchmal bin ich zu dem Mann im Garten. Heimlich." Sein Gesicht verzog sich in diebischer Freude. „Eigentlich durfte ich nie alleine. Aber dann hat er mir gezeigt, wie man aus Ästen Pfeil und Bogen baut oder ein Holzschwert."

Nicht einmal alleine in den Garten? Sie hatten noch nie darüber gesprochen, wie er in ihre Welt gefunden hatte. Allerdings konnte sie sich auch das inzwischen ansatzweise vorstellen. Ein Kind aus gutem Hause, zahlreiche, vielleicht unterbezahlte oder schikanierte Angestellte, Eltern, die lediglich als Vater und Mutter eine Rolle spielten, jedoch nicht als liebevolle und sorgende Bezugspersonen ...

„Ich durfte manchmal Cola bei ihm trinken. Wir haben uns auch Bilder angeguckt von seiner Familie. Und er hatte eine Katze und einen Hund ..."

Sie war gedanklich nicht ganz bei der Sache, auch wenn sie rein äußerlich noch immer aufmerksam lauschte. Ihr war nur zu klar, dass sie dieses Gespräch bisher vermieden hatte, um nicht an Erinnerungen zu rühren, die ihm nur schmerzlich bewusst machten, was er aktuell alles vermisste.

„Hier war auch jemand und hat Fotos gemacht."

„Tatsächlich?" Sie war noch immer in Gedanken an die Herkunft des Kleinen und strich dabei weltvergessen immer wieder über die glatte Haut auf seiner kleinen Hand ... „Wie bitte? Sag das noch einmal."

„Eine Frau war hier und hat mir eine Badehose geschenkt. Ganz in Rot. Und dann hat sie Fotos gemacht. Damit ich sehen kann, wie es angezogen aussieht."

Wie vor den Kopf geschlagen starrte sie in das Gesicht mit den großen Augen, umrahmt von einem völlig zerzausten Haarschopf. Sie brauchte nicht zu raten, wer bei ihm gewesen war. Sie wusste es. Und vor allem was sie gemacht hatte, *während* er sich auszog.

Fotos. Unzählige Fotos.

3.

Tathitus Log, Gegenwart

Greg versuchte verzweifelt, den Sitz so passend einzustellen, dass sich Lenkrad, Kinn und Knie nicht völlig hoffnungslos verkeilten.

„Sie leben gefährlich, das wissen Sie, oder?"

Jenna hatte es sich auf dem Beifahrersitz des Morry gemütlich gemacht und freute sich ausgelassen über seine Zwangslage. Dabei versuchte sie nach außen hin bierernst zu bleiben, was ihr nicht einmal schlecht, sondern überhaupt nicht gelang.

Insgeheim war Greg froh darüber. Sie schien sich verändert zu haben, offener zu sein, keine düsteren Stimmungen mehr zurzeit und alles, was offenbar ist, konnte auch bekämpft ...

Ohhh ... Der Gedanke traf ihn schlagartig wie der Blitz den Kirchturm. *Offenbarte Dunkelheiten,* das hörte sich gut an und wäre vielleicht ganz brauchbar als neues Forschungs...

„Er sprach heute Morgen zwar davon, den ganzen Tag über erreichbar zu sein, aber wenn Sie sich weiter in körperlichem Origami hinter dem Lenkrad üben, wird das nichts mehr vor Mitternacht."

Mit gespielter Strenge lenkte sie ihren Blick zum Fenster hinaus; wahrscheinlich, um sich möglichst heimlich das Lachen zu verkneifen, dachte Greg bitter und bemühte sich, seine Gedanken wieder im Jetzt zu sammeln.

Er hatte den Sitz endlich so einstellen können, dass Knie und Kinn wenigstens einen Mindestabstand einhielten und machte sich an das nächste Abenteuer; er musste den Wagen starten. Dabei konnte er Majas Blicke aus der Küche geradezu im Nacken fühlen. Vor seinem inneren Auge sah er ihr schwingendes Nudelholz vor sich auftauchen.

Er war hochkonzentriert, trat vorsichtig die Kupplung und betätigte mit so viel Feingefühl, wie er aufbringen konnte, den Zündschlüssel. Ohne Mucken startete der Motor.

„Sie sind ein Held, Greg."

Er musste überlegen, ob er ihre beißende Ironie monieren sollte, entschied sich dann allerdings dafür, keine Kräfte zu vergeuden. Den Gang musste er schließlich auch einlegen, und er konnte sich noch gut an Majas Kampf bei der Rückfahrt vom Bahnhof erinnern.

Greg vergewisserte sich, dass er die Kupplung fest gedrückt hielt, kniff in Erwartung eines furchtbar krachenden Geräusches die Augen zusammen und versuchte sich mit dem ersten Gang. Weniger widerspenstig als er dachte, flutschte der Hebel in die richtige Position.

Mit den Augen gen Wagendach schickte er ein Dankgebet zum Himmel und musste als erstes Hindernis nur noch die drei riesigen Eichen auf dem Hof umfahren. Langsam ließ er die Kupplung kommen. Der Morry setzte sich ruckelfrei in Bewegung.

„Samtweich, wie Majas Butter am Küchenofen", sagte Jenna und schaffte es beinahe, ein wenig echte Bewunderung in ihre Stimme zu legen.

„Ich kann mir schon denken, warum Sie nicht fahren. Sie wollten sich den Spaß nicht nehmen lassen."

Er steuerte das Gefährt vorsichtig an den Eichen vorbei und durch die mauergesäumte Einfahrt auf die Straße hinaus.

„Ihnen ist bewusst, dass Sie rechts an den Bäumen vorbeigefahren sind, oder?", fragte Jenna plötzlich eher skeptisch als belustigt.

„Ach, vertrauen Sie mir, nach ein paar Meilen habe ich es raus."

So konnte er es ihr also heimzahlen. Alarmiert sah Jenna ihn an. Er konnte den Zweifel in ihrem Gesicht so deutlich erkennen, dass er lachen musste, hoffte insgeheim aber dennoch, dass die Bewohner des Dorfes ihr Auto in der Garage ließen.

„Fahren Sie erst einmal. Maja hat mir das letzte Stück aufgezeichnet. Das Haus liegt auf der anderen Seite des Dorfes", sagte sie entschieden, „von hier aus hinter dem Dorfplatz."

Das Stückchen Zettel mal nach rechts, mal nach links drehend versuchte sie vergeblich, die Skizze an ihrer aktuellen Fahrtroute auszurichten.

„Also, so professionell wie Maja in der Küche auch sein mag, Zeichnungen liegen ihr definitiv nicht", sagte Jenna und ließ frustriert den Zettel sinken, um sich zum x-ten Mal an der Umgebung zu orientieren. Dabei hatten sie sich seit ihrem letzten Blick kaum weiterbewegt.

„Wir finden das Haus. Sie wären mir eine weit größere Hilfe, wenn Sie mich weiter daran erinnern würden links zu fahren."

Jenna hatte schon wieder den Zettel vor der Nase gehabt und schaute bei seinem letzten Satz entsetzt auf die Straße. Er war froh, dass sie seinen Schlenker vorher offenbar verpasst hatte.

„Das ist überhaupt nicht lustig. Machen Sie keine Witze darüber“, sagte sie und schaute ihn todernst von der Seite an.

„Ich meine das genauso, wie ich es gesagt habe. Passen Sie auf mich auf. Sie haben mich schließlich hierhergelockt. Und jetzt jagen wir auch noch einen Mörder. Aber was noch viel schlimmer ist“, sagte Greg und schob eine dramatische Pause ein, bevor er fortsetzte: „Ich muss hier Auto fahren!“ Der erste Wagen im Gegenverkehr war gerade an ihm vorbeigerauscht.

Nach einem flüchtigen Schmunzeln schien Jenna ohne Vorwarnung schlechter gelaunt als zuvor.

„Ist alles in Ordnung?“

„Sie haben eben gesagt, *wir jagen einen Mörder*. Dass Freyas Hund jetzt aber wieder da ist, falls es Sam ist, heißt doch eigentlich nur, dass wir rein gar nichts haben. Verdächtig könnte höchstens sein, wie genau das Tier wieder aufgetaucht ist ...“

„Sie sind einfach zu ungeduldig.“

Er blickte aus dem Fenster an ihr vorbei und sah hohe Bäume, die die linke Fahrbahn säumten. Wuchtige Äste wie die Arme eines Bodybuilders erhoben sich aus dem Stamm und verzweigten sich bis in die feinsten Zweige, die die Krone rundherum umgaben wie die Stacheln eines gerollten Igels. Die Baumgruppe schien sich jederzeit in Riesen verwandeln und würdevoll davon spazieren zu können. Er wäre nicht verwundert, wenn er als nächstes sehen würde, dass sich ein Wurzelfuß mit Getöse aus dem Erdreich löste.

Stattdessen schlug sich Jenna mit der flachen Hand auf den Oberschenkel und erschreckte ihn dermaßen, dass er kurzzeitig ein Stück über dem Sitz zu schweben schien.

„Zettel, Zettel, Zettel!“

Majas Skizze hatte sich offenbar irgendwohin verabschiedet und Jenna musste sie mühsam unter ihren Beinen auf dem Sitz hervorkramen.

„Ich weiß jetzt, warum ich die Wegbeschreibung nicht verstanden habe. Majas Gekritzel sollte das Waldstück sein!“

Sie orientierte sich, drehte den Zettel leicht hin und her und vermeldete schließlich mit einer staatsmännischen Ruhe, die ihr Triumphgefühl kaum verbergen konnte: „Ich weiß Bescheid, Greg. Einfach geradeaus und hundert Meter vor dem Wäldchen rechts rein. Am Ende des Weges ist Dr. Millers Praxis.“

4.

„Sie wollten zu mir? Wie kann ich Ihnen helfen?“

Greg sah einen Mann mit tiefem Seitenscheitel und weiß gewellten Haaren an ihnen vorbeieilen; noch halb von seiner Arbeitskleidung, einem langen Kittel bekleidet, der an seiner Armbanduhr festzuhängen schien.

Jenna faltete unbeholfen ihre Zeitung zusammen, mit der sie sich die Zeit bis zum Ende der Sprechstunde vertrieben hatte, stand auf und hinterließ einen geknickten Haufen Druckerschwärze.

„So, was kann ich denn für Sie tun?"

Der Blick aus den dunklen Augen des Tierarztes strahlte Interesse und vitale Lebendigkeit aus. Noch ohne zu wissen, worum es seinen Besuchern ging, bat er sie in einen angrenzenden Raum, der zwar als Untersuchungszimmer genutzt zu werden schien, aber zudem einen Tisch mit vier Stühlen parat hielt.

„Dr. Miller, ich bin Jenna. Aus dem Kloster von der anderen Seite des Dorfes." Dabei hielt sie ihm ihren Arm entgegen. „Wir sind uns persönlich noch nicht begegnet, aber vielleicht kennen Sie Maja. Die ist öfter mal unterwegs."

Auf die Frage nach einem Tee winkte Jenna sofort ab. Greg hätte seine rechte Hand für einen guten Kaffee gegeben, wollte ihre Nerven jedoch nicht unnötig belasten. Sie schien nicht zu wissen, wie sie starten sollte und Dr. Miller wiederholte seine Frage, nachdem er ihre Hände geschüttelt hatte. Dann brachte sie es endlich heraus: „Haben Sie Sam hier bei sich?"

Beruflich bedingt redete Greg sehr viel und immer wieder mit fremden Menschen und unterschiedlichsten Charakteren. Er handelte oft intuitiv, ließ die Wirkung erfolgen und konnte spüren, wie er weitermachen musste, um ein gewisses Ergebnis zu erzielen.

Sie hatte eigentlich nur eine harmlose Frage gestellt, direkt, ohne Hintergedanken und einfach zu beantworten. Die Wirkung bei Dr. Miller war alles andere als einfach, und Greg spürte augenblicklich, dass sich in dem Mann vor ihnen etwas verändert hatte. Kein Gedanke mehr an Kaffee, Greg war zu hundert Prozent bei dem Tierarzt.

Der Mann saß in derselben Haltung auf seinem Stuhl wie zuvor. Er hatte sich äußerlich nicht einen Millimeter bewegt. Selbst der freundliche Gesichtsausdruck war wie eingefroren, und doch hatte er sich vollständig verändert. Die unter der Oberfläche spürbare Lebendigkeit, seine praktische Art, der ausdrucksvolle Blick, alles das, was Greg in den ersten Sekunden an ihm wahrgenommen hatte, war weg.

Jenna schien die Veränderung ebenfalls beobachtet zu haben. Da er jedoch keine Anstalten machte, zu antworten, versuchte sie es erneut.

„Freya war unsere Freundin, Dr. Miller. Nach ihrem Tod haben wir nach Sam gesucht und im Wald einen Blutflecken und Fell unter einer zugeschlagenen Falle gefunden. Wenn Sie uns jetzt sagen könnten, dass das Tier zumindest bei Ihnen ist, wäre das deutlich mehr, als wir erwartet haben."

Nacheinander musterte er sie mit unergründlichem Blick. Schließlich atmete er tief ein und antwortete: „Mir war ja klar, dass es in diesem Dorf nicht lange dauern wird, aber ein wenig mehr Diskretion hätte ich mir von meiner Frau doch gewünscht. Kommen Sie."

5.

Im Vorbeigehen sah Greg zwei Stubentiger, die sie aus dem hintersten Winkel ihrer Käfige musterten. Jenna schaute ähnlich interessiert von einem Zimmer zum nächsten; ihre Nervosität war so deutlich, dass Greg danach hätte greifen können.

Als der Tierarzt gerade eine angelehnte Tür in den angrenzenden Raum schob, nahm Greg einen Schatten wahr, der von der Gartenseite auf sie zuzustürzen schien; ihm fehlte jegliche Reaktionszeit.

Er hatte unbewusst die Augen verschlossen und beeilte sich, diese wieder zu öffnen, als er ein Lachen vernahm. Dabei drehte sich der Tierarzt gerade zu ihnen herum und hatte eine offensichtlich gut gelaunte Katze vor der Brust, die ihm soeben aus dem Nichts in den Arm geflogen war.

„Das ist der Kater. Vielleicht hätte ich Sie vorwarnen sollen. Ein etwas übermütiges Tier." Er deutete hinter sich an die Innenwand des Zimmers. „Aber ansonsten ist er der beste Krankenpfleger, den man sich wünschen kann."

Dr. Miller trat aus ihrem Sichtfeld und machte den Blick auf ein dickes Polster frei. Es schien mindestens zehn Zoll hoch zu sein und hielt die Kälte des gefliesten Bodens ab. Darauf konnte Greg über einer Decke ein dunkelgrünes Operationstuch ausmachen. Ein mittelgroßer Hund mit kurzem schwarzem Fell lag flach auf der Seite, sein rechtes Hinterbein war bis zum Rücken hinauf vollständig kahl rasiert.

Noch nie hatte Greg eine größere Naht gesehen, über und über mit silbernen Klammern zusammengehalten. Nach dem Anblick des Fangeisens war das jedoch nur wenig überraschend, eher, dass das Tier seinen Hinterlauf überhaupt noch hatte. Aus braunen Augen schaute es zur Tür, ohne sich zu bewegen.

„Sam ..."

Nur aus diesem einen, von Jenna gesprochenem Wort konnte Greg ein ganzes Universum an Gefühlen heraushören; die Freude und Erleichterung, dass das Tier lebte, die Trauer um eine verlorene Freundin, die Irritation, wie Sam zu Dr. Miller gelangt war, die Resignation, dass sie absolut keine Spur hatten, warum der Schuss gefallen war.

„Wollen Sie erzählen, wie Sam hierhergekommen ist?", fragte Jenna und kniete sich hinunter, um dem Tier mit einem einzelnen Finger über den Kopf zu streichen.

Bevor er antwortete, deutete der Tierarzt auf eine Gruppe von Gartenmöbeln, die an der Außenwand des Raumes zu überwintern schienen. Während sie sich setzten, beobachtete Greg erstaunt, wie der Kater selbstbewusst auf das Polster zu Sam stieg und es sich dort an dessen Bauchseite gemütlich machte. Der Hund reagierte nicht, einzig sein Kopf lag nun so, dass er die Besucher problemlos im Blick behalten konnte.

„Es ist sehr gut für den Heilungsprozess, dass er so ruhig ist, unser Pflegefall, aber normal ist dieses Verhalten nicht." Ihren Blicken ausweichend deutete er in Richtung der beiden Tiere.

Sie nickte lediglich und versuchte es ein weiteres Mal: „Wie ist Sam denn hergekommen, Dr. Miller?“

Anstatt zu antworten, blickte er ins Leere. Offenbar unbewusst wanderte die Hand zu seinem Ehering und drehte ihn Runde um Runde an seinem Finger.

„Wir können wiederkommen. Ein anderes Mal passt es vielleicht besser?“, fragte Greg. Wenn es dem Tierarzt wirklich so unangenehm war, an der Geschichte zu rühren, so müsste ein zweiter Besuch wie eine Drohung wirken.

Er seufzte leise. „Also gut. Es war direkt am Tag danach. Ich war entsetzt, als ich es in der Zeitung gelesen hatte. Freya und Sam waren Patienten seit vielen Jahren und die Geschichte damals, als sie die beiden aus dem See gefischt hatte ... meine Frau und ich waren bereits schlafen gegangen“, schwenkte er unerwartet auf das eigentliche Thema. Endlich; Greg neigte sich nach vorn.

„Wer so viele Jahre wie ich regelmäßig zu Notdiensten gerufen wird, der hört eben auch die kleinsten Geräusche und seien sie auch noch so leise. Ich bin runter gegangen, weil ich dachte, der Kater will vielleicht auf Mäusejagd und die Terrassentür wäre zugefallen.“

„Sie haben nachts eine Außentür auf?“ Es war der Londoner, der da ungläubig aus ihm sprach.

„Meistens stelle ich einfach einen Schuh in die Tür. Die Glastür im nächsten Raum, an der wir eben vorbei sind.“

„Sie haben jemanden in ihrem Haus überrascht?“, fragte Jenna leise.

„Er war schwarz. Ganz schwarz. Von den Schuhen bis zur schwarzen Maske über dem Kopf. Nur die Augen waren frei."

Das war es also. Dabei schien er in Gedanken genau dort zu sein, bei dem Moment, in welchem er sich dem Fremden in den eigenen vier Wänden stellen musste.

„Können Sie sich an die Augenfarbe erinnern? War er groß oder klein, eher dick, eher dünn, auffällig durchtrainiert vielleicht? Konnten Sie auffällige Bewegungsmuster erkennen?" Greg musste sich beinahe zwingen, den Mund wieder zuzumachen.

„Hat er gesprochen? Etwas gesagt?", fragte Jenna.

„Ich hatte sein Messer an meinem Hals."

Greg hatte bereits eine weitere Frage auf seinen Lippen gehabt; er schluckte sie hinunter und blieb stumm. Jenna faltete still die Hände zusammen und schien ihr Gesicht dahinter verstecken zu wollen.

„Er war ruhig. Hat keinen Ton von sich gegeben. Es lag eine unglaubliche Effizienz in seinen Bewegungen. Und dann dieser Blick ... Er hatte das Messer und seine Augen waren ganz nah ... Aber dort war nichts. Sie waren leer. Wie tot."

6.

„Tot? Im Sinne von *blind*?", fragte Greg.

„Tot im Sinne von *kalt*", sagte der Tierarzt. „Zu keiner menschlichen Regung fähig, wie seelenlos."

Es entstand eine Pause, aber weniger, um Dr. Miller Zeit zu geben. Sie alle drei mussten verarbeiten, was sie gerade gehört hatten.

„Meine Frau wird nicht einmal aufgewacht sein, als ich das Bett verlassen habe, und mich bei Morgengrauen in der Praxis zu finden, ist für sie nichts Ungewöhnliches."

„War vielleicht an dem Messer etwas Besonderes? Etwas, das Sie wiedererkennen oder beschreiben können?", fragte Greg.

Der Tierarzt murmelte in sich hinein: „Schon ein merkwürdiges Ding, unser Gedächtnis. Ich kann mich nicht an das Essen an diesem Abend erinnern, aber das Messer in seiner Hand kann ich vor mir sehen wie eine Momentaufnahme in einer Fotoausstellung. Ein ungewöhnliches ... Instrument; in schwarz, die Klinge mattschwarz überzogen. Und soweit ich den Griff sehen konnte ... wie mein Klavier oben, tiefschwarz und glänzend."

Dr. Miller blickte ins Leere, bevor er fortfuhr: „Diese Augen ... selbst im Dunkeln in dem fremden Haus, dieser Blick ... ich fühlte mich einem Mann ausgeliefert, der schuldlos das Glück dieser Welt verloren hatte."

„Sie mussten mit dem Unbekannten Ihr Haus verlassen?", fragte Jenna schockiert.

„Er hat meine Augen verbunden. Ich musste in ein Auto steigen und wurde gefesselt; neben diesem Mann, der Teufel und Tod in einer Person sein konnte."

Dr. Miller blickte zum Polster hinüber, auf dem der Kater inzwischen so flach auf der Seite lag, wie Sam genau dahinter.

„Und trotzdem hatte ich die Hoffnung, dass nichts Schlimmes passieren würde. Wissen Sie, warum?"

Er atmete tief durch und quälte einen Ton hervor, der Greg tatsächlich an ein Lachen erinnerte.

„Der Kater mochte ihn."

Ungläubig blickten sie dem Mann entgegen.

Dr. Miller nickte.

„Und Sam?", fragte Jenna.

„Er hat mich zu einem Haus gebracht. Dort lag das arme Tier. Dann hat er mich mit Sam zurück zur Praxis gefahren und ist wortlos verschwunden ... irgendwie unwirklich. Wären Sie nicht gekommen, hätte ich wahrscheinlich geglaubt, dass ich mir alles nur eingebildet habe. Die Fahrten mit verbundenen Augen, Dunkelheit ... Ich bin nicht einmal auf die Idee gekommen, mich bei der Polizei zu melden."

Er starrte ins Leere und drehte wieder an seinem Ehering.

„Und Sie haben überhaupt nichts gesehen oder gehört? Können Sie sich vielleicht vorstellen, wo ungefähr das Haus gewesen sein könnte?"

Greg wollte einfach nicht glauben, dass sie sich diese Chance entgehen lassen mussten.

„Haben Sie nicht einmal heimlich gelinst?"

„Meine Handgelenke waren zusammengebunden."

„Auch nicht ein bisschen?", fragte Jenna.

„Meine Hände waren am Haltegriff fixiert.“

Dr. Millers Blick war resigniert, doch nach innen gewandt, als hoffte er, irgendwo in ihm versteckt eine brauchbare Erinnerung zu finden.

Hibbelig wie ein Kind zog Jenna ihre Hände auseinander und klopfte immer wieder die flachen Handflächen gegeneinander, schaffte es dabei allerdings trotzdem, einen dumpfen Klang zu produzieren, der langsam und gleichmäßig ertönte, wie ein Pendel.

„Die Kirchturmglocke!“

Der Tierarzt deutete auf Jennas Bewegungen und sah ihnen abwechselnd in die Augen.

„In dem Moment, in dem er mich aus dem Wagen gezogen ...“

Er fasste tätig auf die Stuhllehnen, stand auf und stellte sich mitten in den Raum. Jenna hielt die Hände still in der Luft, Sam und der Kater hoben zeitgleich ihre Köpfe und Greg musste sich zwingen, den Mund zuzulassen. Dr. Miller war also doch etwas eingefallen.

„Der Mann war überdurchschnittlich groß und hatte Kraft, er hat mich spielend aus dem Wagen gezogen ... von einem hohen Sitz hinunter ... außerdem hat genau in dem Moment, wo er mich vom Wagen die paar Schritte zum Hauseingang gebracht hat, die Kirchturmglocke drei Uhr geschlagen, links von mir und gar nicht weit weg. Und ...“

Er blickte sie an und seine Miene entschuldigte sich stumm, noch bevor er etwas gesagt hatte.

„Und es könnte vielleicht sein, dass ich ein Stückchen weiße Hauswand gesehen habe, unter dem Rand der Binde hindurch. Aber es war dunkel und die Binde war weiß ... im Haus selbst hat er mir den Verband von den Augen gezogen ... die Küche habe ich gesehen, weil Sam dort lag. Die Decke war auffällig niedrig. Das gesamte Gebäude wirkte winzig!"

Der Tierarzt nahm die Hände vor der Brust zusammen und seufzte tief. Greg hatte den Eindruck, als würde er in sich zusammensinken.

„Also, ich brauche jetzt wirklich einen Tee. Möchten Sie nicht vielleicht auch ... ?"

Die Luft war raus. Es würde keinen Sinn haben, nachzubohren.

„Doch, bitte", antwortete Greg voller Sehnsucht nach einem Kaffee, „Tee wäre ganz wunderbar."

Jenna schaute ihm schmunzelnd entgegen und nahm ihrerseits das Angebot an. Der Tierarzt machte sich auf den Weg. Die Blicke der Tiere folgten ihm, bevor sie ihre Köpfe zurück auf das Polster sinken ließen.

„Ihr Ansatz von eben scheint zu stimmen. Es ist verdächtig, wie der Hund zu Dr. Miller kam."

Jenna nickte und in ihren Augen leuchtete eine intensive Kraft. „Er hätte sich die Maskerade sparen können, wenn er einfach nur einen verletzten Hund retten wollte, aber er hat alles getan, um später nicht wiedererkannt zu werden. Dr. Miller war nahezu blind und ..."

„Und trotzdem haben wir Anhaltspunkte", warf Greg ein. Er sah automatisch an Jenna vorbei und versuchte festzuhalten, was genau Dr. Miller an Hinweisen gegeben hatte. Dabei wurde seine Aufmerksamkeit von einer Bewegung im Garten abgelenkt.

Ein meterhoher Bienenbaum, so dicht gewachsen, dass selbst im Winter kaum Licht durch seine Zweige fiel, stand wenige Meter entfernt vor dem Fenster. Nicht starr wie alles andere unter dem grauen Himmel; einzelne Zweige schaukelten, schwangen vor und zurück, obwohl sich ansonsten kein Lüftchen regte.

Greg stand auf und bekam von einem auf den nächsten Moment ein ungutes Gefühl im Bauch. Die großen Glasflächen im Raum ließen ein unsicheres Gefühl in ihm aufsteigen. Er stellte sich direkt hinter die Scheiben und inspizierte so viel an Garten, wie er durch die Fenster beobachten konnte; den Rasen, einzelne Bäume und eine Unmenge an Sträuchern und Büschen, die den Blick auf den angrenzenden Acker überwiegend verwehrten. Erkennen konnte er gar nichts; keine Spur von irgendeinem Tier, kein Vogel, überhaupt kein Lebewesen.

Er ließ sich zurück auf seinen Platz sinken und stellte fest, dass Jenna seine Ablenkung kaum bemerkt hatte. Sie war bereits aufgesprungen, um dem Tierarzt mitsamt einem Tablett durch die Tür zu helfen.

Unauffällig sah Greg erneut zum Fenster hinaus. Völlig unbewegt stand der Bienenbaum in der kalten Luft.

7.

London, vor mehr als drei Jahrzehnten

Dieses Mal hatte sie sich etwas ganz Besonderes für den Kleinen ausgedacht. Sie hatte sich eine schwarz-weiße Schiebermütze besorgt, unter der ihre Haare nun an allen Seiten hervorquollen. Außerdem eine schwarze Samtjacke und ein rotes Band mit einer großen Schleife vorne am Hals; anstelle der roten Fliege, die sie spontan nicht hatte auftreiben können.

Mit schwarzer Farbe hatte sie einen deutlichen Strich an den unteren Augenlidern und mit Rouge eine leuchtend rote Stupsnase in ihr Gesicht gemalt. Eine schwarz-rot längsgestreifte Hose komplettierte das Bild.

Sie trug Schnürschuhe an den Füßen, die ihr passenderweise so viel zu groß waren, dass sie mindestens ein Drittel davon mit Socken ausstopfen musste. Wie Clown Popow stand sie nun vor der Metalltür und drehte den Schlüssel herum.

Anstatt zu klopfen stieß sie mit einem Spazierstock ein paar Mal auf den Boden und schob die Tür in den Raum hinein. Da sie ihn überwiegend im Schneidersitz auf seinem Bett sitzend und lesend vorfand, blieb sie noch vollständig verdeckt, um dann allein die Stupsnase und den Kopf mit der Mütze langsam hinter der Tür hervorschieben zu können. Doch nach ihrem ersten Blick ... Nichts. Mhm.

Nun stand sie aufrecht mitten im Raum und stellte fest, dass sie offenbar allein war. Während sie die Tür hinter ihr ins Schloss drückte, vermutete sie den Kleinen im Bad. Wobei ihr allerdings sofort auffiel, dass die Tür zu dem zusätzlichen Raum geschlossen war. Eigentlich war er eher nachlässig und oft blieb die Tür lediglich angelehnt.

Mit einem Clownsgrinsen im Gesicht war sie gerade dabei, sich neu zu positionieren, als sie in ihrem Rücken aus Richtung des Kinderbetts ein Geräusch vernahm.

„Kleiner? Will?"

Noch immer in der Hoffnung, ihn überraschen zu können, bewegte sie sich im Watscheltrott in Richtung der schwarzen Glasscheibe. Sie setzte ihre Schritte so klein wie möglich nach vorne, erwartete, ihn jeden Moment hinter dem Bett hervorkommen zu sehen, und wollte genau dann noch ein ungeschicktes Stolpern einbauen. Dass sich bei keinem ihrer Tritte etwas tat, machte sie misstrauisch.

Kurz vor seinem Bett angekommen, zog ihr ein Geruch in die Nase. Sie verharrte mitten in der Bewegung, ließ den Stock fallen und zog sich die Schuhe von den Füßen. Auf Zehenspitzen schlich sie das letzte Stück bis zur hinteren Kante und schaute vorsichtig in den Spalt zwischen Bett und Glasscheibe.

„Hey Kleiner ... was ...?"

Zusammengekrümmt lag er seitlich auf dem nackten Stein. Millimeterweise wiegte er dabei vor und zurück. Seine Finger kratzten am oberen Fuß des Bettes entlang. Leere Augen schienen in eine Welt zu starren, in die sie nicht folgen konnte. Dunkle

Flecken in der grauen Hose erklärten deutlich den Geruch in der Luft.

8.

Tathitus Log, Gegenwart

Hinter ihnen hupte es vernehmlich, und Greg und Jenna beeilten sich, von der Fahrbahnmitte auf den Gehweg zu springen. Sie hatten mitten auf der Straße gestanden und frontal auf die äußerste Spitze des aufragenden Kirchturms geblickt.

Die rechte Straßenseite wurde lang von kleineren Häusern gesäumt, die älter waren und zum ursprünglichen Ortskern gehörten. Ganz regelmäßig verbanden schmale Fußwege die Straße mit dem Hauseingang, der mit wenigen Schritten zu erreichen war.

Mehrere der Häuser waren weiß getüncht, der Kirchturm war nahe dran und die Glocke würde von links ertönen, wenn man sich in Richtung Haus bewegte.

„Glauben Sie, Greg, hier steht ein Geländewagen an der Straße geparkt und ein schwarzer Mann macht uns die Tür auf?"

„Ich hoffe nicht, denn das wäre dann wahrscheinlich nicht der Mann, den wir suchen."

Sie hatten es anhand der Hinweise von Dr. Miller geschafft, das in Frage kommende Gebiet auf wenige Straßenzüge einzugrenzen. Alle Aspekte, die sie den Worten des Tierarztes entnommen hatten, waren erfüllt. Doch Jenna schien skeptisch und unsicher, wie es weitergehen sollte.

„Kennen Sie hier jemanden?“, fragte Greg.

Er erntete ein Kopfschütteln. Ohne weitere Erklärungen nahm er sich das nächste Haus zum Ziel und hoffte auf eine Bewohnerin, die jetzt, am späten Vormittag, Vorbereitungen für das Mittagessen traf.

„Kommen Sie, Jenna?“

Er schellte an der Tür und hörte fast unmittelbar darauf Geräusche von Geschirr, das irgendwo im Inneren klapperte. Das war auf jeden Fall vielversprechend. Er schüttelte sich die Haare aus dem Gesicht und legte ein freundliches Lächeln auf. Die Tür wurde aufgezogen, und ein silberner Nasenring unter einer braunen Haarmatte blickte ihm entgegen. Der junge Mann hatte ein Geschirrtuch über der Schulter, eine Schürze über der zerrissenen Jeans und starrte sofort an dem Professor vorbei auf Jenna. Greg hatte bereits verloren, bevor er angefangen hatte. Er versuchte, sich nicht vorzustellen, wie ein Popel an dem Nasenring klebte und improvisierte: „Entschuldigung, wir haben nur eine kurze Frage.“

Er wartete, bis der Mann in der Haustür sich von Jennas Anblick losreißen konnte und ihm seine Aufmerksamkeit schenkte.

„Meiner kleinen Schwester hier“, er dreht sich halb und zeigte auf Jenna, „ist vor einigen Tagen etwas in Ihrer Straße passiert. Ein Geländewagen ist an ihrem parkenden Pkw vorbeigeschrammt und einfach weitergefahren.“

Der Mann verzog augenblicklich das Gesicht und neigte mitfühlend den Kopf. Greg war wieder abgemeldet, fragte aber dennoch: „Wissen Sie zufällig, ob hier in der Nähe ein größerer Mann wohnt, der einen SUV fährt?“

Jenna trat an Gregs Seite und lächelte schüchtern. Er hoffte, dass der Mann im Türrahmen noch zum Überlegen kam, bevor ihm sein Verstand vollständig in die Hose rutschte. Tatsächlich schien er aber wirklich gewillt, der attraktiven Frau behilflich zu sein, die so unerwartet in seinem Hauseingang aufgetaucht war.

Er lief an ihnen vorbei bis zum Gehweg, schaute nach rechts und links die Straße hinunter und nahm kopfschüttelnd wieder seine Position im Türrahmen ein.

„Ich bin mir ziemlich sicher, in dieser Straße noch nie einen Geländewagen gesehen zu haben, zumindest nicht geparkt am Rand oder in den Einfahrten. Land Rover gibt es in dieser Gegend allerdings mehrere, die man so hin und wieder mal sieht.“

Seine eigene Antwort tat ihm offenbar selbst etwas leid, erneut legte er den Kopf zur Seite.

„Wir fangen ja gerade erst an zu suchen. Vielen Dank.“

Greg beeilte sich, wieder auf die Straße zu kommen, sah Jenna den Arm heben und winken. Die Gesichtsfarbe des Mannes, der nun auf der Fußmatte mit der Aufschrift *Keep Smiling* stand, wechselte vom normalen Hautton in ein warmes Rot. Dann folgte sie endlich und trat neben ihn auf den Gehweg.

„Das war ja nett, aber wenig brauchbar“, stellte sie fest.

Greg schüttelte mit dem Kopf. Noch immer konnte er den Nasenring durch einen Spalt in der Tür erkennen.

„Das war sogar ganz entscheidend nützlich. Finden wir in jeder Straße so jemanden, sind wir bald durch.“

Natürlich war es nicht so einfach, wie es anfangs schien. Viele Türen blieben von vornherein verschlossen, offenbar waren die Menschen doch noch arbeiten statt bereits im Weihnachtsurlaub. Je mehr enttäuschende Antworten sie bekamen, desto versierter wurden sie allerdings auch in ihrer Auswahl. Oftmals konnten sie schon von außen beurteilen, wo es vielleicht doch eine Person im Haushalt gab, die regelmäßig auch tagsüber zu Hause war.

Wenn sie jemanden antrafen, ergaben sich dann andere Schwierigkeiten, und zwar, die wirklich brauchbaren Informationen von solchen Aussagen zu trennen, die sie kein Stück weiterbrachten. Sie arbeiteten immer mit derselben Geschichte, dem SUV, der an Jennas angeblichen Wagen eine Schramme gefahren hatte. Nicht jedem Anwohner der Gegend war dabei bewusst, dass dunkle VW-Bullis nicht unbedingt zu den SUVs gezählt wurden.

Da sie sich systematisch vorgearbeitet hatten, standen sie am frühen Nachmittag in der Church Lane. Warum nur diese und keine der anderen Straßen diesen Namen trug, war ihnen ein Rätsel; führten doch so ziemlich alle der inspizierten Wege zur Kirche.

Sie wählten das Grundstück in direkter Nachbarschaft eines weiß getünchten Hauses und waren sich darüber klar, dass sie nach diesem Versuch für heute aufgeben würden.

Greg betätigte ohne große Hoffnung den Türklopfer und wartete. Er schaffte diese Prozedur genau zweimal, bevor Jenna sich wieder auf den Gehweg zurückbewegte und in Gedanken wahrscheinlich mit einem Kaffeebecher zwischen den Händen in der Klosterküche saß. Ihm selbst war dieses Bild schon vor Stunden durch den Kopf gegangen, doch noch ein weiteres Mal klopfte er laut, um sich dann genauso unverrichteter Dinge zu ihr zu gesellen. Es war nach wie vor kalt und sie machten sich auf den Weg zurück zum Kloster.

Sie hatten das nächste Grundstück bereits vollständig hinter sich gelassen, als jemand hinter ihnen herrief. „Was wollen Sie von mir?"

Greg drehte sich zurück und sah einen deutlich älteren Herrn, der auf den Platten des kleinen Fußwegs zur Tür stand und waagerecht einen Fächerbesen in der Hand hielt. Er trug einen Hut auf dem Kopf und hatte den anderen Arm in die Seite gestemmt. Trotz der Pfeife im Mundwinkel machte er insgesamt nicht den gemütlichsten Eindruck; sie beeilten sich, umzukehren.

„Entschuldigen Sie die Störung bitte, fährt ihr Nachbar hier", Greg deutete auf das weiße Haus nebenan, „fährt er zufällig einen SUV?"

„So einer hat meinen eigenen Pkw angefahren, sich aber nicht gemeldet und wir suchen ihn", setzte Jenna schnell hinzu.

„Ich interessiere mich nicht für meine Nachbarn."

Der Fächerbesen kippte mit dem Stiel auf den Boden. Die einzelnen Metallstücke schauten ihnen von unten entgegen.

„Sicher, natürlich", sagte Greg, „wahrscheinlich kennen Sie seinen Pkw ja auch gar nicht mit genauer ..."

„Es ist ein dunkelblauer Land Rover Defender V8."

Mit einem Siegerlächeln im Gesicht blickten trübe Augen unter der Hutkrempe hervor. Er nahm die Pfeife aus dem Mund und paffte Rauchwolken daraus hervor.

„Sie sind Experte? Ja, also, so ein Modell könnte es gewesen sein." Jenna lächelte und tat überzeugend beeindruckt. Damit hätte sie ihn auch bezirzen können.

„Wann ist er immer so erreichbar?" Den Zusatz *Ihr Nachbar* hatte Greg sich noch im letzten Moment verkneifen können.

„Er wohnt noch nicht lange hier. Jetzt habe ich das Auto seit Tagen schon nicht mehr gesehen und hinter den Fenstern war auch nie Licht in letzter Zeit."

„Oh, dann ist er vielleicht im Urlaub oder ..."

„Weiß ich nicht. Ich interessiere mich nicht für meine Nachbarn."

Er nahm den Fächerbesen aufrecht wie eine Lanze, platzierte die Pfeife wieder im Mundwinkel und verschwand grußlos über einzelne Platten hinter das Haus.

Greg hätte sein Jahresgehalt darauf verwettet, dass er aus dem Garten hinaus beobachten würde, was sie als nächstes taten.

„Jenna", Greg flüsterte ihr zu, „lassen Sie uns einfach gehen, wir müssen später wiederkommen."

Ohne einen einzigen weiteren Blick auf das weiße kleine Haus mit den leeren Fenstern zu verschwenden, schlenderten sie gemächlich außer Reichweite des uninteressierten Herren. Erst viele Häuser später blieben sie noch einmal stehen.

„Ein Land Rover. Und der Mann, der ihn fährt, wohnt noch nicht lange dort und ist seit Tagen nicht mehr gesehen worden. Was halten Sie davon?"

Sie schaute in die Richtung, aus der sie gerade gekommen waren. Dann zwirbelte sie ihre offenen Haare zu einem provisorischen Dutt zusammen und, anstatt zu antworten, stellte sie ihrerseits eine Frage: „Sind Sie eigentlich schon einmal eingebrochen, Greg?"

9.

Damit Maja im Zweifelsfall auch glaubhaft bezeugen konnte, von nichts gewusst zu haben, berichteten sie ihr von einem nächtlichen Ausflug zu Freyas Wagen. Sie hielt es für eine ausgesprochen idiotische Idee und rief ihnen vielsagend grinsend *Viel Erfolg und viel Spaß* hinterher.

„Was glaubt sie denn, was wir tun?"

Greg faltete sich auf dem Sitz des Morris Minor zusammen und fragte erst gar nicht, warum er schon wieder hinter dem Steuer saß. Jenna zog lediglich die Schultern hoch und schien gedanklich bereits in der Church Lane zu sein.

Greg konzentrierte sich darauf, den kleinen Oldtimer trotz Dunkelheit in den Ort zu fahren. Sie stellten den Wagen gut sichtbar auf dem Parkplatz vor dem winzigen Kino ab, das sich wahrscheinlich nur noch halten konnte, weil es auf nostalgischen Charakter setzte.

Greg war mit schwarzem Hemd und Jenna mit dunkelgrauer Bluse bekleidet; sie beide trugen lange schwarze Mäntel. Jeder zufällige Beobachter würde annehmen, dass sie zu einem späten Essen ins einzige gehobenere Restaurant des Ortes gingen. Ganz bewusst wählten sie genau diese Richtung, nur um kurz vor dem Ziel in einen unbeleuchteten Fußpfad abzubiegen.

„Machen Sie keine Taschenlampe an?“, fragte Greg und blieb stehen, um im Stockdunkel um ihn herum nicht über irgendetwas auf dem Weg zu stolpern.

„Wir warten einfach. Nach zwei, drei Minuten können Sie alles erkennen, was nötig ist.“

Er konnte zwar noch nicht sehen, dass sie – metaphorisch gesprochen – auf ihn herablächelte, aber dafür umso besser hören. Ungeduldig trat sie neben ihm von einem Bein auf das andere. Von Ferne beschlich ihn der Eindruck, dass sie vielleicht etwas von Vorfreude an sich hatte.

„Ich denke, wir können los. Ich gehe einfach vor.“

Wenige Gehminuten später liefen sie zielsicher an der Church Lane vorbei. Sie war sich sicher, dass sie mit ein bisschen Glück von der nächsten Straße aus einen mehr oder weniger direkten Zugang von hinten zu den Gärten finden würden.

„Wenn wir dort sind, Greg, dann gehen wir los, ohne noch einmal stehenzubleiben, nicht umschauen, nicht verdächtig in alle Richtungen blicken."

Sie sagte das in einem Plauderton und wirkte so beschwingt, als würde sie sich zum Abendessen oder über den letzten Kinofilm äußern. Seite an Seite schlenderten sie über den Gehweg an Einfahrten, Garagen, parkenden Wagen, Gartentoren und einer wilden Mischung aus dunklen und erleuchteten Fenstern entlang.

„Schauen Sie mal", sagte Jenna irgendwann und ging in eine unbefestigte Einfahrt, die auf eine leere Garage zulief.

Er war in dem festen Glauben, dass sie ihn auf einen besonderen Stein, eine Pflanze oder auch einen Igel bei Nacht hinweisen wollte. Doch als er sie wieder eingeholt hatte, war sie bereits über ein Gartentor gestiegen und suchte mit Blicken die gegenüberliegenden Grundstücke ab.

„Sehen Sie dort den weißen Fleck durch die Sträucher schimmern? Das müsste es sein. Und der Herr mit Hut von nebenan schaut Fernsehen."

Er konnte das bläuliche Licht ebenfalls flackern sehen. Bis zu dem entsprechenden Garten jedoch sah er noch eine Menge niedriger und hoher Zäune vor sich. Noch war nichts passiert, sie hätten einfach wieder auf die Straße gehen und dort ihren Weg fortsetzen können, wie ein normales Paar an einem kalten Winterabend.

Greg zog seinen Mantel aus, fing augenblicklich an zu frieren, faltete das teure Stück quer zusammen und legte es über die Teile eines rostigen Maschendrahtzauns. Weil Jenna an seiner Seite stand, nahm er all seine Selbstbeherrschung zusammen und verlagerte das zunehmende Zittern nach innen.

„Wir sollten schon einmal die Seite wechseln und dann die Fenster gegenüber im Blick behalten. Drüben sind so viele Sträucher und Büsche, dass wir im Notfall einfach nur rechtzeitig stehenbleiben müssen."

Entweder fehlten Jenna die Worte oder sie fand sein Bemühen einfach nur normal. Zumindest stieg sie wortlos über seinen Mantel und bewegte sich direkt in den nächsten Schatten. Sofort musterte sie die Fenster in seinem Rücken und hielt nur einen Daumen in die Höhe.

Als er wieder an ihrer Seite war, fing wenige Grundstücke weiter ein Hund an zu bellen. Sie konnten ein Fauchen vernehmen und sahen Momente später die Silhouette einer Katze mit wedelndem Schwanz über eine Mauer schreiten. Gregs Welt war wieder geradegerückt. Offensichtlich waren Sam und der Kater als Pärchen nur eine Ausnahme.

Sie wiederholten die Prozedur über Zäune aus Draht und aus Holz, mal mit und mal ohne Räuberleiter, und umrundeten sogar ein Grundstück vollständig, um einer unüberwindbaren Mauer zu umgehen. Direkt vom Garten hinter dem weißen Häuschen beobachteten sie den flackernden Fernseher des Herrn mit Pfeife von schräg nebenan. Sie waren angekommen, und wer auch immer in dem wirklich winzigen Häuschen wohnte, mochte es auf jeden Fall schlicht.

Der Rasen war vor dem Winter gemäht worden, kein einziges Blatt lag herum, es gab keine Blumenbeete, keine Obstbäume, nur einen einzelnen Topf mit hartgefrorener Erde, und vor allem gab es keine Sträucher und Büsche, die ihre Gestalt verdecken könnten. Sie beeilten sich, auf die dunklen Fenster und das bisschen Schatten des Daches zuzulaufen. Greg zog seinen Mantel über und knöpfte ihn hoch bis zum letzten Knopf.

Ein Geräusch von nebenan ließ ihn innehalten, und sie schlichen geduckt um die nächste Ecke herum. Der ältere Herr trat mit seiner Pfeife auf die Terrasse hinaus, rauchte gemächlich und schritt dabei über die einzelnen Platten in seinen Vorgarten hinein. Sie verfolgten seinen Weg auf der anderen Seite des weißen Hauses und beobachteten ihn von der vorderen Ecke aus, wie er die Straße hoch und runter patrouillierte.

Für eine gefühlte Ewigkeit lang setzte er genau zwanzig Schritte in eine Richtung, bevor er wendete und diese entgegengesetzt wieder zurücklief. Wie hypnotisiert zählte Greg sogar die Anzahl seiner Rauchwolken, die in die kalte Luft aufstiegen, und merkte kaum, dass Jenna sich wieder zurück in den Garten schlich.

Viele abgeschrittene Straßenmeter und unzählige Pfeifenzüge später verschwand der Herr unter seinem Hut schließlich wieder im hinteren Gartenbereich. Von seiner Ecke aus gesehen hatte Greg ihn gerade aus dem Blick verloren, als er aus derselben Richtung, nur wesentlich näher, ein Flüstern hörte.

„Hey!“

Er hörte zwar Jennas Stimme, konnte sie jedoch nirgendwo ausmachen.

„Hey, die Haustür.“

Er sah zum Vordereingang und konnte rein gar nichts erkennen. Dort war keine Jenna.

„Greg!“

Ein weiteres Mal inspizierte er die Richtung, aus der ihre Stimme ihn rief. Die Haustür mit der Fußmatte davor, der Klopfer oben, der Türknauf an der Seite ... und genau in dem Moment, als er zu ahnen meinte, wo ungefähr das Schloss saß, fiel ihm auf, dass die Tür einen Spalt offen war.

Er warf einen Blick auf die leere Straße, ging mit großen Schritten zum Hauseingang und konnte direkt über die Schwelle ins Haus treten. Sie stand bereits drinnen, zog die Tür auf und drückte sie danach geräuschlos wieder ins Schloss.

„Wie sind Sie ...“

„Nichts hier im Haus ist abgesperrt. Er ist gegangen und es war ihm völlig egal, was mit dem Haus passiert ... Greg, in der Küche steht ein Wassernapf am Boden und überall liegen kurze schwarze Hundehaare!“

Er konnte sehen, dass sie innerlich jubilierte und sich nur mit Mühe zu einem Flüstern zwang. Ohne Licht anzuschalten und nur mit einer Taschenlampe, die so winzig war, dass sie eigentlich an ein Schlüsselbund gehörte, schauten sie in den Räumen umher und blieben schließlich in der Küche stehen. Nur im Flur hatte Greg wirklich aufrecht stehen können.

Das Haus war nicht nur überall zugänglich, es war auch fast vollständig leer. Das Bett im Schlafzimmer war benutzt und eine Kommodenschublade unter einer blauen Kerze stand auf. In der Küche gab es einen Stuhl und einen Tisch, und ein halbgefüllter Wasserkessel stand auf dem Herd. Das Bad hatte eine Toilette und einen Spiegel, der oben und unten an zwei altersschwachen Schrauben hing. Quer über die gesamte Fläche zog sich ein Spinnennetz aus Rissen. Flur und Wohnzimmer waren vollständig ohne jede Einrichtung.

„Hier ist nichts; kein Buch, nicht das kleinste Fitzelchen Papier, kein Stift, keine Kleidung. Hier ist gar nichts."

„Er hat dafür gesorgt, dass sich Dr. Miller um Sam kümmert und ist abgetaucht. Er kann maximal ein paar Monate hier gewohnt haben und ist wahrscheinlich mit einer Tasche, wie er gekommen ist, auch wieder verschwunden", bestätigte Jenna.

„Warum lebt ein Mensch so?", fragte Greg.

„Er ist auf dem Sprung, er wartet", antwortet sie sofort und begann, sich in der Küche umzusehen.

„Was meinen Sie, zu finden? Hier sind nicht einmal Schränke."

„Ich werde mir noch einmal die Kommode im Schlafzimmer ansehen."

Greg sah Jenna in den Flur gehen und stand im Dunkeln. Da er unter den niedrigen Decken sowieso ständig gebückt stehen musste, ließ er sich auf den Stuhl am Tisch fallen und horchte nach draußen. Noch schien niemand Notiz von ihnen genommen zu haben, und weiter entfernt hörte er lediglich den bellenden Hund und ein einzelnes Auto fahren.

Probeweise fasste er unter die Tischplatte und stellt fest, dass es ein federleichtes Möbel aus dem nächsten Baumarkt sein musste. Er legte eine flache Hand auf die Oberfläche und kippelte vor und zurück. Ein kleiner Holzspan piekste ihm in die Haut am Daumenballen.

Mit der Zeigefingerspitze fühlte er eine minimale Ritze in der Tischplatte und konnte noch mehr ertasten, sobald er den Finger nach rechts und links bewegte. Greg zog sein Handy aus der Tasche und ließ die Bildschirmbeleuchtung auf den Tisch scheinen. Wo gerade noch seine Hand gelegen hatte, sah er fünf große Buchstaben ins Holz geritzt: ELTER.

10.

Jenna schritt die Stufen in den Vorratskeller hinab und fragte sich, ob die Kritzeleien, die Greg am Vorabend auf dem Tisch entdeckt hatte, nur zufällig nach Buchstaben aussahen. Aber hätte sich der Mann, der wohl mehrere Monate dort gewohnt hatte, nur willkürlich an der Tischplatte ausgelassen, wären dort ganz sicher nicht nur fünf Zeichen eingeritzt gewesen. Tatsächlich war der Rest vom Holz jedoch makellos.

Die Buchstaben gaben ihnen Rätsel auf. Beim besten Willen konnte sie sich keinen Menschen vorstellen, der sich die Notiz ins Holz ritzte, eines seiner Elternteile zu kontaktieren.

Unten im Vorratskeller wollte sie automatisch zum Lichtschalter greifen, als sie feststellte, dass sie kein Licht brauchte, zumindest kein zusätzliches. Der Kellerraum war bereits in einem Maße erleuchtet, das ungewöhnlich war. Verdutzt blieb sie stehen und orientierte sich.

Sie schaute in Richtung des Küchenschranks, dem Zugang zur wiederentdeckten Bibliothek, und konnte erkennen, dass Greg den Durchgang noch vergrößert hatte. Aus dem sonst so dunklen Spalt strahlte Licht hervor. Unzählige Staubpartikel brachten die Helligkeit zum Flimmern und boten einen beeindruckenden Anblick.

Sie näherte sich dem schräggerückten Schrank und bemerkte, dass sie zwar noch immer leicht seitlich, aber ansonsten problemlos zur Tür durchschlüpfen konnte. Direkt hinter der Holztür erhellte ein Standstrahler, der beinahe so groß war wie sie selbst, die gesamte Bibliothek. Erstmals konnte sie die gegenüberliegende Wand und damit auf einen Blick auch das gesamte Ausmaß des Raumes erkennen.

Fast am anderen Ende des Ganges stand Greg zwischen den Büchern und schien einzelne Titel mit seinem Handy zu fotografieren. Er wirkte hochkonzentriert und hatte noch nicht realisiert, dass sie ebenfalls da war. Als er die Arme wieder herunternahm, wirkten seine Bewegungen übergroß. Sein hellgrauer Pullover leuchtete und ließ die Schatten hinter ihm umso dunkler erscheinen.

Es wurde flau in Jennas Magengegend. Bilder blitzten vor ihrem inneren Auge auf und Erinnerungsfetzen huschten durch ihre Gedanken. Sie fühlte sich schwach und zitterig, wie zu lange ohne Nahrung.

Jenna ließ sich nach hinten gegen die Mauer fallen und sah Menschen vor sich, namenlose Wesen in hellen Anzügen, wirre Bewegungen in der Dämmerung, Schatten in grellem Scheinwerferlicht und über allem eine unnatürliche Langsamkeit, hervorgerufen durch professionelle Bewegungen, geflüsterte Worte und starre Blicke.

Und dann konnte sie es riechen, diese Süße in der Luft, diese Schwaden, die mit jedem ihrer Schritte an Konzentration zuzunehmen schienen. Ein Gestank, der die Sommernacht verpestete, giftig und ätzend wirkte.

Und dann konnte sie es hören: die Grillen in den Gräsern. Die Geräusche der Motten, die immer wieder gegen die Gläser der Scheinwerfer flogen. Und die Fliegen. Die Fliegen, die die Geräuschkulisse so unnatürlich werden ließen. Wie magnetisch angezogen von diesem so abstoßenden Gestank bedeckten sie die Körper wie eine pulsierende Masse.

„Jenna, hier, schauen sie mal ... Jenna? Jenna, ist alles okay mit Ihnen? Sie sind leichenblass!"

Sie konnte Greg hören und spüren, dass er plötzlich neben ihr war. Sie konnte die Wärme seiner Hand auf ihrer Haut wahrnehmen und dann seinen Arm um ihre Taille fühlen. Aber sie konnte ihm nicht antworten. Sie schaute in den flimmernden Staub und sie konnte sie sehen; vor einer meterhohen Wand aus goldgelb blühendem Besenginster, ihre blutigen Köpfe im plattgetretenen Gras ... Die

Helligkeit riss ab und damit verschwand auch die Szenerie, die so unvermittelt aus ihrer Vergangenheit emporgestiegen war.

Fest in seinem Arm schob er sie mit sanfter Gewalt die Kellertreppe hinauf und in einem Schwung bis direkt auf einen der Stühle. Sie konnte den Becher in ihren Händen spüren, den Greg ihr über den Küchentisch im Kloster von Tathitus Log hinschob. Aber alles, was sie wahrnahm, war die Luft des rumänischen Junisommertages.

Die Straßen waren angenehm leer gewesen, der Berufsverkehr war bereits vorbei, der Bus hatte freie Fahrt gehabt. Es war ein arbeitsreicher Tag gewesen, aber die Luft hatte sich weich angefühlt, fast samtig und so wunderbar warm. Jenna hatte die Heimfahrt genossen; von der Transilvania Universität Brasov zu ihrer Wohnung im historischen Teil der Stadt. Es war spät geworden, doch war eine angenehme Schwere in ihr. Mit den Knien gegen den vorderen Sitz gedrückt, hatte sie sich auf ihrem Platz rundherum behaglich gefühlt.

Mit der linken Hand auf ihrer Tasche neben sich ruhend, spürte sie die Vibration ihres Handys und war im ersten Moment versucht, es ungesehen zu ignorieren. Dann hatte sie sich doch an ihrer Tasche zu schaffen gemacht und in ungefähr der letzten Falte des Innenfutters die flache Form aufspüren können.

„Jenaya." Ihr Vorgesetzter von der Universität. „Sie müssen noch auf dem Weg nach Hause sein. Ich habe Sie hinausgehen sehen. Tun Sie mir bitte den

Gefallen und steigen Sie aus dem Bus aus. Sagen Sie mir, wo Sie sind. Ich hole Sie ab und wir fahren raus in Richtung Tarlungeni. Nach allem, was ich bisher am Telefon gehört habe, hätte ich gerne Ihre Meinung." Er stockte. Dann sprach er mit einer Stimme weiter, die Jenna nicht im Mindesten an der Notwendigkeit seiner Aussage zweifeln ließ. „Wappnen Sie sich."

Jenna wusste, dass sie an einem Holztisch in einer Küche saß. Und sie wusste, dass ihr ein Mann gegenübersaß, der sie mit Sorgenfalten im Gesicht musterte. Aber ihr war genauso klar, dass sie es nicht mehr übergehen konnte. Anstatt der so vertraut gewordenen Ignoranz breitete es sich nun in all seinen Details vor ihr aus; die Heimfahrt, der Anruf, das schlechte Gefühl, die Ahnung eines unbestimmten Grauens, auf das sie zusteuerte.

In der ersten Klosteretage war ein Rumpeln zu hören. Jenna blinzelte und nutzte die willkommene Störung, um sich vollständig zurück in die Welt von dampfenden Teetassen und duftendem Weihnachtsstollen zu holen. Sie konnte Gregs Hand auf ihrem Unterarm spüren und sehen, dass er ihren veränderten Blick bemerkt zu haben schien. Sie zwang sich, den Kopf zu heben und ihm direkt in die Augen zu schauen.

„Jenna?", sagte er, „Jenna, wenn Maja nicht so überzeugend gewesen wäre, würden Sie sich schon im Krankenhaus wiederfinden." Sie versuchte, den Blick unauffällig durch den Raum schweifen zu lassen und musste feststellen, dass sie gerade allein mit ihm war. An Maja fehlte ihr jede Erinnerung.

„Vertrauen Sie ihr; seit ich sie kenne, hat sie sich in menschlichen Befindlichkeiten noch nie geirrt." Es rumpelte noch einmal über ihren Köpfen. „Da ich nicht davon ausgehe, dass sie ihr Zimmer umräumt, scheint sie ernsthaft etwas zu suchen. So engagiert kenne ich sie sonst nur beim Kochen." Jenna wollte gerade einen Schluck Tee nehmen, als sie feststellte, dass Gregs Hand noch immer auf ihrem Arm ruhte. Und er schien auch nicht gewillt, diesen Zustand zu beenden.

Sie hatte das Gefühl, als würde er sie Pore für Pore nach Spuren absuchen, die es noch immer rechtfertigten, sie ungefragt ins Auto zu verfrachten und auf dem schnellsten Weg zu einem Arzt zu fahren. Sorgenvoll und überaus prüfend ließ sein Blick nicht von ihr ab. Noch gestern oder auch früher an diesem Tag hätte sie ihm kaum standhalten können; aufgrund des Unwohlseins, unter Beobachtung zu stehen, aus der Angst heraus, Vergessenes in sich berührt zu spüren.

Doch das Flimmern, die Staubpartikel im Licht des Scheinwerfers, die übergroßen Bewegungen, das alles hatte die Erinnerung mit einer Wucht hervorgebracht, die sich über ihre lange gepflegte Ignoranz hinweggesetzt hatte. Jetzt war sie da. Und Jenna fühlte sich sogar erleichtert. Jetzt musste sie damit umgehen. Und sie würde es schaffen.

Jenna hielt ihm Stand, diesem Blick aus Augen, die eigentlich einem völlig Unbekannten gehörten und gleichzeitig so vertraut schienen. Nun zum dritten Mal krachte es über ihnen.

„Es ist wirklich nett, dass Sie sich Gedanken um mich machen, aber vielleicht sollten wir zusammen lieber mal nach Maja sehen?“

Der Ausdruck, der auf seinem Gesicht lag, sagte ihr, dass er das Thema nicht einfach so fallen lassen würde.

„Jenna, ich nehme Ihnen nicht übel, dass Sie mich nicht ernst nehmen.“ Eine Pause trat ein. „Aber bitte, versuchen Sie nicht, mir bezüglich Ihres Zustands etwas vorzumachen. Sie müssen eben völlig weggetreten gewesen sein. Ich habe mich mehrere Minuten mit Maja unterhalten, während sie vor mir am Tisch gesessen und nur vor sich hingestarrt haben. Wo waren Sie denn?“ Er schüttelte mit dem Kopf. „Ich hätte auf keinen Fall dieser verrückten Aktion zustimmen dürfen, einfach in ein wildfremdes Haus einzubrechen! Ist Ihnen klar, dass wir unverschämtes Glück hatten, nicht erwischt zu werden?“ Er zog seine Hand von ihrem Arm zurück und hinterließ dort sehr deutlich ein Gefühl mangelnder Wärme. Offensichtlich ohne eine Antwort von ihr zu erwarten, sah er kurz an die Decke hinauf und setzte fort: „Maja hat erklärt, dass Sie ihr etwas zur Aufbewahrung gegeben haben. Ihr scheint jetzt der geeignete Zeitpunkt zu sein, um es Ihnen zurückzugeben. Sie sucht danach.“

Gregs Ausdruck hatte sich gewandelt und war inzwischen mit einer Spur von Ärger gepaart. Jenna sah eine angedeutete Falte, die sich nicht sorgenvoll über seine Stirn zog, sondern vertikal zwischen den Brauen lag.

Sie senkte den Blick und schaute ihm dann von unten in die Augen. Als Bild in ihrem Kopf sah sie etwas anderes vor sich auftauchen. Sie hatte nicht nur Rumänien ignoriert. Sie schien es irgendwann einfach vergessen zu haben, das silberne Medaillon, das Maja gerade wieder Teil ihres Lebens werden lassen würde.

11.

„Hat sie eine Andeutung gemacht, was sie vorhat?"

Während Greg und Maja am nächsten Nachmittag in der Küche saßen, war Jenna wenige Minuten zuvor abweisend und zugleich sehr entschlossen durch die Küche zum Auto geeilt.

Maja blickte über den Kaffeedampf hinweg zu Greg hinüber.

„Sie ist eigentlich nur im Zimmer rauf und runter. Immer denselben Weg. Immer mit einem neuen Fluch auf den Lippen. Das hat sogar mich als Italienerin beeindruckt. Dann sind ihr die Schimpfwörter auf Englisch ausgegangen und sie hat einfach auf Rumänisch weitergemacht."

Etwas mitleidig sah Maja ihn an, bevor sie fortsetzte: „Irgendwann ist sie einfach stehen geblieben und hat etwas über ELTER gemurmelt. Da hab ich sie gefragt, woher sie Matt kennt ... Was haben Sie ihr denn angetan?"

Greg erstarrte mitten in der Bewegung. Dann zog er die Hand zurück, mit der er den Kaffeebecher greifen wollte und zog die Augenbrauen so hoch, dass er die Falten auf seiner Stirn spüren konnte. „Ich?"

„Ist denn überhaupt nichts vorgefallen? Sie haben sich gar nicht mit ihr gestritten?"

„Diskutiert vielleicht, aber warum denn wohl? Finden Sie es normal, dass ein Mensch vor Ihnen am Tisch sitzt und dennoch absolut weggetreten ist?" Greg sah aus dem Fenster in den grauen Nachmittag. „Was hatten Sie gerade mit einem Matt?"

„Matthew Elter, er wohnt direkt am Dorfplatz."

Greg stand auf und schob seinen Stuhl heran.

Maja beobachtete ihn entgeistert. „Ist das ansteckend, was Jenna hat? Wären wenigstens Sie so nett, zu erklären, was Sie vorhaben?"

Auf dem Weg zu seinem Mantel blieb er stehen und suchte nach einer Antwort. Es war schon lange her, dass er die Erfahrung gemacht hatte, absolut keine rationale Erklärung in ihm zu finden. „Keine Ahnung, aber mir ist nicht wohl bei dem Gedanken, dass sie allein draußen ist. Wie komme ich an ein Taxi?"

12.

Mitten in Tathitus Log kreiselte Greg ein paar Mal auf der Stelle. Von Maja hatte er sich sehr genau beschreiben lassen, wo Mr Elters Grundstück zu finden war, und nur eine halbe Drehung später sah er Jenna zielstrebig auf genau diese Einfahrt zulaufen.

Er konnte beobachten, dass sie ohne zu Zögern das fremde Grundstück betrat und neben einer Wassertonne auf der Einfahrt stehenblieb. Sie hockte sich hinunter, lehnte sich mit der Schulter an und schaute genau in seine Richtung. Offenbar war sie nicht einmal wirklich verwundert, ihn dort stehen zu sehen. Mit einer Handbewegung winkte sie ihn heran.

Greg seufzte tief, ignorierte das zornige Gefühl, das sich in ihm meldete und lief direkt auf sie zu. An der Einfahrt angekommen tat er es ihr gleich und betrat das Gelände. Er stellte sich wortlos hinter sie, schaute über ihren Kopf hinweg und hatte sofort eine Ahnung, warum sie gerade vor ihm hockte und so konzentriert auf den Platz hinaussah. Ohne Zweifel, es wäre ein idealer Standort.

Die Schatten der angrenzenden Häuser, die Sträucher im Vorgarten, der im Dunkeln liegende Garten; alles zusammen sorgte optimal dafür, dass die Umrisse einer Person mit ihrem Hintergrund verschmelzen würden. Passanten liefen direkt vor der Einfahrt vorbei, nichts jedoch deutete daraufhin, dass sie überhaupt registriert wurden. Bis auf die linke Seite lag der Dorfplatz offen vor ihnen. Mit einer professionellen Waffe würde ein guter Schütze die Orangenmarmelade im Regal des Markets gegenüber treffen. Er schätzte die Entfernung auf weniger als hundert Meter.

„Sie glauben, dass er von hier geschossen hat?“

Jenna richtete sich auf, blickte weiterhin auf den Platz hinaus und schien jeden noch so kleinen Aspekt in sich einzusaugen. „Ihr Handy, Greg. Darf ich mal, bitte?“ Fast zeitgleich mit ihrer eigenen Frage griff sie mit schnippischem Blick in seine Manteltasche.

„Sie müssen ...“ Greg stutzte.

Sie wählte bereits die Kamerafunktion aus und hob das Smartphone quer vor ihr Gesichtsfeld. Sie hatte es nicht einmal nötig, sich ihm zuzuwenden, geschweige denn seine Frage zu beantworten. Stattdessen machte sie eine ganze Reihe einzelner Bilder, stellte auf die Panoramafunktion um und erfasste gleichmäßig die gesamte Breite des Platzes.

„Jenna, wissen Sie eigentlich, wozu auf Handys Entsperrcodes eingerichtet werden?“

„Meinen Sie etwa dieses stilisierte *G* auf dem Ziffernblock? Lässt sich prima eingeben. Nur mit einer Hand hab ich es noch nicht hinbekommen.“

Sie lief los, blieb auf der Hälfte der Einfahrt wieder stehen und drehte sich um. „Möchten Sie auch mit drauf? Mir wäre es ohne Sie eigentlich lieber.“

Mit etwas zur Seite gelegtem Kopf schaute sie prüfend in seine Richtung. Dann zauberte sie ein charmant unechtes Lächeln auf ihr Gesicht und setzte nach: „Ja, das wäre besser.“ Mit einer Hand wedelte sie ihn zur Seite. „Dann kann ich mir den Unbekannten hier eher vorstellen und nicht nur Sie neben einer Wassertonne.“

Greg folgte ihr kommentarlos und musterte ebenfalls die Gartenszenerie. Die Provokationen überhörte er geflissentlich.

„Warum gehen Sie eigentlich davon aus, dass es ein Mann gewesen ist? Sind Sie sicher, dass Ihre gesamte Frauentruppe wirklich in Indien ist? Vielleicht gab es dort irgendwo noch eine offene Rechnung mit Freya?“

Sie hatte ungerührt weitere Fotos gemacht, während er sprach. Dann bedachte sie ihn lediglich mit einem bösen Blick und setzte ihr Tun von der Straße aus fort. Er lief hinterher.

„Sie wissen schon von der begrenzten Akkulaufzeit heutiger Smartphones, oder?“

Als Antwort ließ sie nur das Gerät sinken und fast zeitgleich zurück in Gregs Tasche gleiten. Er versagte sich den übermächtigen Drang, nachzuschauen, ob es tatsächlich richtig ausgestellt war.

„Greg, das ist lächerlich. Natürlich war es keine der Frauen aus dem Kloster, aber prinzipiell gebe ich Ihnen techt. Hier können viele Frauen ebenso gut mit einer Waffe umgehen wie Männer.“

Als sie sich ihm zuwandte, konnte er sehen, dass sich ihr Ausdruck verwandelt hatte. Er sah Ratlosigkeit auf ihrem Gesicht und gleichzeitig diesen verzweifelten Wunsch, Freyas Tod erklären zu wollen. Er fühlte sich veranlasst, etwas Nettes zu sagen. „Sie könnten recht haben, wenn Sie meinen, dass er aus der Einfahrt dort geschossen hat. Der Dorfplatz ist so gut einzusehen, dass jeder passable Schütze die Orangenmarmelade aus dem Regal drüben schießen könnte.“

Er fand sein rhetorisches Bild ganz schön und konnte nicht widerstehen, es laut auszusprechen.

„Ja, ELTER, ich muss das unbewusst vor mich hingemurmelt haben ... Es wäre ungewöhnlich, mit einem Namen, der lediglich ein Hinweis auf einen geeigneten Standort ist, so viele Emotionen zu verbinden, dass es dazu veranlasst, die Buchstaben im Holz zu verewigen, aber ...“

„Jemand hat ihm den Tipp gegeben, er hat es sich notiert.“

„In einem Holztisch?“

„Ich habe dort gesessen, Jenna; ich nehme an, ordentliches Papier und ein Stift wären teurer gewesen als der Tisch.“

Sie nickte und schaute über ihre Schulter in die Einfahrt zurück, dann schlenderten sie nebeneinander auf Martin‘s Market zu. Drei Schritte später blieb sie stehen.

„Was haben Sie eben gesagt?“

„Ordentliches Papier ...“

„Bevor es um den Namen ging.“

„Sie hatten recht mit der Einfahrt?“

„Ja, ich weiß, aber da war noch etwas.“

Ganz leicht spürte er es. Es pochte sacht hinter seinem linken Ohr. Greg bekam Kopfschmerzen, und er war sich nicht sicher, ob wirklich sein Kopf oder Jennas Launen dafür verantwortlich waren. Er widerstand dem Impuls, eine Grimasse zu ziehen und überlegte.

„Der Dorfplatz ist gut einsehbar.“ Sein Gesicht hellte sich auf. „Jeder passable Schütze hätte die Orangenmarmelade aus dem Regal drüben schießen können.“

„Ja. Genau ...“ Mit den Händen in den Taschen stand sie mit gesenktem Kopf vor ihm. Einige Sekunden später blickte sie wieder auf. „Warum sollte sich jemand die Mühe machen, Freya im Dorf aufzulauern, wo sie doch viel öfter auf einsamen Wegen und im Wald unterwegs war?“

Greg ließ sich ihre Frage durch den Kopf gehen. „Das macht überhaupt keinen Sinn.“

„Aber wissen Sie, was Sinn macht? Jemanden im Dorf abzupassen, der nur dort zu treffen ist.“

„Im wahrsten Sinne“, setzte Greg nach. „Wissen Sie, was das vermutlich auch bedeutet? Die Polizei hatte die ganze Zeit recht. Der Schuss auf Ihre Freundin war tatsächlich nur ein Versehen. Sie war einfach nur zur falschen Zeit am falschen Ort.“

„Freya ja, aber vielleicht nicht jemand anderes.“

Ernst blickte sie zu ihm auf. Spontan konnte er sich nicht entscheiden, ob er das Leuchten in ihren Augen lieber den Straßenlaternen oder eher einer gewissen Begeisterung zuordnen wollte.

13.

Gemächlich spazierten sie durch die Straßen zum abgestellten Morry. Greg fiel auf, dass es in den Räumen hinter den weihnachtlich geschmückten Fenstern nicht weniger geschäftig zuging als in der Hauptstadt zu dieser Zeit.

Sie passierten einen Mann vor einem Kiosk, der sich mit blassen Wangen und roter Knollennase anschickte, die Stapel unverkaufter Waren zurück in den Laden zu rollen. Eben noch rechts an Gregs Seite gehend, sprang ihm Jenna unvermittelt in den Weg. Einen Moment später fischte sie eine Zeitung aus einem der Ständer, während der Mann gerade mit einem weiteren im Laden verschwand. Mit einem Hüpfer reihte sie sich wieder neben ihm ein und blätterte im Gehen in der aktuellen Tageszeitung.

Greg blieb stehen.

Ungerührt setzte sie ihren Weg fort.

Ein Blick über die Schulter sagte ihm, dass niemand etwas bemerkt hatte. Er schloss wieder zu ihr auf und beobachtete, wie sie sich ungeduldig bis zum Lokalteil vorkämpfte. „Aha, da ist er! Hab ich doch richtig gesehen." Triumphierend hielt sie ihm einen Leitartikel unter die Nase, nur um die Zeitung sofort wieder an sich zu reißen.

„Jenna?"

„Hm?" Sie blieb stehen, direkt unter einer Straßenlaterne, und las.

„Jenna, die Zeitung? Haben Sie nicht vielleicht etwas vergessen?"

Sie hob den Kopf und schaute sich um, bevor sie mit deutlich gesenkter Stimme fortsetzte: „Er war es, er hat Sams Bruder auf dem Gewissen, zumindest laut dem Gerücht, was sich hartnäckig hält. Er will Bürgermeister werden. Nächstes Jahr sind Wahlen." Sie steckte die Nase zurück in die Zeitung und schien die Zeilen zu überfliegen.

Greg konnte es nicht fassen. Er machte auf dem Absatz kehrt, lief zurück zum Kioskbesitzer und drückte ihm kommentarlos zwei Pfund in die Hand.

Wieder an ihrer Seite setzte sie einfach fort: „Definitiv kann gerade nicht viel los sein, ein ganzer Artikel dazu, was alles besser wird, wenn er gewählt ist. Und Weihnachtswünsche. Und noch größer hätte das Foto kaum sein können. Er hält sich für wahnsinnig verwegen und gut aussehend mit diesem lächerlichen Bart und den schmalen Augen."

Schließlich war sie bei der letzten Passage angelangt.

„Aber leider klingt das auch noch gut. Das ist gefährlich, Greg. Sprache ist ein mächtiges Instrument."

Mit einer hochgezogenen Braue schaute er, wie er hoffte, leicht spöttisch auf sie herab. „Das wollen Sie ernsthaft einem Literaturwissenschaftler erklären? Besser könnten sie mir verraten, warum sie dem armen Mann eine Zeitung geklaut haben?"

„Habe ich nicht, Sie haben doch bezahlt."

Greg traute seinen Ohren kaum. Zumindest im Ansatz konnte er gerade nachvollziehen, warum Steve in seiner Gegenwart hin und wieder nur mit dem Kopf schüttelte. Mehr brachte er gerade auch nicht zustande.

„Greg, was passiert, wenn ein Mensch ein Ziel vor Augen hat, etwas, dass er mit aller Macht erreichen möchte und ein anderer dieses Streben ganz leicht erschweren, wenn nicht sogar unmöglich machen könnte? Mit nur einem Satz? Der, einmal in der Welt, wachsen wird? Niemand hier wählt einen Mann, der

Hundewelpen ertränkt. Allein schon die jungen Familien ... Er hätte einpacken können, wenn Freya das Gerücht mit einer Silbe bestätigt hätte."

„Sie glauben, dass Freya getötet wurde, weil jemand Bürgermeister werden will?"

Gregs Klopfen hinter dem Ohr vervielfältigte sich. Hatte Maja nicht einmal etwas von „wechselhaft" erzählt?

„Wir waren doch gerade noch bei der Theorie, dass Freyas Tod nur ein Versehen war."

„Das ist alles eine Frage der persönlichen Motivation. Glauben Sie mir. Leben an sich hat für ihn nicht *die* Priorität."

Als sie den Morris Minor, etwas außerhalb geparkt, erreicht hatten, zwängte sich Greg umgehend auf den Beifahrersitz und beobachtete Jenna beim Einsteigen und dem anschließenden Kampf mit der Gangschaltung. Es reichte ihm. Bisher hatte er es gut ignorieren können, doch nun lechzte er nach einer Kopfschmerztablette.

Inzwischen war es um sie herum vollständig dunkel. Mit den Händen unten ins Lenkrad gehängt, fuhr Jenna sie zurück zum Kloster, schien in Gedanken allerdings weder im Wagen noch beim Fahren zu sein.

„Oder ..." Sie trat heftig in die Bremse, weil ein winziges Etwas im Lichtkegel über die Straße huschte. Unnötig langsam brachte sie das Gefährt wieder in Gang. „... oder es ist ein Geist, ein Schatten aus der Vergangenheit."

Mit einem Kopfnicken signalisierte er Zustimmung, wozu genau war ihm völlig gleich. In Gedanken träumte er bereits von einer Schmerztablette so groß wie Mexiko.

„Jenna, warum bin ich eigentlich bisher gefahren?"

Eigentlich wollte er gar keine Antwort, sondern lediglich sich selbst von dem Gefühl ablenken, dass jemand in seinem Kopf ganz viele Trommeln auf einmal schlug.

„Oh, das, also, strenggenommen könnte das daran liegen, dass ich keinen Führerschein habe."

Greg bedeckte die Augen mit der flachen Hand und versuchte in sich zu ergründen, warum ihn diese Antwort nicht überraschte.

4. Kapitel

Teufels Werke

1.

Ein nennenswerter Teil des Tisches in der Klosterküche war mit Ladekabel, Datenkabel, Laptop und Smartphone belegt. Greg fühlte sich pudelwohl; er hatte nicht nur zwei Schmerztabletten am letzten Abend, sondern vorsichtshalber am Morgen eine weitere genommen.

„Ihr wisst schon, dass ihr meine Aura des gegenwärtigen Augenblicks ganz schön strapaziert, oder? Mit so viel Elektrosmog auf dem Tisch?"

Theatralisch schloss Maja die Augen und ließ ein langes *Om* erklingen. Mit den flachen Händen drückte sie gleichzeitig die Luft vor ihrem Körper von der Brust zur Hüfte hinunter. Unten angekommen öffnete sie vorsichtig ein Auge und konnte sich vor Lachen kaum auf den Beinen halten.

„Wie ... wie könnt ihr ... wie geht das?" Maja beruhigte sich nur langsam. „Seid ihr sicher, dass ihr nicht verwandt seid? Ihr hättet eure Mienen gerade sehen müssen. So zerknirscht, reumütig, völlig identisch, unglaublich."

„Bloß nicht." Greg beobachtete bereits wieder den Bildschirm. Die zwei Worte waren ihm eher unbewusst rausgerutscht.

„Wie bitte?" Jenna schaute fragend zu ihm hinunter.

„*Wohl nicht* hab ich gesagt. Wir beide. Verwandt. Wohl eher nicht." Mit ernster Miene versenkte er sich zurück in die Fotostrecke. Dabei entging ihm allerdings nicht Majas Blick vom Herd. Lächelnd wandte sie sich ihrem Kochtopf zu.

2.

„Ich gehe nicht davon aus, dass es hier so etwas wie einen Drucker gibt?", fragte Greg.

Jenna zog lediglich beide Brauen in die Höhe und hoffte, damit ausreichend zu verdeutlichen, wie unsinnig seine Frage war.

„Alles klar. Dann machen wir das anders."

Sie sah Greg zufrieden auf sein 17-Zoll-Display blicken. Er schaute über die Schulter zu ihr hoch. „Wollen Sie sich nicht einen Stuhl nehmen? Hier, setzen Sie sich."

Sie wollte sich nicht setzen, sie brauchte Distanz, sie wollte nachdenken. Jenna seufzte leise und ließ sich dennoch neben ihm nieder.

„Jenna, es wäre gut, wenn Sie sehr genau eingrenzen könnten, wo die Stelle auf dem Dorfplatz ist, an welcher Freya getroffen wurde. Und dann nehmen wir Ihre Theorie ..."

Ich weiß nicht, ob meine Theorie stimmt. Ich weiß überhaupt nicht, was stimmt und was nicht. Ich weiß nicht, was ich denken soll …

Jenna selbst konnte spüren, dass sie zornig wurde und sich ihre Augen verengten. Sie schüttelte den Kopf.

„Nein? Sie wollen Ihre Theorie nicht verfolgen?“ Greg war verwirrt, sein Kopf zur Seite geneigt.

Er wäre überrascht zu hören, dass sie ihn verstehen konnte. „Entschuldigung, meine Theorie war …?“

„… dass der Schütze zwar bewusst geschossen hat, aber Freya vielleicht nur …“, er machte eine Pause, scheinbar unsicher, ob er es wirklich aussprechen sollte, „… nur aus Versehen getroffen wurde?“

Es klang gewagt; sie konnte nachvollziehen, warum Greg zögerte. Doch sie konnte einfach nicht glauben, dass jemand gezielt auf Freya im Ort wartete, wo sie doch so viel öfter in der freien Natur und im Wald unterwegs war. Dem kommenden Bürgermeister würde sie natürlich auch das zutrauen … Jenna fühlte sich orientierungslos und nickte; sie hoffte, dass er einfach weitermachte …

„Hier, Jenna, dies ist unter allen das brauchbarste Ihrer Fotos.“ Sein Display füllte sich mit einem Bild, dass sie stehend aus der Einfahrt heraus gerade auf den Platz aufgenommen hatte. „Nehmen wir einmal an, dass Freya versehentlich in die Schussbahn geraten ist. In dem Zeitungsartikel wurde angedeutet, dass sie schwere Gesichtsverletzungen erlitten hat, ist das richtig?“ Jenna nickte. „Ich würde einfach mal annehmen, dass ein Kaliber, das solche Verletzungen verursacht, unmittelbar tötet. Sie wird nach dem Treffer keine fünf Meter mehr gegangen sein.“ Er machte eine Pause, und sie hatte das Gefühl, dass es nur ihr zuliebe war. „Können Sie ein Kreuz machen, wo es passiert ist?“

Jenna beugte sich vor und drehte den Laptop frontal in ihr Gesichtsfeld. Sie strich mit dem Finger über das Touchpad und bewegte den Cursor an eine Stelle auf dem Bild, die sich auf der Höhe eines einzeln gepflanzten Baumes befand. Dann schob sie den Rechner wieder in Gregs Richtung zurück.

„Ich war nicht da an dem Abend, aber David hat es mir später gezeigt.“

Greg ignorierte den Namen des Detectives kurzerhand und platzierte ein kleines Kreuz, wo die Pfeilspitze auf dem digitalen Bild ruhte. Dann verband er den angenommenen Standort des Schützen mit der Mitte des Kreuzes, dem Fundort der Leiche, und zog die rote Linie schnurgerade weiter, bis er den äußersten linken Bereich des Bildschirms erreichte. „So also.“ Er lehnte sich zurück.

Angesichts der Tatsache, dass die Linie ihnen gerade das Ziel verraten könnte, welches eigentlich im Visier des Schützen war, empfand sie seine Worte doch einen Hauch zu schlicht. Sie wusste bereits, welchen Schritt sie als Nächstes tun würden.

Jenna ließ sich ebenfalls gegen die Stuhllehne sinken und beugte sich mit der Schulter zu ihm hinüber. Der andere Blickwinkel gab ihr nicht mehr preis, als sie bereits wusste.

Die rote Linie hatte kein Ziel. Zumindest kein Gebäude.

Allerdings sehr genau den Eingangsbereich von Martin's Market.

3.

„Das ... das kann ich nicht. Das muss Martin entscheiden."

Jenna machte einen halben Schritt rückwärts und war erleichtert zu sehen, dass er wieder etwas aus dem Konserven-Regal hervorkam, in welches er sich gerade zu verkriechen drohte.

Der rot gelockte Junge in Martin's Market tat ihr beinahe leid. Andererseits würde er es wahrscheinlich am Abend schon wieder vergessen haben. Und sie hatte ihr Potenzial noch nicht vollständig ausgeschöpft.

„Wie heißt du eigentlich?", fragte Jenna und versuchte, freundlich und unverbindlich zu klingen.

„Joshua. Josh ist mir lieber."

Falls überhaupt möglich, sah er sogar noch skeptischer aus als zuvor. „Josh. Du gehst doch zur Schule und machst das hier nur, um Geld zu verdienen." Sie ließ ihm keine Zeit, zu widersprechen. „Wofür genau sparst du?" Ein verbaler Vorstoß ihrerseits, der jeglicher Grundlage entbehrte. Würde er darauf nicht reagieren, wäre sie mit ihrem Latein am Ende. Tatsächlich aber hellte sich seine Miene auf.

„London!"

Jenna zog die Augenbrauen hoch.

„Zum Studieren", setzte er begeistert hinzu.

Zum ungünstigsten Zeitpunkt musste sie also feststellen, dass sie überhaupt keine Ahnung von den Bewohnern des Ortes hatte; und schlimmer noch, es hatte sie noch nicht einmal interessiert.

„Wow, das ist toll!" Jenna legte eine gehörige Portion Euphorie in ihre Stimme. „Ich habe auch studiert, Josh. Ich habe mein Studium geliebt. London kenne ich selbst leider nicht, doch ..."

„Ich arbeite dort. Ich wohne in London. Eine der aufregendsten Städte der Welt ... nach Hamburg."

Eigentlich hatten sie sich darauf verständigt, dass er im Auto wartete. Jenna hatte gehofft, dass sie alleine etwas weniger bedrohlich wirkte. Nun drehte sie sich um und sah Greg an Sekt- und Weinflaschen vorbei auf sich zulaufen. Er trug ein weißes Hemd, keine Krawatte, blaue Jeans und seinen schwarzen Mantel. Sein dunklerer Teint, die braunen Augen unter den schwarzen Haaren ...

Greg, verschwinden Sie, ich brauche keine Hilfe!

„Kennen Sie auch die Universität London?" Josh schien interessiert.

„Ich unterrichte an einem der Colleges."

Sie konnte sehen, wie es anfing, in Joshs Augen zu leuchten. Er strahlte über das ganze Gesicht und blickte Greg an wie den Hauptgewinn einer Tombola.

Sie schob alles beiseite, was gerade nichts zur Sache tat und setzte auf die eine Karte, die Greg aus dem Hut gezaubert hatte. Aber er hatte ganz sicher nicht so viel vom Gespräch mitbekommen, dass er wirklich einschätzen konnte, wo sie gerade standen.

„Greg, London ist teuer, richtig? Josh, was hältst du von ein bisschen zusätzlichem Geld?“

„Vielleicht erzählst du mir auch mal von deinen Plänen.“

Greg blickte Josh geradewegs an. Was doch allein sicheres Auftreten bewirken konnte ... Sie konnte spüren, dass ihre Wangen wärmer wurden, als ihr lieb war und senkte den Blick auf den Boden vor ihren Boots; nur um festzustellen, dass ihre Schnürsenkel die besten Zeiten bereits hinter sich hatten.

Sie selbst wäre so dankbar gewesen, über jemanden, der ihr in der Jugendzeit die Hand gereicht hätte, und als sie den Kopf wieder hob, konnte sie sehen, dass es Josh auch nicht anders ging. Vor seinem inneren Auge begann sich die Zukunft wohl in bunteren Farben darzustellen, als er vor Momenten noch zu hoffen gewagt hätte. Doch bereits in der folgenden Sekunde verwandelte er sich wieder in den schüchternen Jungen neben Dosentomaten und halben Pfirsichen.

„Der Chef hatte die Kamera über dem Haupteingang nur zur Abschreckung. Um die Jungs aus dem Dorf vom Klauen abzuhalten. Nur eine Attrappe. Nichts weiter.“ Entschuldigend zog er die Schultern hoch.

Jenna wurde kribbelig und kreuzte die Finger, bis es anfing zu schmerzen. Die Kamera war nicht echt, es gab keine Aufnahmen.

„Ich bin ganz gut mit EDV und Technik und so.“ Wieder nahm er dabei die Schultern hoch und zog sogar den Kopf leicht ein. „Ich habe dann alles besorgt, sowohl für drinnen als auch für draußen."

Josh sprach nun mit festerer Stimme. Jenna zog ihre Finger auseinander.

„Ich habe die Aufnahmen nach Tagen und Wochen differenziert. Und sogar eine ganze Monatssicherung ..."

„Der 15. Dezember!", warf sie ein. „Können wir die Daten mitnehmen?"

Josh grinste breit über sein schmales Gesicht. Ohne ein weiteres Wort verschwand er durch eine Tür im hinteren Teil des Ladens und Jenna und Greg blieben allein zurück. Die Erleichterung setzte ein Hochgefühl in ihr frei, das sie innerlich taumeln und ihre Gliedmaßen vor Glück vibrieren ließ. Sie konnte spüren, dass Greg hinter sie getreten war und nicht einmal mehr eine Zeitungsbreite sie von ihm trennte. Ohne Nachzudenken lehnte sie sich zurück. Sie wollte ihre Freude teilen. Er war da.

„Die Qualität ist gut. Das nimmt schon einiges an Speicherkapazität." Josh kam schwungvoll zurück und wedelte mit diversen Blu-ray-Discs in der Hand.

Sichtlich mit Stolz über seine technischen Fähigkeiten legte er die Speichermedien feierlich in Jennas Hände. Bevor seine Euphorie-Welle abebben konnte, ließ sie die Discs zügig in ihrer Tasche verschwinden und zog zeitgleich zwei 50-Pfund-Noten daraus hervor.

Sie hatte in ihrem Leben noch nie wirklich auf der falschen Seite gestanden, höchstens etwas nah an der Mitte. Doch wo auch immer sie sich befunden hatte, zuverlässige Informationen waren nahezu unbezahlbar.

„Das ist für dich, Josh. Und dafür, dass du diese Angelegenheit einfach wieder vergisst.“ Sie hatte das Gefühl, noch einen Trumpf einwerfen zu müssen. „Und wenn es soweit ist, dann melde dich einfach bei uns im Kloster und ich ...“

„Hier.“ Greg streckte ihm die Hand entgegen.

Ungläubig angesichts der Freude, die er offenbar empfand, hüpfte Joshs Blick zwischen der hingehaltenen Visitenkarte, Gregs und Jennas Augen im Dreieck hin und her. Sie kam sich ein ganz kleines bisschen lächerlich dabei vor, ihm überhaupt so Nichtswürdiges wie Bargeld gegeben zu haben.

Er nahm beides unbesehen und beförderte es zügig in den Schutz seiner Jeanstasche.

„Josh, die Kameras laufen, oder? Auch im Moment, richtig? Könntest du ... das hier ...“ Greg wedelte mit der Hand und beschrieb einen Kreis in der Luft. Er wollte lässig wirken und hatte dabei einen so verschwörerischen Ausdruck im Gesicht, dass Jenna sich das Lachen verkneifen musste, „... irgendwie ... verschwinden lassen?!“

Hätte Greg ihm noch kumpelhaft mit dem Ellenbogen in die Seite gestoßen, wäre sie nicht überrascht gewesen. Josh nickte; dienstbeflissen, konspirativ, todernst und offenbar völlig beeindruckt von Gregs Weitsicht.

Jenna hatte dafür gesorgt, dass sie beim Verlassen des Ladens immerhin nicht mit ganz leeren Händen hinausgingen. Gut sichtbar schwenkte sie eine große

Papiertüte an ihrer Hand. Darin war ein winziges Päckchen neuer Schnürsenkel.

4.

Eine Höhle, sehr eng und immer wieder mit Haufen von Schutt darin, nicht einmal so hoch, um wirklich aufrecht darin laufen zu können; aber dennoch: Unter dem Haus hinter den Broads, knapp zwanzig Meilen entfernt von Tathitus Log, hatten sie eine Höhle entdeckt.

Zusammen mit der Bathory hatte Mr Headman sich hindurchgekämpft; abwärts, mit sanftem Gefälle, ungefähr dreißig Meter weit. Und dann, er konnte es nicht fassen, obwohl er es doch selbst gesehen hatte – plötzlich öffnete sich der Gang zu einem unterirdischen Raum; beinahe ein Gewölbe sogar mit einer gerundeten Decke, tragenden Säulen, steinernen Stufen in einen ovalen Raum hinab, vielleicht zehn Meter im Durchmesser. Das Licht der Taschenlampen fiel auf sandfarbenen Stein, erkennbar bearbeitet und in kantenlosen Kurven und Bögen in Form gebracht. Unglaublich.

Während die Bathory mit dem Gedanken spielte, im Keller ein Verlies einzurichten, hatte sie im Garten ein richtiges entdeckt.

Er saß auf seiner Bank unter seinem Walnussbaum, der spätestens im Juni majestätisch im Sommerwind schaukeln würde. Er dachte nach.

Jahrhunderte zuvor gehörten Gang und Gewölbe vielleicht einmal zu einem ganzen System aus

Höhlen und Wegen. Der Keller hatte wohl in einer vergangenen Zeit die Sackgasse entstehen lassen; wahrscheinlich war es einfach nur in Vergessenheit geraten, irgendwann in den letzten zweihundert Jahren, in denen das Haus ganz gewiss die unterschiedlichsten Bewohner kommen und gehen gesehen hatte.

Die Bathory wusste nun davon. Und ihre Pläne, ja, waren bemerkenswert, in gewisser Art und Weise. Das war es, was ihn ursprünglich zu ihr hingezogen hatte, ihre nüchterne, tüchtige und konkrete Art, die zackige Disziplin. Und dann war da noch diese Begeisterungsfähigkeit. Eine Leidenschaft, ein inneres Feuer für gewisse Spielarten des Lebens, das schlichtweg mitreißend war.

So hatte er gedacht, als er sie kennenlernte, in diesem Cottage an der Ostküste, mit den blauen Regenrinnen und den hübschen Fassadenbildern unter den Erkerfenstern; zwei Alleinreisende, die sich abseits der Touristen schnell gefunden hatten.

Ihre erste Frage an ihn, *wie haben Sie denn so gelebt bisher?*, wollte er unbedingt ehrlich beantworten. Und wie sie erzählt hatte, über London und ihr *Geschäft*, so hatte auch er erzählt, von Anfang bis Ende. Von seinem Vater, dessen letzte Zuckungen er interessiert beobachtet und dabei gewartet hatte, ob Gott ihn richten würde. Von der Anstalt. Von der Freiheit. Vom Reisen. Vom Nicht-sesshaft-Werden. Von vielen Taten, die er begangen hatte, um sich zu wehren, um sich Personen zu entledigen, aus denen die Augen seines Vaters schauten, die mit dem Gürtel, mit den Fäusten, mit Knüppeln und Messern sprachen.

Er hatte lange erzählt. Und dabei nicht einmal hochgeschaut. Wollte nicht sehen, wie sie reagierte, sich von ihm abwandte. Irgendwann war er fertig, hob langsam den Kopf und wäre dabei jede Wette eingegangen, dass sie weg wäre, dass sie aufsteht, dass sie entsetzt und angewidert vor ihm davonläuft.

Aber sie hatte dort gesessen wie zuvor, unbewegt auf ihrem Platz, hatte jedes Wort aufgenommen, jedes Wort verstanden. Und mit einem Ausdruck in ihren grauen Augen, der ihre Faszination selbst für die grausamsten Details seiner Geschichte kaum verbergen konnte.

5.

„Wo sind die ...?“ Vom Klosterhof kamen sie gemeinsam zurück in die Küche und hatten dabei gleichzeitig zu sprechen begonnen. Maja schaute skeptisch, aber durchaus amüsiert von der Spüle herüber.

„... die Filme?“, fragte Jenna.

Er nickte lediglich abwartend.

„Oh.“ Mit beiden Händen gleichzeitig tastete sie über ihre Jacke und hatte zügig die Discs aus einer der Taschen gefischt. Nachdem sie sich gesetzt hatten, konnte Greg problemlos die Dateien auf seinem Laptop sichern. Jennas nervöses Wippen an seiner Seite färbte auch auf ihn selbst ab, aber ein paar

Klicks später hatte er ein Standbild auf das Display gezaubert.

Sie hatten gesehen, dass die Kamera mittig über dem Haupteingang in einer Höhe angebracht war, die nicht ohne Hilfsmittel erreicht werden konnte. Aus einer schrägen Vogelperspektive erfasste sie einen Radius von gut zwanzig Metern. Das Tathitus Guest House mit dem Messingschild am Haupteingang lag dem Laden schräg links gegenüber. Dazwischen waren lediglich Rasenflächen, einzelne Bäume und ein Fußweg zum nächsten Parkplatz. Von Maja wusste Greg, dass Martin's Market regelmäßig auch von Bewohnern umliegender Dörfer genutzt wurde.

Jenna nahm ihren Stuhl an beiden Kanten der Sitzfläche und rückte noch etwas näher an seine Seite heran. Schulter an Schulter konnten sie gerade auf den Bildschirm sehen. Wäre die Spannung noch größer, würde es knistern.

Greg bewegte den Cursor auf den Play-Button mittig unten und tippte verhalten auf das schwarze Touchpad. Er konnte hören, wie Jenna einatmete. Sichtbar sprang der Film in den Playmodus.

Er war sich nicht ganz sicher, was sie tatsächlich erwartet hatten. Die Zeitangabe im Bildschirm zählte die Sekunden. Aber ansonsten: Nichts. Natürlich nichts. Es war 00:00:01 Uhr in einer Nacht im Winter.

Jenna atmete aus.

Kommentarlos griff er zur Maus und ließ die ersten Stunden des Tages in maximaler Geschwindigkeit nach vorne laufen. Gegen 5 Uhr morgens gab es die ersten Bewegungen im Bild. Er reduzierte den Vorlauf um die Hälfte und sie konnten die Frühaufsteher des Ortes auf dem Weg zu ihren Autos beobachten. Vielleicht noch einige letzte Male, bevor auch für sie schließlich der Weihnachtsurlaub begann.

5:30:11 Uhr. Von unten heran trat eine dicke Wollmütze ins Bild und fegte in aberwitziger Geschwindigkeit Zweige und Blätter vom Pflaster. Darunter steckte ein auffallend dünner Mann mit grauen Haarlocken, die durch die große Schleife der dunkelgrünen Schürze festgehalten wurden, die ihm von der Brust bis zu den Knien reichte.

„Das ist Martin", sagte Jenna. „Halb sechs jeden Morgen."

Probehalber stoppte er das Band. Martin war stehengeblieben, stand auf den Besenstiel gestützt mitten vor seinem Laden und schaute nach links aus dem Bild heraus. Greg versuchte sich etwas an den technischen Gegebenheiten und vergrößerte das Standbild so lange, bis Martins Gesicht vertikal die gesamte Bildschirmhöhe einnahm.

„Offenbar hat ihm jemand einen Witz erzählt. Er scheint zu lachen." Jenna hielt inne und beugte sich vor. „Er spricht mit einer Frau, vielleicht mit Martha vom Hotel gegenüber."

„Er spricht mit einer Frau?" Trotz der schlechteren Auflösung aufgrund der Vergrößerung konnte er immerhin deutlich sehen, dass Martin offenbar guter Laune war. Mehr zu erkennen allerdings empfand er als reine Spekulation.

„Dort um die Augen wäre ein anderer Ausdruck, wenn er mit einem Mann sprechen würde. Weniger ... weniger beteiligt.“

Er fand sich damit ab, dass ihm die weibliche Wahrnehmung der Welt nicht immer zugänglich erschien, doch die Qualität und den Detailgrad der Technik fand er ziemlich begeisternd. Erneut betätigte er den Play-Button und ließ den Film wieder in höherer Geschwindigkeit auf die Abendstunden des 15. Dezember zulaufen.

Zumindest so ungefähr wusste Greg, wann es passieren würde. An seinem ersten Morgen im Kloster hatte er mit Maja am Tisch gesessen und in der Zeitung gelesen. Der Schuss war am Abend zwischen 18 Uhr und 18.30 Uhr gefallen, eine ungewöhnliche Zeit für einen geplanten Mord; für die Polizei nur eine weitere Bestätigung der Theorie, dass Freyas Tod ein Unfall gewesen war, sich ein Schuss ungewollt gelöst hatte oder lediglich Kaninchen im Garten das eigentliche Ziel waren.

17:45:38 Uhr. Sie sahen einige Personen kommen und gehen, sehr schnell kommen und gehen.

18:05:19 Uhr. Jennas Oberkörper ruckte nach vorne, Greg klickte auf Stopp. Mit gerunzelter Stirn musterte er das Standbild auf seinem Display und erwartete, etwas zu entdecken, was sie offenbar gesehen hatte und ihm entgangen war; aber nichts, keine Person im Bild. Fragend schaute er zu ihr hinüber. Sie war ebenfalls auf den leeren Eingangsbereich des Ladens fokussiert, doch deutlich konzentrierter.

„Ja?"

„Sehen Sie hier?"

Sie deutete auf eine längliche Linie, die sich ganz oben am Bildschirmrand farblich etwas heller absetzte. Spontan hätte er es für mangelnde Entfernungsqualität der Kamera gehalten, war der Bereich doch etliche Meter entfernt.

„Ich weiß, es ist kaum zu sehen, aber das müsste eigentlich die Mauer sein, die Marthas Grundstück umrandet."

„Martha vom Tathitus Guest House?"

„Eigentlich ist mir eben nur klar geworden, dass die Kamera tatsächlich die gesamte Entfernung bis zum Hotel erfasst." Beinahe mit einem entschuldigenden Ausdruck in den Augen sah sie ihn an.

„Also müssen alle Personen auf dem Weg vom und zum Parkplatz automatisch durchs Bild laufen", setzte er ihren Gedankengang fort. Sie nickte.

In der normalen Geschwindigkeit sahen sie weiter letzte Kunden und Touristen, die vor Ladenschluss noch für ein Essen am Abend einkauften. Allein an den Richtungen, in die sich die Personen bewegten, konnte Greg sehen, dass Jenna mit ihrer Vermutung recht hatte. Das Guest House musste auf dem Grundstück hinter der Mauer stehen, die dem Laden frontal gegenüber gelegen war. Alle Market-Besucher wandten sich entweder nach rechts, Dorf auswärts in Richtung Parkplatz, oder nach links, in Richtung Dorfplatz.

18:13:08 Uhr. Völlig ahnungslos fegte Martin erneut seinen äußeren Ladenbereich und traf erste

Vorbereitungen, um gegen halb sieben zu schließen. Weitere vier Minuten beobachteten sie ihn beim Hantieren mit den Waren draußen, sahen Josh dabei zu, wie er größere Säcke zurück in den Laden trug und stellten fest, dass nicht wenige Kunden mit Martin vertraut und einem Plausch neben dem Ständer mit Meisenknödeln nicht abgeneigt waren.

Während die Anzeige digital und ungerührt Minuten und Sekunden hinunterzählte, exakt, identisch, ohne Bezug zum gezeigten Bild, verkrampfte sich Greg überproportional zur verrinnenden Zeit und wartete nur noch auf den einen Moment. Als Jenna ihre Hände so stark gefaltet hatte, dass die Außenflächen ganz blass und die gekreuzten Finger unnatürlich rot angelaufen waren, sprang der Timer von 18:17:23 Uhr auf 18:17:24 Uhr.

Greg zuckte zusammen. Die Menschen reagierten tonlos. So viel an Bewegung auf dem Bildschirm. So regungslos saß er davor.

Martins Kopf flog zur Seite und er stolperte gleichzeitig einen Schritt nach hinten. Eine ältere Frau allein vor dem Eingangsbereich duckte sich hinunter und starrte nach rechts in die Schussrichtung. Viele Meter dahinter, in einem Bereich, der nur noch so gerade von der Kamera erfasst wurde, war ein Mann; ein kleiner Junge etwas verdeckt an seiner Hand. Der Mann wendete den Kopf nach links ab.

Wie erschreckend muss es gewesen sein? Ein annähernd runder Platz, an vielen Stellen dicht an dicht mit Gebäuden umgeben, ein Schuss krachte und zerstörte die abendliche Ruhe. Wie in einem

Kessel wird die Schallwelle alles geflutet haben und verstärkt wieder zurückgeschlagen sein. Gefahr von Schrecken und Terror war vielleicht nicht unbedingt ein Thema im Dorf, doch es war oft genug in den Medien in jedem Wohnzimmer.

Jenna beugte sich nach vorne und riss Greg aus seinen Gedanken. „Warum schaut er nach links?“ Der Film war in normalem Tempo weitergelaufen. Im Bereich der Kamera war niemand mehr zu sehen. Die älteren Herrschaften mit dem kleinen Jungen, vermutlich Großeltern mit ihrem Enkel, hatten das Gelände nach hinten zum Parkplatz hinaus verlassen. Greg stoppte und setzte den Marker gut zwei Minuten vor dem Schuss bei 18.15 Uhr. Er klickte auf Play.

Die Frau war bereits vor dem Laden zu sehen. Mit den Schultern frontal der Eingangstür zugewandt hatte sie den Kopf über ihre rechte Schulter gedreht und blickte über den Platz hinweg. Martin hielt den Besenstiel und bückte sich nach etwas hinunter, dass Greg nicht ausmachen konnte. Von rechts oben kamen der Mann und das Kind ins Bild. Wieder sprang der Timer auf 18:17:24 Uhr.

Greg klickte auf Pause. Neben Martin, der ziemlich weit vorne im Bild war, zeigte das Display zwei Erwachsene und ein Kind, eingefroren in dem Moment unmittelbar nach dem Schuss.

„Er schaut nach links, eindeutig.“ Jenna bewegte sich näher an den Bildschirm heran. „Der Schuss kommt von seiner rechten Seite, aber er schaut weder in die Schussrichtung noch nach dem Kind. Seine erste Reaktion ist ein Blick in die entgegengesetzte Richtung. Das ist ungewöhnlich.“

6.

London, vor mehr als drei Jahrzehnten

Wären ihre Eingeweide tatsächlich auf links gezogen worden, hätte es nicht viel schmerzhafter sein können. Leicht hinkend und mit einem angeschwollenen Auge, durch das sie immerhin wieder Unterschiede von Hell und Dunkel wahrnehmen konnte, überwand sie die letzten Meter bis zu Wills Tür.

Ihr war vorher klar gewesen, dass die Chancen gleich Null standen und dass sie alles dafür getan hatten, wirklich niemanden aus dieser Hölle entkommen zu lassen. Vor dem einzigen Ausgang aus dem unterirdischen Gewirr von Gängen gab es Räume, die niemals leer waren, bevölkert von menschlichem Abschaum, der niemals schlief.

Sie würde es wieder versuchen.

In dem ihr eigenen Rhythmus klopfte sie deutlich hörbar an das Metall. „Hey, ich bin es.“ Nichts wollte sie weniger, als den Kleinen unnötig zu ängstigen.

Mit einem Tablett voller Essen und so vielen Süßigkeiten, wie sie hatte auftreiben können, trat sie zaghaft über die Schwelle. Wie schon oft zuvor hantierte sie mit der Tür, während sie gleichzeitig das Tablett vorsichtig in den Raum hinein balancierte.

Ihre ungelenken Bewegungen, die mit jedem zuckenden Muskel ein Schmerzsignal hervorriefen, erschwerten ihr Manöver dieses Mal um ein Vielfaches. Aus Angst, weiterem Gräuel zu begegnen, was sie nicht hatte verhindern können, zog sich ihr Innerstes schmerzhaft zusammen.

Bei ihrem letzten Besuch hatte sie ihn verstört und zusammengekrümmt in der hintersten Ecke seines Zimmers entdeckt. Was sie von Anfang an befürchtet, jedoch nicht hatte glauben können, war tatsächlich geschehen. Und sie wusste sich nicht anders zu helfen, als den Jungen zu nehmen und in die Dusche zu tragen, wie er war. Mit viel heißem Wasser lösten sich nach und nach neben dem Schmutz der Gewalt auch die Starre in seinen Gliedern. Ohne den kleinsten Laut von sich zu geben, hatte er sich ausziehen, waschen und wieder in saubere Kleidung stecken lassen. Nicht ein einziges Mal hatte sein leerer Blick dabei etwas anderes als den Boden vor seinen Füßen gesehen. Auf den wenigen Metern zurück zu seinem Bett war er noch in ihren Armen eingeschlafen.

Mit klirrendem Geschirr und unsicheren Bewegungen setzte sie das Tablett auf dem kleinen Tisch neben dem Spielzeug ab. Sie hatte keinen Grund mehr, der sie daran hinderte, dem zu begegnen, was sie heute vorfinden würde. Langsam schaute sie auf.

Sie war sich sicher gewesen, den Kleinen auf dem Bett liegend und tief vergraben unter seiner Decke vorzufinden. Will jedoch saß mit gewinkelten Beinen auf einem Stuhl und blickte ihr stumm entgegen. Der Stift in seiner Hand schwebte über einem Bogen

Papier auf dem Holztisch. Während sie so aufrecht und herzlich lächelnd wie möglich auf ihn zuging, konnte sie regelrecht fühlen, wie er wortlos, dafür jedoch umso intensiver jede einzelne Facette ihrer Verletzungen registrierte.

Sie nahm Platz an seiner Seite und wollte gerade zu einer Erklärung ansetzen, als ihr Blick auf die Blätter fiel, die verstreut die Oberfläche des Tisches einnahmen. Der Kleine hatte gemalt; so viel ihr bewusst war, zum ersten Mal.

Zwar in einer ungelenken kindlichen Art, doch mit deutlichen Details und verschiedenen Farben hatte er immer wieder dasselbe Motiv festgehalten; eine Frau, die mit unnatürlichem Winkel des Kopfes und einem Seil um ihren Hals in der Luft baumelte. Daneben eine Figur ganz in schwarz. Mit einer Stange in der Hand, in Höhe der Hüfte, schien er auf ein Bündel einzuschlagen, das vor ihm am Boden lag.

7.

Tathitus Log, Gegenwart

Greg ließ sein Handy in die Tasche gleiten und nahm die knarrende Treppe in den ersten Stock hinauf. Dann lief er den Flur entlang und erklomm die Steintreppe, die sich innen an der Außenwand des Turms bis in sein Zimmer rundete. Er ließ sich auf die Bettkante nieder und sprang sofort wieder auf, als er sein Telefon spürte. Sein Gewissen meldete sich, weil er es bisher verpasst hatte, dem guten Steve und dessen Familie ein frohes Weihnachten und schöne Festtage zu wünschen.

Er wählte die Nummer und sein Freund meldete sich nach dem ersten Klingeln.

„Greg, ist das dein Ernst? Ich hatte dich schon für die Wissenschaft aufgegeben. Wir wollten deine Stelle neu ausschreiben. Die Frau muss ich unbedingt kennenlernen, die dich so konsequent von uns fernhält! Mary ist deine Abwesenheit dieses Jahr auch schon aufgefallen. Was soll ich ihr denn erzählen? Du bist lieber in irgendeinem Kaff im Nirgendwo anstatt mit uns an Weihnachten zu schmausen?“

Mary. Steves bessere Hälfte. Eine tolle Frau. Bewundernswert. Greg hatte sich immer gefragt, wie Steve sie hatte einfangen können.

„... Greg? Hallo?“

Er räusperte sich schnell. „Frohe Festtage, Steve, dir und deiner ganzen Familie, besonders an Mary und die Kinder, von ganzem Herzen.“

„Danke dir.“

„Was macht die Bürokratie?“, hakte Greg nach.

Anstatt einer Antwort registrierte er im ersten Moment nur ein Zögern, das ihn aufhorchen ließ; ungewöhnlich für Steve und vermutlich auch nur wahrzunehmen, wenn man ihn gut kannte.

„Die Grafschaft Norfolk, in der du dich gerade so heimisch fühlst, hat in Norwich einen neuen Beamten eingesetzt, der für die Bücher zuständig ist.

Langweilig, aber nur äußerlich, tatsächlich nur äußerlich. Vielleicht brauche ich dich."

Steves letzte Worte waren so vielsagend in jeglicher Hinsicht, dass Greg überhaupt keine Lust mehr hatte, das Thema auch nur ansatzweise zu vertiefen. Er würde jetzt nicht zu irgendeinem Termin fahren oder gar nach London zurückkehren. Der Beamte von Norwich konnte Steves Problem bleiben. Greg wollte einfach nur wieder nach unten.

„Alles klar. Steve, ich melde mich. Nutz die Zeit. Erhol dich gut."

Greg legte auf, bevor Steve eine Chance hatte zu widersprechen. Energisch versenkte er sein Telefon in der Hosentasche und ging in das Bad des Turmzimmers. Der Raum war so geschickt von der runden Wand abgeteilt, dass er überhaupt erst auf den zweiten Blick sichtbar wurde. Mit Schwung nahm er einen Schluck Wasser direkt aus dem Hahn und machte sich zurück auf den Weg in den Keller.

Greg stieg durch die Öffnung hinter dem schräg gestellten Küchenschrank und knipste den Standstrahler auf dem Absatz in halber Höhe an; Maja hatte den Strahler im örtlichen Seniorenheim entdeckt und für ihn ausgeliehen. Der Gang zwischen den meterhohen Bücherwänden wirkte schier endlos. Langsam ließ er den Blick durch den Raum gleiten und blieb dabei immer wieder an einzelnen Buchrücken und Themen hängen, die er bereits grob erfasst hatte.

Die Vielfalt der Werke war enorm, und dabei hatte er noch nicht einmal zwanzig Prozent gesichtet;

Human- und Tiermedizin, Pflanzenkunde und Liegenschaftskarten, geistliche Texte, fein gearbeitete Bibeln bis hin zu Architektur, Höhlenkunde, Erfahrungs- und Reiseberichten. Vorherige Klosterbewohner hatten sehr genau den Osten generell und die Region im Besonderen erforscht, dörfliche und städtische Lebensgewohnheiten erfasst, waren auf den Spuren ehemaliger Könige gewandelt und hatten ihr Wissen in akribisch nach Orten und Inhalten sortierten Werken festgehalten; handgeschrieben, aufwändig gestaltet, wahnsinnig fesselnd zu lesen.

Greg seufzte und nahm die paar Stufen in den Gang hinunter, der noch eine halbe Etage tiefer lag als der Vorratskeller zuvor. Mit den Händen in der Jeans vergraben schritt er zwischen den Werken hindurch und lauschte seinem Gewissen beim Kampf zwischen Gut und Böse.

Um Steve Informationen zu den Büchern und damit auch weitere Argumente zu liefern, die ihm hinsichtlich der Verwaltung helfen könnten, hätte Greg schon viele weitere Stunden mit den Büchern verbringen müssen. Andererseits bedauerte er keine einzige Sekunde, die er mit Jenna im Ort und im Wald unterwegs gewesen war. Ihr Verhalten, das regelmäßig auf der Strecke zwischen zwei entgegengesetzten Extremen zu pendeln schien, verwirrte ihn zwar zutiefst, aber der Fall Freya wurde spannend.

Die Hinweise, die Dr. Miller in ihrem Gespräch beschrieben hatte, haben sie zum Haus des Mannes geführt, der in die Praxis eingedrungen war. Die eingeritzten Buchstaben auf dem Holztisch in der

Küche waren der Hinweis auf den möglichen Standort des Schützen in der Einfahrt von Mr Elter. Sie hatten die Schussbahn weiterverfolgt und entdeckt, dass diese auf den Eingangsbereich von Martin's Market deutet. Sie hatten das Videomaterial von Josh gesichtet und darauf viele Male beobachtet, wie der Timer von 18:17:23 Uhr auf 18:17:24 Uhr springt, wie die Personen auf den Schuss reagieren, wie der ältere Herr ganz hinten im Bild verdächtig wirkt.

Vielleicht war das eigentliche Ziel aber gar nicht bildlich erfasst? Vielleicht hatten sie einfach Pech und die entsprechende Person stand wenige Meter außerhalb des Kamerabereiches?

Ein sehr kleiner Teil in Greg wünschte sich sogar, dass es so war. Wenn nämlich nicht, dann hatten sie es mit einem Mann zu tun, der das Feuer auf zwei ältere Herrschaften und ein Kind eröffnet, welches noch nicht einmal sechs Jahre alt war.

8.

Ganz sicher war er sich nicht. Mr Headman war vielen Menschen in seinem Leben begegnet, auch vielen, die seinem Vater durchaus ähnlich waren. Damit konnte er umgehen. Diesen Personen konnte er auf Augenhöhe begegnen. Doch sie, Thea! Ganz sicher war er sich wirklich nicht. Aber er hatte einfach keine andere Erklärung. Die Bathory war krank. Es musste so sein.

Er saß auf der Bank neben seinem Wallnussbaumgerippe. Eine Hand lag flach auf dessen Stamm. Und er fühlte. Er beobachtete. Er dachte nach. Morgens war er noch bester Laune die wenigen Stufen nach unten getreten; zwischen dem orange-roten Mauerwerk hindurch auf die Straße hinab. Nachdem sie sich gegenseitig zugehört hatten, war es noch schöner geworden und er hatte fast immer gute Laune gehabt.

Eine Beziehung sei nur dann wirklich stabil, so hatte er einmal gehört, wenn jeder die dunkelsten Geheimnisse des anderen kannte; und verzeihen könne. Und so war es. Sie kannte seine. Er kannte ihre. Keine offenen Fragen. Keine geschuldeten Erklärungen.

Und sie war ebenfalls guter Laune. Bester Laune sogar. Fast schon auffällig bester Laune. Hätte es ihn stutzig machen sollen? Machen müssen? Der eiskalte Teufel mit den stahlgrauen Augen, der von einem zum anderen Tag ein handzahmes Kätzchen wird? Wahrscheinlich. Er war in dieser Zeit nicht auf seiner Bank gewesen, nicht bei seinem Baum. Er hatte nicht gefühlt und nicht nachgedacht. Bis es zu spät war.

Fröhlich vor sich hin pfeifend war er einkaufen gegangen an diesem Morgen, nur ein paar Kleinigkeiten für ein Mittagessen. Er wollte kochen, Nudeln mit Olivenöl, Cherrytomaten, ein wenig Knoblauch und Basilikum. Fröhlich vor sich hin pfeifend kehrte er auch wieder zurück.

Und da saßen sie. Sie und er. Sie mit dem kleinen Jungen.

Seitdem hatte er nicht wieder gepfiffen. Dafür aber unzählige Male Nudeln gekocht; allerdings mit Tomatensoße, ohne Knoblauch und ohne Olivenöl.

Er wusste es nicht. Und beinahe nahm er an, dass sie es auch nicht geplant hatte. Vielleicht nicht einmal wusste, bis es tatsächlich passiert war. Es war ihm unerklärlich, wie sie mit einem Kind, das nicht zu ihr gehörte, einfach wegspaziert war; weg von den Eltern, weg aus seiner Gegend, weg aus seinem Leben in dieses riesige Haus. Und niemandem war es aufgefallen. Keine Kamera hatte sie erfasst. Es war unbegreiflich. War das Glück denn immer mit den Tüchtigen? Egal welcher Gesinnung?

Am liebsten hätte er es seinem Vater bis in dessen Grab hinunter geschrien: *Siehst du, Vater, es gibt keinen Gott, der richtet! Es kann keinen geben!*

Sie hatte ihn gut behandelt. Sogar verwöhnt in jeder Beziehung; mit Stofftieren und Spielzeug, mit Schokolade und Süßigkeiten, mit Nudeln, Pizza und Pommes, mit Fernsehen, mit allem, was er sich wünschte, immer aus einem anderen Laden, immer schön verteilt in der Gegend, in einem Umkreis von vielen Meilen. Niemandem fiel etwas auf.

Sie behandelte ihn wie ein Familienmitglied, wie einen ihrer Enkel. Und sie war verrückt, musste es einfach sein.

Sie gingen spazieren zusammen! Zu zweit, zu dritt, ganz öffentlich. Aber worauf sie achtete: Kleidung. Er trug immer andere Kleidung, der Kleine. Mal mit Mütze. Mal ohne Mütze. Mal mit Schal und Mütze. Und alle Varianten in unterschiedlichen Farben. Mal am Haus. Mal in der Nachbarschaft. Mal viele Meilen entfernt. Alles ging glatt, sogar zu glatt.

Immer öfter brachte sie ihn hinunter, mit seinem Spielzeug und seinen Süßigkeiten. Es verlor den Reiz. Sie müsse ihr Projekt weiterentwickeln, hatte sie gesagt. Sie hätte mal wieder so richtig Lust auf Geld verdienen, hatte sie gesagt.

Geld verdienen?, fragte er sich. Geld verdienen mit einem kleinen Jungen?

9.

Irgendwo über seinem Kopf, wahrscheinlich in der Klosterküche, polterte es laut und Greg, der sich an der Geschichte festgelesen hatte, dass Edward III. sich offenbar nur mithilfe eines Geheimtunnels eines unliebsamen Regenten entledigen konnte, schreckte zusammen. Vorsichtig stellte er das gebundene Werk in die Reihe zurück. Im Gehen löschte er das Licht des Strahlers und stellte mit einem Blick über die Schulter fest, dass sich hinter ihm absolute Schwärze ausgebreitet hatte. Für den Bruchteil eines Moments spürte er etwas.

Greg blieb stehen und horchte in sich hinein. War es ein Gedanke? Ein Gefühl, dass ihm etwas sagen wollte? Eine Dissonanz in ihren Theorien?

Er kannte dieses Gefühl von seinen eigenen Schriften; immer dann, wenn in der Folgerichtigkeit ein Knacks war. Eigentlich konnte er darauf vertrauen, doch es war noch zu weit weg, er hatte es nicht greifen können.

So kam er nachdenklich hinter dem Schrank hervor, löschte das Licht im kleinen Vorratsraum und nahm mit großen Schritten mehrere Stufen auf einmal hinauf. Er trat genau in dem Moment über die Schwelle zur Küche, als Jenna und Maja einen widerspenstigen Tannenbaum durch die Hoftür zogen.

10.

Im Innenraum hinter den Fenstern zerschellte Glas und er hörte es im Pub poltern, dann einen hellen Aufschrei. Die Eingangstür flog auf und krachte dumpf gegen die Steinwand des Hauses.

Er konnte es nicht fassen. Ganz bestimmt war er nicht aus Liverpool zurückgekehrt, um sich umgehend wieder mit Idioten in Tathitus Log befassen zu müssen.

Gegenseitig prügelten sich zwei Männer den kurzen Pfad entlang, der knapp vor seinen Füßen bis auf ein Rasenstück des zentralen Platzes verlief. Munter aufeinander einschlagend nahmen sich beide nicht viel, und nach einem einschätzenden Blick auf die beiden Schläger stellte er fest, dass der Kampf recht ausgeglichen wirkte.

Er entfernte sich mit einigen Schritten nach hinten und wandte sich mit eingezogenem Kopf in die Richtung, aus der er gekommen war; wie gewöhnliche Passanten, die alles andere wollten, als an Weihnachten in eine Schlägerei verwickelt zu werden, und sei es auch nur als Zeuge.

Unbehelligt kam er mindestens auf drei Meter bevor er das Kreischen in seinem Rücken vernahm: „Er hat ein Messer!"

Instinktiv blieb er stehen und drehte sich um. Das Bild, das sich ihm bot, ließ ihn lächeln. Die panische Wirtin des Pubs meinte nicht ihn, sondern nur einen der Männer, die sich gerade noch prügelnd am Boden gewälzt hatten. Nun standen sie sich gegenüber auf der Rasenfläche, und der Bärtigere der beiden hatte ein Springmesser mit einer Klinge von nicht einmal vier Zoll in der Hand. Während die Wirtin dort, wo sie war, auf und ab sprang, sah er zwei Pubbesucher auf dem Pfad zwischen den Außenlaternen stehen; sehr bedacht darauf, die Eingangstür nahe im Rücken zu behalten. Von allen Seiten des Platzes konnte er im Augenwinkel weitere Passanten hinzukommen sehen.

Wieder fand er sich in einer Situation, für die er selbst nicht verantwortlich war, in die er zufällig geraten war, weil doch so wenige seiner Mitmenschen reflektierten, wie sich ihr Verhalten auf andere auswirkte, weil es doch so vielen schlicht und einfach egal war.

Für das Wohl seiner Gegenüber gestattete er sich ein paar tiefe Atemzüge und kanalisierte den Zorn, der in ihm hochzusteigen begann, in ein paar Gedanken, wie er die beiden möglichst schnell und unauffällig wieder auseinanderbekam. Dann machte er fünf lange Schritte auf den Rasen und blieb so natürlich und selbstverständlich neben ihnen stehen, als gehörte er genau dort hin; mit beiden Händen in den Hosentaschen. Es gab nicht vieles, wofür er von Herzen dankbar war in seinem Leben. Seine Körpergröße, die ihn neunzig Prozent aller Männer überragen ließ, gehörte allerdings definitiv dazu. „Hey, wie geht's?"

Der Mann mit dem Messer in der Hand war ein Holzfällertyp mit auffällig voluminösem Vollbart, der sich nahtlos in einen dichten Pferdeschwanz in seinem Nacken fortsetzte. Er registrierte ihn einen Moment früher. Sein Gegenüber brauchte zwar länger, doch die erste Reaktion der beiden Schläger auf diesen etwas skurrilen Augenblick war doch völlig identisch. Sie verharrten mitten in der Bewegung.

Der Vollbart ließ das Messer mit der Hand nach unten sinken, und schneller als sie überhaupt fähig waren zu reagieren, hatte er selbst beide Hände heraus und mit dem Springmesser zusammen wieder in den Hosentaschen versenkt. Die Männer waren derart mit Adrenalin vollgepumpt, dass ihre Hirnfunktionen nicht so schnell zwischen Kampf und subtilerer Wahrnehmung umschalten konnten. Ihm kam es vor wie eine Ewigkeit, bis der Vollbart endlich realisiert hatte, dass das Messer weg war.

Natürlich wäre es ihm eine Freude, die Situation noch länger auszukosten, doch zu viele Personen versammelten sich, und früher oder später würde ganz sicher einer der Dorfsheriffs aufmerksam werden.

Mit ein paar Worten wollte er das beendet haben: „Geh rein, entschuldige dich, gib 'ne Runde Bier aus." Nur für den Vollbart hörbar setzte er fort:

„Oder du überlebst das hier nicht. Und dazu brauche ich nicht einmal dein Messer."

Also, er selbst hätte sich geglaubt, und er konnte es seinem Gegenüber ansehen, dass der kleine Funke in seinen Augen geboren war. Er konnte Spuren von Wut, Zweifel, Sorge, Furcht und der unbestimmten Angst erkennen, in eine Situation geraten zu sein, die er nicht mehr kontrollieren konnte. Ob es wirklich so war oder auch nicht, war eher irrelevant, dieser kleine Funke in ihm würde sicherlich ausreichen.

Abrupt drehte sich der Vollbart weg, schritt heftig auf den Pub zu und knallte mit Schwung die Tür hinter sich zu. Er blickte ihm nach, bis er gänzlich verschwunden war und wechselte zur Wirtin hinüber, die ihn nun stumm, aber mit furchtbar großen Augen anstarrte. Bevor sie wieder ganz zu sich kam, drückte er ihr das Springmesser in die Hand und nickte ihr zu; ebenfalls dem zweiten der beiden Männer, der noch immer bewegungslos auf dem Rasen verharrte und ihn eingehend inspizierte.

Da er in angemessener Zeit jedoch keine Reaktion erwartete, nutzte er den Moment und wandte sich wieder in Richtung Hotel ab. Bereits in der Drehung stellte er beruhigt fest, dass sich auch die Umstehenden wieder auseinanderbewegten. Schließlich war ja nichts passiert.

„Hey, nicht so schnell. Warte mal. Ich kenne dich doch. Wir haben doch schon zusammen an der Theke gesessen."

Er blieb stehen und stellte nüchtern fest, dass er dieses Mal nicht viel weiter gekommen war als bei seinem letzten Versuch. Wieder drehte er sich um und sah den Mann direkt auf sich zu laufen. „Wir kennen uns doch! Hier vom Pub. Ich werd' nicht mehr! Unglaublich! Hast du dich verändert! Was war denn das gerade! Dein Name ... warte, ich komm sofort ..."

„Michael", beeilte er sich einzuwerfen, bevor sein richtiger Name ihm tatsächlich wieder einfiel. Außerdem hatte *Der Pate* ihm immer schon gefallen und der Tag der Rache von Puzos *Michael Corleone* war nun einmal legendär. Nun hatte ihn also doch jemand erkannt.

„Du vertust dich, aber wir klären das." Er hatte die Stirn gerunzelt, damit sich sein Gesicht in der nächsten Sekunde wieder aufhellen konnte. „Warte einen Moment, bin sofort bei dir." Um nicht öffentlich und gut sichtbar auf dem Platz stehenbleiben zu müssen, lotste er seine ungewollte Thekenbekanntschaft in Richtung Blumengeschäft und dort in einen Pfad, der nach hinten heraus zum Parkplatz führte. Schließlich lief er allein die paar Schritte zum Laden, drückte der verdutzten Verkäuferin zwei 20-Pfund-Noten in die Hand, griff sich Blumenbast und Klebeband und eilte mit den Utensilien in den Jackentaschen auf den wartenden Mann zu. Die Prügelei schien ihn wenig beeindruckt zu haben.

Die Arme entspannt vor der Brust verschränkt und leicht breitbeinig fiel ihm auf, dass er ihn sogar an einen gewissen Schauspieler erinnerte; ein breiter Nasenrücken, mittelblondes kurzes Haar, rötlicher Schnäuzer und Kinnbart, schmale Augen, verwegener Gesichtsausdruck, noch betont durch das entstehende Veilchen und die leicht blutende Augenbraue. Er schätzte ... Hardy – so hieß der Schauspieler –, er schätzte ihn etwas jünger ein, als er selbst war.

Bei Hardy angekommen ließ er sofort die Hand in seine Jeans gleiten. „Martha vom Tathitus Guest House bereitet exzellenten Irish Coffee zu. Ich lade dich ein und wir reden?" Dabei zog er fröhlich grinsend die Hand aus der Tasche hervor, mit einem Haufen unsortierter 20- und 50-Pfund-Noten. Hardy starrte auf die Geldscheine und würde wohl nicht einmal merken, dass sie nicht wirklich den Weg zum Hotel nahmen.

5. Kapitel

Masken bei Nacht

1.

Die Veränderung war nur leicht, fast unmerklich, aber die Anzeichen waren da, unübersehbar. Es war dunkler geworden über ihren Köpfen, drohender. In dem tagelang gleichmäßig grauen Himmel hatten sich hier und da Wolken zusammengeballt, unten ein tieferes Grau angenommen. Der plastische Effekt war enorm, und Jenna fragte sich, was sich dort oben zusammenbraute. Offiziell war noch kein Wetterumschwung gemeldet worden und sie hoffte inständig, dass sich die eisige, aber doch insgesamt angenehme Trockenheit noch etwas hielt.

Sie senkte den Blick auf den rissigen Boden und horchte in sich hinein. In einem Samtbeutel hatte Maja ihr das silberne Medaillon in die Hand gegeben. Sie hatte es noch nicht geöffnet, geschweige denn in Erwägung gezogen, es wieder an einer Kette um ihren Hals zu legen. Noch immer verwaist zwar, ganz unten im Kleiderschrank ihres Zimmers, doch jederzeit erreichbar, war es nun wieder Teil ihres Alltags. Und sie konnte es nicht nur ertragen, sie genoss es sogar; das Gefühl, es nahe zu wissen ... „Greg, die beiden kannten sich!“

Sie blieb stehen und musste selbst darüber nachdenken, was sie gerade behauptet hatte. Es war ein spontaner Geistesblitz gewesen, aber je länger sie es in Gedanken abwägte, desto wahrscheinlicher kam es ihr vor.

Eine Wohnung, die erst vor wenigen Monaten bezogen worden war, der schwarze Mann, der sofort nach dem Schuss wieder verschwand. Und dennoch hat er sich um Sam gekümmert.

„Lassen Sie mich auch irgendwann noch an Ihren Ideen teilhaben?“

„Der schwarze Mann und Freya. Ich denke, die beiden kannten sich“, sagte Jenna und knickte beim Weitergehen einen Zweig von einem völlig kahlen Strauch ab. „Warum sollte ein Mann, dem offenbar alles zuzutrauen ist, der scheinbar auch nichts zu verlieren hat, sich um ein Tier bemühen? Er hat sich wahnsinnigen Risiken ausgesetzt, Aufmerksamkeit zu erregen, beobachtet zu werden. Sam muss eine Bedeutung für ihn haben, ich weiß nicht, welche, aber die Verbindung muss bestehen. Und das kann nur durch Freya zu erklären sein.“

„Hat sie eigentlich nie etwas über sich erzählt, Ihre Freundin? Über ihre Vergangenheit? Oder kleinen Geheimnisse?“, fragte Greg.

Sie knickte einen weiteren Halm ab; dieses Mal einen Pflanzenhalm, der wahrscheinlich noch im Herbst grün und biegsam im Wind geschaukelt hatte. Der Winter hatte daraus einen trockenen

Stumpf werden lassen, der von innen hohl war und sich in ihrer Hand zusammendrücken ließ. „Das Kloster zieht überwiegend Frauen an, die schon rein physisch froh sind, ihrer Vergangenheit entflohen zu sein; aus welchen Gründen auch immer. Freya war da keine Ausnahme. Also nein, hat sie leider nicht“, antwortete Jenna. Aber sie hatte die Worte gerade über die Lippen gebracht, als eine Stimme in ihr sagte, dass das nicht so ganz stimmte. Da war doch mal etwas, ein Satz, eine Situation. Die Frau aus dem Wald hatte etwas Ungewöhnliches, etwas Auffälliges berichtet und Jenna war sich sicher, dass sie es nicht als einzige gehört hatte. Später würde sie Maja danach fragen.

„Nebenbei gefragt, wissen Sie eigentlich, wo wir sind?“, fragte Greg und blieb stehen.

Sie hatten bereits die Waldgrenze passiert und waren auf einem äußerst schmalen Pfad angelangt. Jenna hatte das schaumgummiartige Innere des trockenen Halms fast vollständig von seiner Haut gelöst. Leicht verwirrt blieb sie stehen, orientierte sich und lächelte ihm schuldbewusst entgegen. Gemeinsam gingen sie zurück, bis sie wieder auf offenem Feld standen.

„Wir haben eben die letzte Möglichkeit nach rechts verpasst. Dort hinten. Wir sind hier weitergelaufen, wo die Bauern eigentlich nur zu ihren Feldern kommen. Oder Wildtiere laufen. Ich nehme an, dass man bei dieser Trockenheit auch einfach weiter und gleich quergehen kann.“

„Sind Sie in puncto Orientierung eigentlich typisch Frau?“ Dabei stand er mit den Armen in der

Seite vor ihr und hatte ein dermaßen unverschämtes Grinsen im Gesicht, dass ihr die Worte fehlten.

„Vielleicht sollten Sie einfach vorgehen. In dem kleinen Wäldchen hier orientieren Sie sich ja bestimmt spielend“, antwortete sie herausfordernd.

Anstelle einer Antwort steckte Greg nur einen Finger in den Mund, hielt ihn demonstrativ in die Luft, prüfte mit hochkonzentrierter Miene den Stand der Sonne, die über der Wolkendecke nicht einmal zu erahnen war, und drehte sich dabei eineinhalb Mal um sich selbst; vermutlich in dem verzweifelten Versuch, den Klosterturm oder zumindest den Kirchturm von Tathitus Log zu entdecken.

Ich könnte ihm stundenlang zusehen ... Sie stampfte mit den Füßen auf das Gras am Boden, als wollte sie ihre eigenen Gedanken dort unten zertreten. Sie sah erneut hoch und stellte mit einer gewissen Erleichterung fest, dass Greg bereits wieder zwischen den Bäumen verschwunden war.

Als sie den ersten Schritt machte, um ihm zu folgen, registrierte sie eine Bewegung etwas entfernt am Waldrand, die ganz sicher nicht von Greg verursacht sein konnte. So schnell hatte er die Strecke innerhalb des Waldes bestimmt nicht zurücklegen können.

Sie blieb stehen und konzentrierte sich auf die Stelle, die ihre Aufmerksamkeit erregt hatte. Dort war etwas gewesen, was weder ein Vogel noch ein anderes Tier, auch kein Zweig und überhaupt gar nichts Natürliches war, sondern ... Sie verengte die Augen zu Sehschlitzen und genau bei dieser Reaktion kam es ihr in den Sinn. Sie meinte, ein Brillengestell wahrgenommen zu haben, keine genauen Gesichtszüge, dafür ging es viel zu schnell, nur diese runde, zwischen den Bäumen unnatürliche Form, für den Bruchteil einer Sekunde; längst war nichts mehr zu sehen.

Mit gerunzelter Stirn ließ sie ihren Blick zu den zwei Baumstämmen wandern, zwischen denen Greg den Wald betreten hatte. *Wie ein Tor in eine andere Welt. Geheimnisvoll und faszinierend. Aber unberechenbar.* Das hatte sie Freya oft sagen hören, und nie zuvor hatte Jenna mehr Sinn für ihre Weisheiten als gerade. Etwas stimmte nicht.

Die Umgebung war viel zu still, die Waldgrenze viel zu dunkel. Die Luft war wie aufgeladen. Jenna lief los. Aber noch vor der ersten Baumreihe hörte sie den Schrei.

2.

Er hockte auf dem trocken gefrorenen Waldboden und lehnte mit dem Rücken an einer hohen Tanne, nahe zum offenen Feld. Ihm fiel auf, wie viele Nadeln ihn rundherum umgaben, ohne dass die Hölzer über ihm kahl aussahen. Gedanklich schon ganz bei der Aufgabe, die vor ihm lag, waren es Stimmen von außen, die ihn hatten innehalten lassen, nicht seine eigene in seinem Kopf und auch keine Rufe aus der Vergangenheit, sondern echte, von irgendwo außerhalb des Waldes.

Er hatte einen Blick riskiert und war so leichtfertig gewesen, dass er mit einer unbedachten Bewegung die Aufmerksamkeit der Frau erregt hatte. Jetzt saß er da, abwartend, in der Hoffnung, dass die Stimmen von allein wieder verschwanden. Zwar hatte sich auch das Problem *Hardy* erledigt, doch es wäre ihm deutlich lieber, wenn er dieses Mal nicht eingreifen müsste. Obwohl der kleine Schläger ihn trotzdem wiedererkannt hatte, vertraute er seinem veränderten Äußeren samt falscher Brille noch immer. Doch mit dem Eisenbahnwagen im Wald wollte er auf keinen Fall in Verbindung gebracht werden.

Er schloss die Augen, und sofort war Freya wieder da. Er hatte sich inzwischen daran gewöhnt, doch das Gefühl in ihm, dass sich sein Innerstes auf den Bruchteil seiner Größe zusammenzog, das wurde stärker, mit jedem Mal. Langsam ein- und ausatmend ergab er sich in das schwarze Loch; die Arme auf den Beinen abgelegt, mit dem Kopf an der Rinde. Die Baumkronen wiegten sich in einem kaum spürbaren Wind und er hörte nichts als ein hölzernes Quietschen zweier Stämme, die sich aneinander lehnten.

Dann hallte ein Schrei durch den Wald und vernichtete die Idylle, in die er sich gerade so schicksalsergeben gefügt hatte. Unbewegt lauschte er und war gespannt, was folgen würde.

Da er die Stimmen mindestens einer weiblichen und einer männlichen Person zugeordnet hatte, nahm er an, dass es nun der Schrei des Mannes war, dessen Frau draußen auf dem Feldweg gestanden hatte. Mit einem verstauchten Knöchel würde das Paar auch allein zurechtkommen, doch er hatte schon diverse Schreie in der Vergangenheit gehört und überdehnte Gelenksbänder hatten diesen ganz sicher nicht hervorgerufen.

Im Kopf spielte er seine Möglichkeiten durch und war gerade dabei, die einfachste Alternative zu favorisieren, nämlich überhaupt nichts zu tun, als unweit von seiner Tanne ein Ast knackte. Dann hörte er raschelnde Zweige und schließlich auch Schritte, die von vorne auf ihn zukamen. „Hallo? Ich habe Sie eben gesehen. Sind Sie noch hier?"

Damit hatte sich Alternative eins bereits erledigt. Was er hörte war eine Frauenstimme mit vibrierendem Klang und leichtem Akzent, den er eher im östlichen Teil Europas verorten würde. Er erhob sich zu voller Größe, streckte die langen Beine und wartete, bis die Sauerstoffzufuhr wieder so funktionierte, wie sie sollte. Das auf dem Waldboden abgelegte Fernglas hängte er sich schief um den Hals und stapfte los. Die Schritte waren inzwischen so deutlich, dass er sie nicht verfehlen konnte. „Ja? Meinen Sie mich? Ich bin hier", sagte er und nutzte dabei absichtlich eine hellere als seine natürliche Stimmlage.

Er machte einen weiteren Schritt und sah sie noch etliche Meter entfernt hinter einem Stamm hervortreten. Abrupt blieb er stehen. Ihr Anblick ließ ihn zwinkern. Sie? Sie war es? *Mit ihren langen dunklen Haaren und großen Augen, die so tief grün schimmerten wie manchmal das Meer im Sonnenlicht.*

Vieles hätte er sich ausmalen können, was ihn nun erwartete, doch dass er es mit einem so bösen Scherz des Schicksals zu tun bekam, überraschte ihn. Er nahm die Brille ab, rieb sich einmal mit der flachen Hand über die Augen und setzte das Gestell wieder auf die Nase zurück. Als es ihm bewusst wurde, musste er grinsen. Er hatte noch nie eine Brille getragen, doch diese typischen Gesten machte er trotzdem automatisch. Natürlich war sie es nicht. Sie konnte es nicht sein.

„Meinem ...“ Sie war bis auf drei Meter an ihn herangekommen. „Mein Begleiter braucht Hilfe.“

Er hörte die Panik in ihrer Stimme, den Schrecken, der sie so plötzlich überrascht hatte bei einem Spaziergang im Wald. Doch beinahe so, als wäre es ihr unangenehm, ihn bemühen zu müssen, sprach sie betont deutlich. Äußerlich hatte sie sich gut unter Kontrolle und wollte offenbar keine Zeit mit Nichtigkeiten verschwenden. Noch während sie sprach, setzte sie einen Fuß nach dem anderen wieder zurück. Langsam vergrößerte sie ihren Abstand, schaute ihm dabei jedoch unverwandt ins Gesicht.

Er nickte, zum Zeichen, dass er folgen würde. Daraufhin machte sie auf dem Absatz kehrt und lief los. Mit einer Hand am Fernglas trabte er hinter ihr her und empfand sogar ein bisschen Neugierde angesichts der unbekannten Situation, auf die er zusteuerte. Doch als er weiter in sich hineinhorchte, tiefer, nach komplexeren Gefühlen suchte, suchte er vergebens. Nichts. Dort war nichts, keine Anspannung, keine Nervosität, keine Aufregung. Besonders Gefühle wie Freude, Schmerz und Leid sollten eigentlich ansteckend sein, durch besondere Nervenzellen, die dafür sorgten, dass in der beobachtenden Person dieselben Emotionen ausgelöst wurden wie bei der unmittelbar involvierten. Es war eine evolutionsbedingte Fähigkeit zur frühzeitigen Erkennung von Gefahren, die angeboren war und im Normalfall nicht in Abhängigkeit des eigenen Lebens kam oder ging; doch er war kein Normalfall.

Ihre unterschwellige Panik, allein ihr plötzliches Auftauchen, die Bitte um Hilfe, die unerwartete Situation, alles das hätte in einem normalen Menschen ähnliche Empfindungen ausgelöst. Sorge. Mitleid. Stress. Aber nichts, dort war nichts in ihm.

Also konnte er sich genausogut wieder seiner Umgebung widmen. Er hätte mit Leichtigkeit ganz zu ihr aufschließen können, hielt jedoch den Abstand und beobachtete von hinten. Sie bewegte sich mit hektischen Bewegungen vorwärts, und das nicht allein aufgrund des unebenen Bodens über den sie trabten. Es waren die Anzeichen eines Menschen, dessen Geist dem Körper weit voraus war.

Ihm fiel auf, dass sie in der kurzen Spanne zwischen Schrei und ihrem Zusammentreffen eine gehörige Strecke zurückgelegt haben musste. Also hatte sie ihn nicht zufällig quer durch den Wald erreicht, sie kannte sich aus und hatte den kürzesten Weg gewählt. Das war interessant.

Hintereinander liefen sie in nördlicher Richtung, gen Tathitus Log. Er horchte. Doch von wem auch immer der Schrei gekommen war, bis auf knackende

Zweige und ihre Laufgeräusche herrschte absolute Stille im Wald. Dann wurde sie langsamer, fiel in ein Schritttempo, blieb stehen und hockte sich hinunter. „Ich habe jemanden gefunden, Greg."

3.

Er ging an ihr vorbei, ohne stehenzubleiben und musste sich bereits innerlich zur Ruhe zwingen, bevor er ganz angekommen war. Das Geschehen lag so klar auf der Hand, dass er keine weiteren Erläuterungen dazu brauchte.

Ein Mann, dunkel, ungefähr seine Größe und sein Alter, der offensichtlich Greg hieß; doch einen besonders guten Eindruck machte er nicht. Mit dem Rücken so gut es ging an eine Fichte gelehnt, saß er unnatürlich schräg in einem Winkel nach rechts gekrümmt. Er nickte Greg zu, hockte sich hinter dessen Seite hinunter und legte das Fernglas ab.

Bemüht unauffällig atmete er tief ein, spannte sich und nutzte den Moment, in dem sie beide noch ahnungslos waren. Er stemmte sich mit den Beinen ab und drückte gleichzeitig in einer einzigen Bewegung die zwei eisernen Seiten auf den Boden hinunter. In demselben Augenblick zog er die Falle unter Arm und Hand hindurch, spannte sie vollständig und nutzte den Mechanismus, der beide Bügel flach auf dem Boden hielt.

Beide zuckten gleichermaßen zusammen, Greg vermutlich vor Schmerz und sie vor purem Schrecken. Eine illegale Falle. Ungesichert. Offen auf einem Wildwechsel. Es war dieselbe Art Falle, in der er bereits Sam gefunden und noch früh genug hatte befreien können, ein barbarisches Folterinstrument.

Er griff zu einem toten Ast am Boden, schmiss ihn gereizt auf den flachen Teller und stellte sich vor, genau das mit demjenigen zu tun, der die Falle platziert hatte. In der Stille des Waldes wirkte der Knall wie ein Kanonenschuss. Das Bild in seinem Kopf sorgte immerhin für eine gewisse Befriedigung der Wut in seinem Bauch.

Er seufzte hörbar und wandte sich dem am Boden hockenden Paar zu. Die beiden hatten sich nicht einen einzigen Millimeter bewegt. In ihren Gesichtern stand die Belastung der Situation wie in einem Buch geschrieben.

„Soll ich ... soll ich mir das mal anschauen? Ich bin Krankenpfleger." Das war ihm nun spontan in den Kopf gekommen, aber er hielt es für einen ganz ausgezeichneten Einfall. Ein langweiliger Krankenpfleger wäre schnell vergessen. Sie nickte.

Er hockte sich zwar wieder auf den Waldboden hinunter, doch eigentlich nur um zu überlegen, wie er es ausdrücken konnte. Mit dem ersten Blick war ihm klar gewesen, dass dringend etwas geschehen musste. Greg wirkte nicht mehr nur angestrengt, sondern war zudem noch aschfahl im Gesicht. Die Lippen des Mannes waren so blassgrau wie der Horizont und schimmerten bläulich. Viel zu ruhig lehnte er an dem Stamm in seinem Rücken.

„Haben Sie ein Auto in der Nähe?"

„Wir sind zu Fuß vom Dorf ..."

„Dann sollten Sie jetzt einen Rettungswagen rufen. Bei einem Kreislaufversagen kann ich hier nicht viel für ihn tun."

4.

Sie brauchte die ersten zwei Sekunden, um ihn erst irritiert anzusehen und danach prüfend zu Greg zu schwenken, der ihren Blick nicht einmal mehr erwiderte. Er war sich nicht sicher, ob der Mann an der Fichte noch wirklich wahrnahm, was um ihn herum geschah. Zielstrebig öffnete sie dann seine Jacke, griff in die Innentasche und hatte sowohl das Handy entsperrt als auch gewählt, bevor sie sich ganz aufgerichtet hatte. Ihm fiel auf, wie schnell sie auf unvorhergesehene Situationen reagieren konnte. Ohne sich etwas anmerken zu lassen, kniete er sich zu Greg hinunter, suchte seinen Blick und fühlte seinen Puls.

„Maja. Hier ist Jenna. Hör zu. Es ist wichtig." Sie ließ keine Pause. „Der Rettungssanitäter im Dorf, Maja. Du kennst ihn besser als ich. Er hat Familie. Vielleicht ist er bereits im Weihnachtsurlaub und du erreichst ihn direkt zu Hause. Er soll zur südlichen Waldgrenze in Richtung Freyas Wagen ..."

Freyas Wagen? Zwar blieb er äußerlich unbewegt, doch er hatte nicht verhindern können, dass sein Blick nach oben geschossen war. Er hoffte inständig, dass Greg seine verräterische Reaktion verpasst hatte. Mehr Hinweise brauchte es wirklich nicht, damit er sich sicher war, keine einfachen Touristen vor sich zu haben. Sie waren nicht nur zum Spazierengehen im Wald. Sie wollten gezielt zu Freyas Wagen.

„... dann wähle den Notruf. Oder komm sofort selbst und hol uns ab. Greg hatte einen Unfall."

Die Frau mit Namen Jenna hatte ein paar Meter entfernt fast am offenen Feld gestanden. Mit dem Rücken zu ihr hockte er unterdessen weiter neben Greg und kontrollierte Pupillenreaktionen und Puls. Seine Haut hatte jegliche Farbe eingebüßt, aber immerhin atmete er halbwegs regelmäßig und wirkte angesichts der Aufregung um ihn herum ein Spur wacher als noch Augenblicke zuvor.

Vor ihrem Telefonat hatte er eigentlich begonnen, seinen Abschied zu planen, hilfsbereit und freundlich, aber schnell und unverbindlich. Allerdings war er sich jetzt nicht mehr sicher, ob er die beiden überhaupt aus den Augen verlieren sollte.

„Spätestens in zehn Minuten wird jemand hier sein. Mit ein bisschen Glück ist es sogar der Rettungsfahrer."

Sie hockte sich ebenfalls hinunter und legte langsam, weniger vorsichtig als eher zaghaft ihre Hand auf Gregs Schulter; als ob sie eine Grenze überschreiten würde, verunsichert, ob es angemessen war.

Zwar konnte er spüren, dass sie ihn bei seinem Tun beobachtete, doch er drehte wie unabsichtlich den Kopf und fixierte stattdessen seine Armbanduhr. Obwohl er nach den zurückliegenden Jahren und Erfahrungen jede Art von Pulsfrequenz auch ohne das Verhältnis zur Zeit bestimmen konnte, gab es ihm immerhin die Gelegenheit, gedanklich ganz woanders zu sein.

Sie waren keine Touristen und sie waren nicht einmal ein Paar. Sie waren nicht wirklich vertraut miteinander, aber dennoch liefen sie zusammen zu Freyas Wagen. Das war mehr als interessant und könnte bedeuten, dass sie sogar offizielle Positionen bekleideten. Allerdings vertraute er seinem Instinkt doch schon so weit, dass er sich sicher war, es mit Privatpersonen zu tun zu haben.

„Sein Zustand bessert sich zwar nicht. Aber gerade wird es auch nicht schlechter. Falls der Sanitäter Sie fährt, wird er zurechtkommen." Er rückte seine Brille zurecht und lächelte ihr entgegen.

„Mein Name ist übrigens Jenna. Das ist Greg."

„Michael. Freut mich." Dabei rückte er erneut seine Brille zurecht, reichte ihr die Hand und schlug die Augenlider zum Boden hinab.

„Wohnen Sie in der Gegend, Michael? Machen Sie Urlaub hier?"

„Im Guest House am Dorfplatz. Vielleicht noch über Silvester." Er schaute auf seine Uhr hinab und hoffte, sie würde nicht nachhaken. „Jenna, wollen Sie sich vielleicht vor den Waldrand stellen? Man kennt Sie und wird Sie sehen."

Sie hatte sich derart gut unter Kontrolle, dass ein ungeübter Beobachter sicher nicht bemerkt hätte, wie unwohl sie sich augenblicklich fühlte. Er hatte es nur an der einen Sekunde bemerkt, in der sie weder Greg noch ihn fokussierte, sondern zwischen ihnen hindurchsah; unschlüssig war und zwischen zwei Alternativen schwankte. Entweder war es ihr einfach nicht recht, einem Fremden das Feld zu überlassen, oder sie wollte Greg nicht jemandem ausliefern, den sie nach so kurzer Zeit nicht einschätzen konnte.

„Tatsächlich, einer von beiden müsste jeden Moment da sein", bestätigte sie, brauchte aber noch weitere Augenblicke, um sich wirklich aufzurichten und sogar noch mehrere Sekunden, um sich von ihnen zu lösen und auf die Waldgrenze zuzulaufen.

Er schaute ihr nach. Nun waren sie allein.

5.

Er drehte sich zu Greg zurück und hielt die Hand für einen Moment auf der Jeanstasche. Das Messer mit dem klavierlackschwarzen Griff war dort, wo es immer war. Er brauchte diese Waffe nicht, um das zu vollenden, was er sich vorgenommen hatte, doch was er brauchte, waren diese Anker in seinem Leben zu Bildern der Vergangenheit, die einfach normal waren; wie von dem Tag, an dem sie es ihm geschenkt hatten. Seine Freunde hatten sich einen Spaß daraus gemacht, dass er meinte, ein Skalpell bekommen zu haben und doch nur ein ganz besonderes Küchenmesser in der Hand hielt.

Unauffällig ließ er seine Hand weiter an der Jeans hinunterrutschen, fühlte, dass seine Beine nach der langen Zeit in der Hocke fast taub waren und stand auf. Keiner von ihnen hatte bisher einen Laut von sich gegeben. Allerdings starrte Greg nun auch nicht mehr ins Leere, wie noch Minuten zuvor. Sein Blick war ihm gefolgt, als er aufgestanden war und als er sich ein paar Meter rauf- und runterbewegte, schaute er genau dorthin, wo die meisten Leute automatisch hängenblieben, trotz des Rollkragenpullovers. Greg schaute auf das Stück Narbe an seinem Hals, das bis zur Wange hochreichte.

Er wusste, dass er ihn nicht mehr lange ignorieren konnte, ohne dass es auffällig wurde. Also hockte er sich ein weiteres Mal hinunter und ging in die Offensive. „Sie müssen gleich aufstehen, Greg. Ich werde Sie hoffentlich zusammen mit dem Sanitäter bis zum Auto bringen. Dabei müssten Sie aber schon ihre eigenen Beine benutzen. Denken Sie schon einmal daran. Es bereitet die Muskeln auf die Arbeit vor."

Er konnte einen fragenden Ausdruck in seinem Blick erkennen und lächelte. „Ideomotorischer Effekt; durch intensives Denken soll eine gewisse Muskelaktivierung erfolgen können. So würde sich erklären lassen, wieso sich Pendel tatsächlich bewegen, ohne dass eine sichtbare Bewegung der Hand wahrgenommen werden kann. Das hat dann nichts mit okkulten Phänomenen zu tun, auch wenn dies leicht suggeriert werden kann durch entsprechende Kulissen aus Dämpfen, Mimik, Gebärden und Lauten ..."

Weiter vor ihm knackte ein Ast, und im selben Moment konnte er auch in seinem Rücken gedämpfte Geräusche ausmachen, die nur so gerade bis zu ihnen vordrangen. Er nahm an, dass sie noch nicht einmal die äußerste Baumreihe passiert hatten. Als es immer öfter zwischen den Bäumen raschelte und immer mehr kleine Äste unter ihren Tritten zerbrachen, konnte er auch die Stimmen deutlicher heraushören und war erleichtert, neben Jennas hellerem Klang auch eine tiefere Männerstimme zu vernehmen.

Über seine Schulter drehte er sich nach hinten, wollte sehen, ob er sie bereits zwischen den Bäumen erkennen konnte, und bewegte sich dabei zufällig näher an Greg heran. Er hörte ihn sprechen und war überrascht, dass er ihn, zwar flüsternd und heiser, aber dennoch ohne Probleme verstehen konnte. Im ersten Moment dachte er trotzdem, sich verhört zu haben.

„Sie werden es bereuen, wenn Sie ihr etwas antun."

Und dabei lag eine Entschlossenheit in Gregs Augen, die er ihm nicht zugetraut hätte. Sein Blick war fest, und die braunen Augen hatten sich ins Schwarze verdunkelt.

Solche heroischen Anwandlungen konnten ganz sicher nur Frauen in einem Mann hervorbringen. Er konnte nicht anders. Er fing laut an zu lachen.

6.

Norwich

Greg schlug die Augen auf und sah als Erstes auf eine perfekte, rechtwinklige Zimmerecke. Immerhin konnte er somit schnell ausschließen, dass er sich in seinem runden Zimmer im Turm befand. Und er war sich ganz sicher, dass nirgendwo im Kloster so viele weiße Wände auf einmal zusammentrafen. Noch bevor er es zuende gedacht hatte, schwante ihm bereits Böses, doch er schloss einfach wieder die Augen und versuchte zu ignorieren, was sein Gehirn schon längst wusste.

Er blickte noch einmal im Zimmer umher und stellte fest, dass das wiederholte Öffnen der Augen nicht den gewünschten Effekt gehabt hatte. Es war kein Traum und er war auch nicht wie durch Zauberhand wohlbehalten in seinem Klosterbett aufgewacht. Niemand außer ihm war im Raum. Was genau war eigentlich passiert?

Nachdem er mehrere Minuten halbwegs wach war und seine Umgebung realisiert hatte, fing es unter der Bettdecke ganz schrecklich an zu jucken. Er war eingepackt bis zum Hals und fragte sich mit einem Knoten im Bauch, der sich gerade explosionsartig auf ein Vielfaches seiner Größe erweitert hatte, ob es dafür wohl einen bestimmten Grund gäbe.

Ziemlich genau eine weitere Sekunde später hatte er das Bild der Falle auf dem Wildwechsel vor Augen, seinen Unterarm zwischen den zugeschlagenen Metallbügeln. Sein Oberkörper schnellte in die Höhe und die Bettdecke fiel zurück.

„Gott verdammt, verfluchte Scheiße, *fuck!*"

Mit einer nicht nennenswerten Verzögerung durch die Freude, dass der Arm immerhin noch dran war, durchzuckte ihn nun der Schmerz so glühend heiß wie die Flamme eines Schweißbrenners. Schweiß brach ihm augenblicklich aus allen Poren aus und er legte seinen Oberkörper sanft zurück auf das Kissen in seinem Rücken. Stoßweiße sog er die Luft ein und stieß sie wieder aus und versuchte, wegzuatmen, was sich noch immer in Wellen in ihm ausbreitete. Er schloss die Augen und wartete, bis auch die letzten Schmerzen halbwegs abgeebbt waren.

Ohne etwas anderes als den Kopf zu bewegen, begann er wieder, sich in dem schlichten Krankenhauszimmer umzuschauen; alles war weiß, bis auf ... Sein Blick blieb an einem bunten Bild hängen, das seine Laune augenblicklich besserte und seine Augen zum Leuchten brachte. Rechts von ihm auf einem Tisch stand ein gelber Blumenstrauß, ganz sicher von Maja, aber sein Heft, das hatte vielleicht Jenna aus seinem Turmzimmer hergebracht; es war ein Geschenk von Steve gewesen, die deutsche Erstausgabe.

Wie lange lag es eigentlich zurück, dass er mit Steve gesprochen hatte? Zuletzt wegen der Bücher im Klosterkeller? Es kam ihm vor, als wäre es in einem lange vergangenen Zeitalter gewesen.

Er dachte zurück an den Vortag, aber war es wirklich der Vortag? War er gestern über diesen Wildwechsel gelaufen? War er gestern über diese Wurzel gestolpert und in der Falle gelandet? Hatte er im Koma gelegen? Wann war Jenna mit diesem Fremden aufgetaucht?

Der eigentlich bereits gelöste Knoten, den er in sich gefühlt hatte, begann sich exponentiell wieder zusammenzuziehen; und das nur bedingt deshalb, weil er jegliches Zeitgefühl verloren hatte, vor allem jedoch, weil er an diesen Mann dachte, an seine Narbe, die sich so auffällig an seinem Hals hochzog. Er hatte wieder dieses Lachen im Ohr, sein Lachen, kurz vor der Fahrt ins Krankenhaus mit tiefer, voller Stimme, die so gar nicht zu seinem gesprochenen Klang passte; ein Lachen, so respektlos und kalt, das seine Gesichtszüge in keinem Moment berührt hatte.

Gregs Nackenhaare stellten sich auf. Aber dass er sich an so viele Details erinnern konnte, beruhigte seine Nerven. Er hatte nicht nur die Kreislaufschwäche seiner Mutter, sondern auch ihre Tendenzen zur Hypochondrie geerbt. In dem taghellen, aber noch immer grauen Himmel vor dem Fenster suchte er nach einem Anhaltspunkt zur Uhrzeit.

„Greg, wie geht es Ihnen? Warum schauen Sie so? Draußen ist es immer noch trocken, obwohl ich auf unserem Weg gestern ja vermutet hatte, dass sich dort wirklich etwas zusammenbraut. Wie geht es Ihnen?"

Jenna hatte ohne anzuklopfen den Raum betreten, und er zuckte erschrocken zusammen, als sie wie aus dem Nichts zu sprechen begonnen hatte. Die Schmerzwelle, die ihn durchzog, war bei diesem Mal durchaus kleiner, doch angesichts der Tatsache, dass er sich fast gar nicht bewegt hatte, war es dennoch beeindruckend. Die Schmerzmittel, die er mitnehmen würde, wenn er das Krankenhaus verließ, mussten auf jeden Fall wirksam sein; und in ausreichender Menge.

„Der Arm ist noch ...“, *gestern* ... das hatte sie gerade gesagt. Sie waren gestern losgegangen, also kein Koma. Er räusperte sich. „Der Arm ist noch dran, danke.“

Sie ließ sich behutsam auf seiner Bettkante nieder. „Die Blumen hat Maja ausgesucht, mit den herzlichsten Genesungswünschen. Und das Heft, ich dachte, es wäre schön, etwas Persönliches zu haben. Ich habe es auch nur ganz schnell aus dem Zimmer geholt und bin sofort wieder raus.“

Jenna hielt inne und schien zu überlegen, was sie als Nächstes sagte, aber Greg war sich trotzdem ziemlich sicher, was folgen würde. Sie akzentuierte ihre Worte mit Absicht so dramatisch desillusioniert, dass sie sich selbst mehr zum Lachen brachte als ihn: „*Asterix bei den Briten*? Das ist ungewöhnlich oder? Kein Leder, nicht von einem Nobelpreisträger ...“

„Ich hätte nicht gedacht, dass Sie zur Diskriminierung neigen“, stellte Greg nüchtern fest.

„Diskriminierung?“

„Von Randgruppen ... Comic-Lesern.“

Jenna lächelte und schaute verhalten im Zimmer umher, zog sich dann einen Stuhl heran und ließ sich mit einem Seufzen so schüchtern und schicksalsergeben darauf nieder wie ein Schulmädchen an seinem ersten Tag im Klassenzimmer. Sie drehte ihre Haare zu einem Zopf zusammen, ließ sie wieder fallen, fing von vorne an, entschied sich dann für einen Dutt und ließ sich dabei so auffällig viel Zeit, dass Greg vermutete, nun etwas zu hören, was ihm nicht gefallen würde.

„Ich habe in der Zwischenzeit mit dem Arzt gesprochen. Das ist eine massive Quetschung an ihrem Arm. Ein Knochen scheint nicht gebrochen, allerdings wird das noch einmal untersucht werden müssen, wenn die Schwellung zurückgegangen ist; um Risse im Knochen wirklich ausschließen zu können. Muskeln, Sehnen, Blutgefäße, es ist alles in Mitleidenschaft gezogen, kann aber gegebenenfalls von selbst heilen. Sie hatten ungeheures Glück, dass es nur den ganz unteren Arm getroffen hat. Der Heilungsprozess muss medizinisch begleitet werden. Die Schmerzen werden enorm sein, und wenn ich den Arzt richtig verstanden habe, bleibt Ihnen das auch eine Weile."

Sie hatte so viel an einem Stück geredet, dass es noch deutlicher war, wie zurückhaltend sie nun wurde.

„Wegen der Kreislaufgeschichte allerdings ...", sie war still und wirkte skeptisch, offenbar unsicher, wie der richtig Weg wäre, es ihm mitzuteilen. Er machte es ihr einfach und wartete.

„... würden die Ärzte Sie gerne dabehalten. Am liebsten sogar einige Tage. Bis ins nächste Jahr."

Er drehte den Kopf zur Seite und schaute aus dem Fenster; er musste dringend mit einem Arzt sprechen. Sie würden nichts finden. Herz, Blutdruck, Blutbild, alles was sich untersuchen ließ, würde normal sein. Seine Mutter hatte alle Hamburger Ärzte so häufig konsultiert, bis wie zufällig immer alle im Urlaub waren, wenn sie sich mal wieder ankündigte. Die Kreislaufschwäche der von Grünefelds, mit dem oft über Stunden anhaltenden apathischen Zustand, blieb ein medizinisches Phänomen. Sie kam, wie es beliebte; häufig ausgelöst durch äußere oder innere Spannungen. Sie ging, wie sie meinte, aber immer spurlos. Gestorben war daran bisher niemand.

Greg überlegte, erst der Arzt und dann Jenna? Sein Bett war so unbequem, dass er bereits nach einer Nacht nicht mehr liegen konnte. Unüberlegt verlagerte er sein Gewicht auf die Seite, und prompt durchfuhr ihn der Schmerz erneut, vom kleinen Finger bis zum großen Zeh. Allein, weil Jenna sich im Raum aufhielt, versagte er sich die Flüche auf seinen Lippen. Die Gesichtszüge entglitten ihm allerdings kurzzeitig.

„Greg, nicht bewegen!"

Jenna war reflexartig aufgesprungen und hatte die Arme nach oben gerissen. Jetzt stand sie aber nur mit hilfloser Miene vor seinem Bett und wusste nicht, wie sie helfen sollte. Er vermied es, sich vorzustellen, wie wenig vorteilhaft er gerade aussah.

„Geht schon", presste er zwischen den Lippen hervor. „Jenna, würden Sie bitte Personal heranschaffen?", fragte er gedrungen.

Als sich der Sturm in ihm halbwegs gelegt hatte und er sich wieder auf seine Umgebung konzentrieren konnte, sah er sie bereits an der Tür stehen. Sie schaute noch einmal zurück, bevor sie die Klinke drückte. „Ich hole den Arzt, geht ganz schnell."

Greg holte vorsichtig ein bisschen mehr Luft, bevor er antwortete. Seine Stimme musste zumindest den Abstand bis zur Tür tragen. „Dann kann er auch gleich die Papiere mitbringen."

Sie stand bereits mit einem Bein auf dem Flur, als sie noch einmal umdrehte. „Der Papierkram hat Zeit. Die Daten aus Ihrem Portemonnaie reichten vorerst."

„Ich meinte die Entlassungspapiere. Ich muss hier weg."

7.

Die Tür knallte ins Schloss und Jenna hatte die halbe Strecke bis zur äußeren Küchentür zurückgelegt, bevor das Taxi auf dem Klosterhof in Tathitus Log zum Stillstand kam. Greg verfolgte ihren Weg mit den Augen, und selbst der Fahrer kam nicht umhin, ihr nachzuschauen.

„Wow, kann ich mir die mal ausleihen? Die würde sogar meine Schwester an die Wand reden."

Greg konnte es in den Blicken des Fahrers unter seiner Tweed Schirmmütze sehen; wie er sich die Situation in Gedanken ausmalte. Sein Mund verzog sich zu einem zufriedenen Lächeln und zeigte eine große Zahnlücke zwischen den Schneidezähnen. Ein Zug innerer Befriedigung spielte dabei um seine Augen.

„Entschuldigung wegen der Tür."

„Kein Thema. Sie haben jetzt andere Probleme, Kumpel."

Dabei hatte der Taxifahrer so eine mitleidige Miene auf dem Gesicht, dass Greg es beinahe rührend fand. „Hier ist mein Portemonnaie." Er hatte es vorsichtshalber in der unverletzten Hand behalten. „Würden Sie bitte nehmen, was Sie bekommen? Und zehn Pfund extra."

Schüchtern angelte der Mann das Geld aus der fremden Geldbörse und sprang danach aus dem Auto, um die Tür zu öffnen. Er wollte ihm sogar aus dem Sitz helfen und nur im letzten Moment konnte Greg die Katastrophe noch abwenden.

Dafür stand der Fahrer dann bereits mit der Tasche bereit, als er es endlich geschafft hatte, sich aus dem Auto zu quälen. Die Schmerzmittel wirkten, recht gut sogar. Er hoffte bloß, dass der Drogenvorrat groß genug war, den er dem Arzt abgeschwatzt hatte.

„Oh Greg, ich nehme das." Maja kam aus der Küchentür auf den Hof geeilt, mit einer Vehemenz, die den Fahrer einen Schritt rückwärts machen ließ, griff sich ohne einen Blick die Tasche aus dessen Hand und drehte sich umgehend zurück, um wieder auf die Küche zuzulaufen.

„Haben Sie nur solche Frauen hier? Das ist ja Wahnsinn!"

Er schaute der Italienerin nach, bis der raspelkurze Schopf hinter der Tür verschwunden war.

„Sir, der Wagen gehört mir. Wenn Sie einen Fahrer benötigen, ich bin jederzeit für Sie da. Hier."

Umständlich kramte er in seiner Hosentasche. Hätte er sich dabei nicht gleichzeitig den Hals verrenkt, um einen weiteren Blick in die Küche zu erhaschen, wäre er vermutlich schneller gewesen. Belustigt stand Greg vor dem Mann, der ihm gerade mal bis zur Brust reichte. Dankend nahm er seine Karte entgegen, ließ sie in den Mantel gleiten und konnte dessen gemurmelte Bewunderungen noch hören, bis er wieder in sein Taxi gestiegen und die Fahrertür zugezogen hatte. Die Rückleuchten des fast ehrwürdig wirkenden schwarzen Gefährts verloren sich viel zu schnell in der Dämmerung.

Ganz allein auf dem Hof musterte Greg die Küchenfenster und marschierte los. Dabei war er sich gerade ganz und gar nicht sicher, ob er die Energie der Frauen genauso zu schätzen wusste, wie der Taxifahrer es getan hatte.

8.

Greg hielt die Luft an, als er die Tür nach innen drückte, aber er konnte es bereits beim Eintreten spüren; der Raum war leer. Er stand etwas planlos auf den Steinfliesen und genoss für einen Moment die Wärme, die er vom Ofen in seinem Rücken spürte. Damit fiel sein Blick automatisch auf die Tüte mit Kaffeebohnen, die Maja auf das Regal neben dem Kühlschrank abgestellt hatte. Die Sehnsucht nach einem Kaffee stieg so übermächtig in ihm hoch, dass er schon fast an der Küchenzeile war, als die Tür zur oberen Etage aufflog.

„Greg, wie geht es Ihnen? Wo hat sie bloß diesen Sturkopf her? Sind alle rumänischen Frauen so?“ Mit Schwung schloss Maja die Tür hinter sich und blieb abrupt stehen, als sie erkannte, dass er auf dem Weg in ihr Allerheiligstes war.

„Setzen Sie sich.“ Grimmig marschierte sie Richtung Herd.

Nur zu gern zog er sich zurück. „Es geht mir gut. Danke.“

Noch während das Wasser in den Kessel rauschte, knallte es ein weiteres Mal an der Etagentür. Jenna hatte so heftig die Klinke gedrückt, dass das Geräusch der zuschlagenden Tür anschließend vergleichsweise harmlos klang. Mit wildem Dutt, schwarz geschminkten Augen und den schweren Boots an den Füßen stand sie wie ihr böses Alter Ego im Raum. Garstig funkelte sie ihn aus schmalen Schlitzen an und verschwand wortlos auf den Hof hinaus. Noch einige Momente später konnte er die Motorengeräusche des viel zu schnell fahrenden Morrys hören.

Es war ihm nicht ganz klar, ob Maja tatsächlich wusste, dass Jenna offenbar keinen Führerschein ...

„Sehen Sie, was Sie angerichtet haben?!“

Da er sich nicht unbedingt angesprochen fühlte, registrierte er lieber mit Freuden, dass Maja Kaffeebohnen in die Mühle gab und energisch das Mahlwerk mit der Kurbel malträtierte. Er stand auf, zog den heilen Arm aus dem Mantel, beugte sich über die Seite und ließ den Stoff über den verbundenen Arm auf den Boden gleiten. Dann kniete er sich herunter, ohne den Kopf zu bewegen und nahm den Mantel vom Boden hoch. Er hängte ihn über die Stuhllehne neben sich, setzte sich wieder und wartete ab. Da kam doch bestimmt noch eine Fortsetzung?

Maja stellte den Kaffee auf den Tisch, griff in den Schrank und knallte zwei Becher auf die Holzplatte. Mit Schwung ließ sie sich ebenfalls am Tisch nieder und füllte ungefragt beide Tassen.

„Ich habe Ihr Gepäck nach oben gebracht und bin an Jennas Zimmer vorbei. So wie gerade habe ich sie noch nie erlebt. Dagegen waren ihre Flüche neulich noch freundliches Gesäusel."

Maja pustete den feinen Kaffeeschaum zur Seite und nahm einen Schluck. Greg stellte fest, dass ihre Mundwinkel dabei wieder ein paar Millimeterchen nach oben kamen. „Es war die richtige Entscheidung. Davon bin ich überzeugt." Er nahm ebenfalls einen Schluck. „Sonst hätte ich den Rest des Jahres im Krankenhaus zugebracht." Allein bei dem Gedanken grauste es ihm. „Ohne Ergebnisse. Für nichts. Am Arm können sie gerade nichts machen und wenn es Sie beruhigt ..." Greg nahm noch einen Schluck und lehnte sich entspannt zurück, „... kann auch das mit dem Kreislauf noch einmal untersucht werden. Wer weiß, vielleicht überraschen die englischen Ärzte mich noch."

Er begann aus seiner Kindheit zu erzählen, von den vererbten Schwächeanfällen, von der Odyssee durch die Facharztpraxen Hamburgs und dann, ganz unabsichtlich und allein dem Erzählfluss geschuldet, ließ er den Namen *Willi* fallen.

„Haben Sie einen Doppelnamen, Greg?"

Bisher hatte Maja aufmerksam gelauscht, ohne zu unterbrechen, auch während er von seiner eigenmächtigen Abreise berichtete, die er ganz ausdrücklich gegen den Rat des Arztes unternommen hatte. Greg war recht deutlich geworden, der Arzt ebenfalls, und als die Worte *in höchstem Maße unverantwortlich* gefallen waren, war dann auch Jenna so plötzlich aus der Haut gefahren.

Maja hielt seinen Blick mit einem kecken Ausdruck in ihren Augen gefangen.

„Haben Sie einen Doppelnamen, Greg?"

Sie würde niemals lockerlassen.

„Sie können nicht schweigen", sagte er gedehnt langsam.

„Oh. So schlimm, ja?" Maja versuchte ein Lachen zu unterdrücken und gleichzeitig eine mitfühlende Miene aufzusetzen. Heraus kam ein fast schon skurriler Gesichtsausdruck, der Greg kurzzeitig ein echtes Lächeln entlockte.

„Moment, ich mache es Ihnen einfacher." Wie zur Stärkung nahm Maja einen weiteren Schluck aus ihrem Becher, holte tief Luft und setzte fort: „Maja Vittoria Gaia Ludovica Palumbo. Angenehm."

Auffordernd lehnte sie sich mit dem Becher in der Hand zurück.

„Sehen Sie? Tut auch gar nicht weh. Nun kommen Sie schon."

Seines Wissens nach hatte er seinen ganzen Namen noch nie in Gegenwart einer anderen Person ausgesprochen; in Hamburg war er ohnehin bekannt. In England hatte er von Beginn an peinlichst darauf geachtet, dass sich zügig die englische Version durchsetzte. Er sprach es ganz schnell aus und hielt dann abwartend die Luft an: „Willibald Gregorius von Grünefeld."

Maja sah ihm entgegen. Während er sie beobachtete, zogen sich ihre Brauen so hoch nach oben, dass nur noch wenig Stirn übrigblieb, die sich in Falten legen konnte. Langsam entgegnete sie: „Ah. Gregorius Grünefeld. Greg Green. Verstehe."

Einen Moment lang nickte sie; eher, um ihr eigenes Verständnis zu untermauern als für Greg, allerdings mit einem übertrieben wissenden Gesichtsausdruck. Unvermittelt prustete sie schließlich doch los und musste schnell ihren Becher abstellen, um nicht die Küche unter Kaffee zu setzen. Im Prinzip hatte Greg nichts anderes erwartet.

„Signore von Grünefeld also", sagte sie noch immer lachend.

„Mit italienischem Akzent hört sich Grünefeld sogar akzeptabel an." Ohne ein weiteres Wort schenkte sie ihnen Kaffee nach. Es wurde ruhig in der Küche.

„Sie war wirklich außer sich, Greg. Sie hat so geschimpft. Ich habe sie noch nie so erlebt. Eigentlich hätte ich nicht einmal vermutet, dass sie überhaupt so böse werden kann. Vielleicht hatte sie einfach Angst um Sie? Menschen, die sich sorgen, sind unberechenbar."

„Was tut sie eigentlich schon wieder?", fragte Greg alarmiert.

„Keine Angst, sie ist nur bei David."

9.

Er nahm seinen Mantel, griff in die Tasche und beförderte die Karte wieder zu Tage, die er erst am Vortag dort versenkt hatte. Ein kurzes Telefonat später schlug Greg schließlich seinen Trolley zu und schloss den Reißverschluss. Ein letztes Mal blickte er sich in seinem Turmzimmer um und bewunderte die gerundeten Steinwände und den Kerzenleuchter, der an der Decke baumelnd die Szenerie beherrschte.

Er hatte es Steve versprochen. Es ging nicht anders. Am 16. Dezember war er nach Tathitus Log gefahren, um eine wiederentdeckte Bibliothek zu sichten. Nun würde er nach London zurückkehren, um genau dieses Thema ordentlich abzuschließen und seinem College die Aufarbeitung der Werke zu sichern. So einfach war es; nicht mehr, nicht weniger.

Bevor er sich selbst fragen konnte, ob er sich da etwas vormachte, katapultierte Greg sein Gepäck zu Boden, fasste den Griff und verließ den Turm. Mit langen Schritten eilte er zur knarzenden Treppe und öffnete ohne Vorwarnung die Tür in die Küche hinein.

Jenna saß an seinem ursprünglichen Platz und starrte auf den Bildschirm eines neu gekauften Laptops. Lediglich mit purer Missachtung quittierte sie seine Anwesenheit in der offenen Tür. Nach Steves telefonischer Brandrede am Vorabend hatte Greg ihr und Maja unmittelbar am Morgen von seiner Abreise berichtet. Anstatt einer Antwort war Jenna umgehend in den Morry gesprungen und offensichtlich ohne Umwege in das nächste Shopping-Center nach Norwich gefahren. Noch am Nachmittag saß sie bereits mit dem Stapel Blu-ray-Discs von Josh wieder am Tisch und studierte wortlos die auf Film gebannten Besucher von Martin's Market. Zeit zu verlieren war offensichtlich nicht ihr Ding.

„Greg, ist das Ihr Ernst?" Maja hielt einen großen Topf zwischen den Händen und polierte die silbernen Außenseiten.

„Das Taxi muss jeden Moment vorfahren." Er deutete auf den Hof hinaus, schloss die Innentür hinter sich und genoss ein letztes Mal das Knistern des Holzes im Ofen. Hinter Jennas Stuhl verharrte er und ließ seine Hand für einen winzigen Moment auf ihrer Schulter ruhen. Bewegungslos blickte sie auf den Bildschirm. Dann nahm er Maja freundschaftlich in den Arm und ging wortlos durch die Außentür auf den Hof hinaus.

10.

„Maja? Was weißt du eigentlich über Freyas Vergangenheit?"

Maja verharrte beim Auspacken. Jenna hatte sie nach ihrem Eintreten am späten Abend derart überfallen, dass sie nun stirnrunzelnd am Stuhl verweilte, mit einer Hand auf der Lehne und der anderen noch im Korb.

Jenna versuchte es anders: „Das letzte Mal, als wir bei ihr waren, erst kurz vor dem Schuss, sie hat sich ganz merkwürdig benommen und hat von Dingen gesprochen, die kaum zu verstehen waren. Das ist gar nicht lange her, kannst du dich erinnern?"

Die Italienerin begann wieder, die Überreste ihrer Weihnachtsgaben aus dem Korb zu nehmen, die sie größtenteils im Seniorenheim des Ortes verteilt hatte. „Das war schon ungewöhnlich und ich weiß immerhin, welchen Tag du meinst. Aber ich bin mir nicht sicher, ob ich zusammenbekomme, was genau sie gesagt hat."

Jenna zog sich auf einen Stuhl zurück, setzte sich auf ihre gekreuzten Beine und ließ die Schultern nach vorn fallen. „Wir haben über *Verantwortung* gesprochen. Und dann hatte Freya dazu einen Einwand, der so gar nicht ihrer Art entsprach. Sie hat bestritten, dass jeder Mensch für sich selbst ..."

„Es gibt auch die wahren Schuldlosen. Sie wurden zu dem gemacht. Meinst du das, Jenn? Du hast recht, das war mir auch aufgefallen."

Es herrschte Stille im Raum, und Jenna horchte in sich hinein. Freya hatte zwar nicht Majas Worte benutzt, aber das *schuldlos,* daran konnte sie sich erinnern.

Langsam erhob sie sich von ihrem Stuhl, streckte die Beine durch und schlenderte wie beiläufig zu Maja hinüber. „Du bist unglaublich, das ist es." Glücklich fiel sie der überraschten Italienerin um den Hals. „Wieso kannst du dich so gut erinnern?"

„Es war doch erst vor Kurzem. Außerdem war sie schon echt schräg drauf an diesem Tag."

Jenna schaute über sie hinweg. Irgendwo in eine Spinnwebenecke über Majas Kopf. „So ein bisschen erinnert mich das an Dr. Miller. Er hat was ganz Ähnliches gesagt ..."

Sie fing an, auf und ab zu laufen und wedelte dabei mit den Händen in der Luft herum; als wenn es den Denkprozess irgendwie beschleunigen könnte.

„*Schuldlos,* das hat er auch gebraucht, g*lücklos verdammt, und das schuldlos,* so ähnlich hatte er sich hinsichtlich des schwarzen Mannes ausgedrückt."

„Und wie hilft dir das jetzt?"

Viel zu schnell hatte Maja leider sehr unverblümt ausgesprochen, was sich Jenna in wenigen Minuten bestimmt auch gefragt hätte. Eigentlich war sie gerade aber noch dabei gewesen, sich zu freuen, über ihre Eingebungen.

Sie blieb mitten im Raum stehen, schaute wieder zwischen Maja und den Spinnweben hin und her und spürte nach der Erkenntnis nun die grenzenlose Enttäuschung in ihr heraufziehen.

„Ich habe. Überhaupt. Keine. Ahnung."

Mit der letzten Silbe ließ sie sich zwar wieder zurück auf ihren Stuhl fallen, aber die Tatkraft in ihr blieb.

„An dem *wie* müssen wir noch arbeiten. Dass es etwas aussagt, weiß ich einfach."

Sie sprang wieder auf, inspizierte die Nadeln am Weihnachtsbaum und studierte die Dunkelheit vor den Fenstern.

„Wenn es soll, kommt es eh nicht, Jenn. Aber vielleicht interessiert dich ja auch das Neueste aus dem Dorf?"

Dabei umspielte ein geheimnisvolles Lächeln Majas Lippen. Jenna meinte sogar, ein teuflisches Glitzern in ihren Augen zu erkennen.

11.

Von einem auf den anderen Augenblick zauberte Jenna den Ausdruck eines Kindes vor einem riesengroßen Geschenk auf ihr Gesicht. Euphorisch warf sie sich auf den Stuhl direkt vor Maja.

„Erzähl!"

Sie beugte sich nach vorn und stützte erwartungsvoll ihre Ellenbogen auf den Knien ab. Der Moment gehörte Maja und offensichtlich wollte sie den auch auskosten. Jenna sah ihr dabei zu, wie sie übertrieben langsam zum Kessel griff und unter dem Hahn das Wasser hineinlaufen ließ. Erst nachdem sie den Herd mit dem Kessel darauf angestellt hatte, setzte sie fort: „Unser Spitzenkandidat war vor Heiligabend im Pub, Mr-ich-will-Bürgermeister-werden."

„So ungewöhnlich finde ich das nicht."

„Er hat sich geprügelt."

„Was?"

„Warte es ab, Jenn, wird noch besser. Jetzt ist er nämlich ..." Maja hob beide Arme in die Luft und ließ sie zu beiden Seiten hin auseinanderfallen. Dann zog sie die Schultern hoch, „... weg. Er ist spurlos verschwunden."

„Was? Nein! Ernsthaft?!" Jenna sprang auf. „Der ..." Hilfesuchend starrte sie Maja ins Gesicht, gab sich die Antwort doch schließlich selbst. „Lewis, oder? Zach Lewis.“

Maja zog ein süffisantes Grinsen über das Gesicht.

„Wir hatten sogar überlegt, ob er als Täter in Frage kommt. Vielleicht wirft das ein ganz neues Licht auf die Angelegenheit?“ Jenna kehrte auf den Stuhl vor ihrem Laptop zurück. „Vielleicht war er auf den Bildern von Josh, und ich hab ihn nur nicht erkannt?“

Maja klatschte sich demonstrativ mit der flachen Hand vor die Stirn. „Bilder, Jenn, das Bild, Freya hatte doch auch diesen Ausschnitt auf ihrem Tisch liegen. Erinnerst du dich?“

„... und sofort danach gegriffen, als wir reinkamen!“, sagte Jenna nach einem weiteren Moment, „Du hast recht!“

Nachdem Maja es erwähnt hatte, konnte sie sich gut daran erinnern, wie sie eingetreten waren und Freya sofort nach einem Papier auf dem Tisch gegriffen hatte.

„Und weil ich meinen Schal vergessen hatte, bin ich noch einmal umgedreht. Ich habe sie völlig überrumpelt, sie stand ganz hinten mit dem Rücken an der Außenwand ...“

Jenna lief mit gesenktem Kopf bis zum Ofen, legte ihre Hände an die warmen Außenseiten und marschierte direkt wieder auf die Italienerin zu, die bereits dabei war, Tee und Abendessen vorzubereiten.

„Maja ...?“

„Mhm ...?

„Maja ... hast du morgen schon etwas vor?“

12.

„Oh."

Jenna blieb stehen. Zusammen mit Maja war sie noch etliche Meter von Freyas Wagen im Wald entfernt, doch es war deutlich zu sehen; die Tür war geöffnet, angelehnt, aber eindeutig offen. Während ihrer Wanderung hatten sie viel über dieses und jenes diskutiert, allerdings nicht über die Möglichkeit, dass sie nicht die Einzigen sein könnten, die Interesse daran hatten, was Freya hinterlassen hat. Polizisten hätten die Tür garantiert verschlossen, vielleicht sogar versiegelt.

„Das ist verdächtig." Sorglos hatte Jenna bereits die Hälfte des restlichen Weges hinter sich gebracht.

„Jenn!"

Mehr als ein lauteres Flüstern traute sich Maja scheinbar nicht zustande zu bringen. Jenna blieb stehen. „Maja?" Mit kleinen leisen Schritten schloss die Italienerin zu ihr auf.

„Vielleicht ist da jemand drin, jetzt, in diesem Moment!"

Ungläubig warf Jenna dem Wagen einen Blick zu und horchte. Sie hörte nichts als Stille und grinste selbstsicher. „Dazu war ja wohl ausreichend Zeit, oder?"

Konsterniert sah ihr Maja in die Augen, doch Jenna lief direkt auf den Eingang zu und setzte einen Fuß auf die Stufe. Mit Schwung zog sie die Tür auf und steckte gleichzeitig den Kopf herein. Sie rief ein lautes *Hallo* in den Raum, bevor sie sich Maja wieder zudrehte.

„Hier wohnt das Chaos." Mit einem versöhnlichen Lächeln blickte sie ihrer Freundin entgegen. „Aber ansonsten ist niemand zu Hause."

„Wirklich, Jenn, wie hat Greg es nur so lange mit dir ausgehalten?" Maja murmelte in sich hinein. „Er hat dich verändert."

Jenna konnte jedes Wort verstehen und tief in sich spüren, dass Maja recht hatte, aber besonders jetzt war ihr nicht danach zumute, das Gefühl näher zu ergründen. „Na dann mal los!"

Als sie zusammen in Freyas Küchenbereich standen, stellte Jenna sogar selbst fest, dass sie mit *Chaos* fast noch untertrieben hatte. Auch Maja begutachtete die wilde Unordnung mit großen Augen.

„Da war aber jemand gründlich."

Doch das war es nicht nur, was seltsam war. Jenna sah Strukturen in dem Wirrwarr, die ihr auffällig vorkamen. Sie lief die paar Schritte bis in den Wohn- und Schlafbereich des Wagens und musste dabei immer wieder Papier- und Bücherstapeln ausweichen; sie stellte fest, dass aber genau das auch der Punkt war. „Fällt dir etwas auf?"

Maja ließ den Blick über die Szenerie schweifen und nickte. „Hier ist noch nicht einmal der kleinste Papierschnipsel auf dem Boden. Alles ist heile, aber alles scheint auch mindestens einmal bewegt, gedreht und sehr genau begutachtet worden zu sein."

Jenna blickte auf die unzähligen Stapel aus Gegenständen, Büchern und Zeitungen auf Tisch und Boden. Sie konnte fast vor sich sehen, wie bedächtig die anfälligen Buchseiten durchblättert und die in die

Jahre gekommenen Tageszeitungen wieder gefaltet worden waren. Vielleicht war er gestört worden? Vielleicht hätte sonst alles wieder an seinem Platz gestanden? Die Tür wäre verschlossen gewesen?

„Wenn Freya meinte, dieses Bild auch vor uns verstecken zu müssen, hatte es ernsthaft eine Bedeutung für sie, wenn auch keine positive. Also wird sie es in ihrer Nähe aufbewahrt haben und in diesem Fall hat derjenige, der offenbar schneller war als wir, es garantiert gefunden."

Jenna schritt langsam auf sie zu. „Kannst du dich daran erinnern, dass Freya die Idee für unser Bad im Turmzimmer hatte?" Direkt vor der nickenden Maja blieb sie stehen und wendete sie sacht etwas zur Seite. Mit dem Rücken zur Außenwand des Wagens trat Jenna schließlich noch einen Schritt nach hinten; ihre Augen nach oben an die Decke gewandt, die Pupillen von rechts nach links huschend, ihre Lippen fest aufeinandergepresst. Als sie tatsächlich gefunden hatte, was bisher nur eine vage Vermutung war, erstarrte sie für einen Moment. Sie konnte es nicht glauben.

Jenna hob eine Hand zur Decke; weiß gestrichen und verziert mit dunklen Längsstreifen sah diese über ihrem eigenen Kopf keinen Deut anders aus als über Majas. Dennoch ließ sie ihre Hand wieder nach unten sinken und blickte der Italienerin fest in die Augen; mit etwas Flachem aus Papier zwischen den Fingern.

„Jenn, woher ..."

Sie grinste nur und schob Maja an die Stelle, wo sie selbst Sekunden zuvor gestanden hatte. Im ersten

Moment schien sie rein gar nichts zu erkennen. Dann hatte sie es ebenfalls.

Maja hob eine Hand zu der Fuge in der Decke; zu dem schmalen Spalt, der aussah wie von einer kleinen, nicht ganz geschlossenen Klappe mit einer Holztreppe zu einem Giebelboden. Für jemanden, der ahnungslos war und sich nicht mit dem Rücken an die Außenwand drängte, war diese Miniaturversion einer Deckenklappe praktisch unsichtbar. Die Kombination aus flacher Wölbung und durchgehendem Streifenmuster tarnte die Ausbuchtung bis zur Perfektion.

„Deshalb ist das Bad im Turm so gut versteckt." Maja blickte noch immer verdutzt in die schmale Öffnung. „Freya wusste offenbar, wie so etwas funktioniert."

„Jederzeit erreichbar und dennoch verborgen", sagte Jenna und deutete wortlos nach draußen.

Hintereinander bahnten sie sich vorsichtig einen Weg zwischen den vielseitigen Arten und Höhen von Stapeln entlang und begutachteten das Papier mitten auf der Lichtung vor Freyas Wagen.

Auf den ersten Blick war zwar zu erkennen, dass das Bild irgendwann einmal Titelfoto einer Tageszeitung gewesen war, doch die Schlagzeile, das Datum und der Zeitungsname fehlten. Lediglich eine winzige Bildunterschrift war noch auszumachen. Was der Fotograf inhaltlich eingefangen hatte, würde es jedoch noch in heutiger Zeit auf die erste Seite schaffen.

Zwei alte Ford-Sierra-Polizeiwagen mit dem orange-leuchtenden Streifen an der Seite standen mit der

Front zueinander am Straßenrand. Irgendwo in einer städtischen Seitenstraße. Fahrer- und Beifahrertür eines Wagens waren offen; am linken Rand offenbar Schaulustige, die sich hinter einem Absperrband versammelt hatten. Ein Polizist in Uniform kreuzte schräg zur Kamera das Bild; zwei weitere kamen vermutlich aus einem Gebäude im Hintergrund.

Ganz rechts war eine schlanke Frau mit wilden braunen Locken, die ihr hinunter über Schultern und Rücken fielen; die Hand auf der Schulter eines Jungen, der vielleicht zehn Jahre alt war, aber angesichts seiner schlanken Gliedmaßen wirkte, als würde er noch hoch hinauswachsen. Gemeinsam waren sie auf dem Weg zu einem zivilen BMW rechts im Bild, der quer zu den Polizeiwagen stand. Beide fixierten die offene Wagentür wie Ertrinkende den rettenden Strand; ihre Blicke waren leer.

Jenna berührte das Papier fast mit der Nasenspitze. „Das muss mehr als dreißig Jahre alt sein."

„Was steht unter dem Foto?"

Jenna las laut: „Nach mehr als vier Jahren auf dem Weg nach Hause: Bei der Auflösung einer kriminellen Organisation des Londoner Untergrunds konnte auch der entführte Lloyd-Junge befreit werden." Sie schaute in Majas ratloses Gesicht. „Mir sagt das nichts. Freya hat es nie erwähnt oder? Und das hier ..." Sie griff in ihre Jeanstasche und zog ein weiteres Papier hervor, „... ist mir ebenso ein Rätsel." Auf einem cremefarbenen Umschlag waren in einer zierlichen Handschrift zwei Wörter zu erkennen: *Für Will.*

13.

Lang ausgestreckt lag Greg auf dem Bett und starrte gegen die Decke. Draußen war es dunkel geworden, aber er konnte sich nicht einmal dazu aufraffen, das Licht auf dem Nachttisch anzuknipsen. Bewegt hatte er sich allein, um sich Wasser zu den Schmerztabletten zu holen, die er dem Krankenhausarzt in großer Menge abgehandelt hatte.

Strahlen von draußen malten hin und wieder Muster an seine Zimmerdecke. Er sah rote Linien und Gewehrläufe, dunkle Äste und fliegende Kugeln, schwarze Masken mit toten Augen und Metallzähne, die drohten, auf ihn herabzufallen.

Seufzend drehte er sich schließlich auf die Seite. Die Formen und Farben an der Decke verschwanden, und der nun freie Gedankenraum ließ ihn augenblicklich grüne Augen in einem unendlich traurigen Gesicht sehen. Sie stahl sich in seinen Kopf und sein Denken, sie raubte ihm den Schlaf und ließ sein Tun ohne sie sinnlos erscheinen. Jenna hatte seine jahrelang gepflegte Distanz vernichtet.

Noch war es früh genug; ein weiteres Desaster, wie in Hamburg, würde er nicht überstehen. Er hatte nicht den Kontinent verlassen und viele Meilen zwischen sich und seine ehemalige Verlobte gebracht, um sich in England in das nächste Abenteuer zu stürzen. Er hatte nun die halbe Nacht und den Tag Zeit gehabt, es zu durchdenken und wälzte noch immer das Ergebnis hin und her. Greg wollte sicher sein. Doch wie er es auch gedanklich wendete, es war eine Geschichte mit stimmigem Ende. Geschichten hatten ihre beiden Leben zusammengeführt; und ihre eigenen Geschichten würden ihn und Jenna getrennte Wege gehen lassen.

Die Tabletten wirkten. Er stand auf, stellte sich im dunklen Raum an das Fenster und spürte, dass er damit leben konnte. Selbstzufrieden stand er mit verschränkten Armen hinter der Scheibe, den verbundenen Arm vorsichtig auf dem unteren abgelegt.

Greg beobachtete Anwohner beim Einparken oder Passanten mit Einkaufstüten oder Aktentaschen. Seine Blicke verfolgten einen jungen Vater, dem seine Tochter immer wieder mit Anlauf entgegenrannte. Kurz vor ihm fing er sie schließlich auf und schwang sie in die Luft, quietschend vor Freude. Er stellte sich weit nach rechts herüber, um sie noch länger beobachten zu können, bevor sie nach links hinter dem nächsten Gebäude verschwanden ...

Er konnte sie gar nicht sehen.

Das war es!

Endlich!

Das war es, was Greg bei den Büchern im Keller nicht eingefallen war. Der Schütze in Tathitus Log am Dorfplatz. Er konnte den alten Mann und den kleinen Jungen nicht sehen, sie waren noch zu weit entfernt. Sie waren verdeckt durch das Gebäude links vom Schützen. Er hat nicht auf die Gruppe gezielt. Es war nur die alte Frau! Wenn überhaupt Martin's Market, dann war sie das Ziel! Sie allein!

Unverzüglich griff er zum Handy und wischte sich von einem Foto zum nächsten. Bei den Aufnahmen, die Jenna aus Mr Elters Einfahrt zum Platz hinaus gemacht hatte, fand er sich schließlich bestätigt.

Der Schütze hatte vermutlich am Ende der Einfahrt nach hinten in den Garten gestanden. Das Haus links schützte ihn vor neugierigen Blicken, schränkte jedoch auch seinen eigenen in Richtung Hotel ein. Er hatte nur die alte Frau allein vor dem Market-Eingang gesehen, stillstehend, wartend. Es war die perfekte Gelegenheit.

Greg ließ das Handy auf die Bettdecke fliegen und dachte nach, im Dunkeln vor dem Hotelzimmerfenster.

Warum hatte er dann nicht getroffen?

Warum lag Freya tot auf dem Platz?

6. Kapitel

Wahre Taten

1.

Jenna war so aufgeregt, dass sie im Vorbeigehen immer wieder Gräser vom Wegesrand zog und eng um ihre Finger drehte; nur, um sie Momente später als Spiralen auf den Boden gleiten zu lassen. Vorbei an den drei Eichen über den Hof trabte sie beinahe und drückte dann mit so viel Schwung gegen die Eingangstür zur Küche, dass sie einen Riesensatz hinterher machen musste, um den Knall zu verhindern.

„Ups."

Mit deutlich mehr Besonnenheit spähte sie vorsichtig über ihre Schulter. Maja war noch viele Meter weit hinter ihr. Im Vorbeigehen streifte ihr Blick die nicht mehr ganz makellose Wand. Noch mit Jacke und Boots ließ sie sich auf den Stuhl vor ihren Laptop fallen und überlegte. Augenblicke später sperrte Maja die Kälte nach draußen und legte einen Holzscheit in den Ofen.

„Berühmte, spektakuläre, weltbekannte Entführungen."

Jenna entschied sich kurzerhand für alles zusammen und tippte ihre laut gedachten Worte in die Suchzeile ihres Browsers. Nach einem weiteren Klick auf ein bestimmtes Suchergebnis ganz oben bekam sie sofort alle Fälle auf den Bildschirm, die weltweit für Aufsehen gesorgt hatten; von Freddy Heineken, dem Bierbrauer, über Sabine Dardenne, die in die Hände von Marc Dutroux gefallen war, bis hin zu Natascha Kampusch und dem österreichischen Fall von Amstetten. Doch nicht ein einziges Mal wurde der Name Lloyd erwähnt; auch nicht bei den Suchen, die sie mit den Kombinationen wie *Lloyd* und *Entführung* durchführte.

„Maja, der Zeitungsausschnitt?" Jenna war eingefallen, dass es eine weitere Komponente gab, die sie bisher nicht berücksichtigt hatte.

„In deiner Jeanstasche vielleicht?", schlug Maja vor.

Jenna grinste schräg und zog das Titelfoto vorsichtig aus ihrer Tasche. Die beiden Ford Sierra im Vordergrund standen mit der Front zueinander, und ihre Kennzeichen waren nicht zu erkennen; der BMW rechts im Bild stand quer dazu. Sie konnte die Buchstaben-Zahlen-Kombination ohne Probleme ausmachen und startete eine weitere Suche nach englischen Kfz-Kennzeichen. Dabei fand sie zwar als Erstes heraus, dass sich das System 1983 verändert hatte, doch sowohl davor als auch danach das Gebiet der Erstzulassung angegeben war. Es war nicht schwer herauszufinden, dass es in diesem Fall für London stand, und sie gab erneut verschiedene Kombinationen in die Suchzeile des Browsers ein: *Entführung* und *London* oder *Lloyd* und *London* oder *Lloyd* und *Entführung* und *London.* Doch noch immer gab es keine Treffer, die sie weiterbrachte.

Jenna lehnte sich zurück. „Wäre ja auch zu einfach gewesen. Maja, eigentlich gibt es nur zwei Erklärungen. Entweder hat der Fall Lloyd nur regional für Interesse gesorgt und war nicht bedeutend genug für die Sensationspresse. Oder aber die Familie war derart bedeutend, mächtig und sowohl mit Einfluss als auch mit dem entsprechenden Vermögen ausgestattet, dass sie es schlichtweg gedeckelt hat."

Maja hatte begonnen, an einem Topf in der Spüle zu schrubben. Mit dem Schwamm zwischen zwei Fingern und Schaum am Handgelenk hielt sie inne. „Ein entführter Junge kehrt nach mehr als vier Jahren wieder zurück zu seiner Familie? Jenn, das ist ein Fest für die Presse."

Jenna nickte stumm und überlegte. Das Foto der Titelseite war schon allein anhand der Autos dem Ende 1970er, Anfang der 80er Jahre zuzuordnen. Eigentlich müsste sie sich durch die Zeitungsarchive Londoner Bibliotheken wühlen und den gesamten Artikel suchen. Bedeutend schneller ginge es natürlich, wenn sie es auf gut Glück als gegeben nahm: Seine Familie muss sogar unverschämt reich und gleichermaßen reich an Einfluss gewesen sein; und sie nahm an, dass drei vergangene Jahrzehnte einem ganzen Haufen Geld nichts anhaben konnten.

Jenna tippte *die reichsten Menschen der Welt* in die Suchzeile und drückte viel zu heftig die Enter-

Taste. Schuldbewusst zuckte sie zusammen, doch dort war niemand neben ihr, der ihr einen strafenden Blick zuwerfen konnte. Leise seufzend vertiefte sie sich in die Suchergebnisse und überflog konzentriert diverse Überschriften.

„Da!“

„Wo? Was?“ Maja schaute erschrocken aus dem Topf hoch.

Jenna lächelte entschuldigend und schüttelte nur mit dem Kopf. Bezogen auf die Rangliste der reichsten Menschen weltweit konnte sie lesen, dass US-Amerikaner die ersten drei Plätze einnahmen. Das Vereinigte Königreich tauchte nicht einmal unter den ersten fünfzig Plätzen auf. Die vielen Namen dazwischen sagten ihr fast ausnahmslos gar nichts.

„William A. Lloyd.“

„Was?“ Ruckartig warf Jenna den Kopf zur Seite. Maja war hinter sie getreten und deutete mit einem Finger an ihrem Ohr vorbei. „Wo? Maja, wo steht das?“

Die Italienerin streckte sich nach vorne und deutete ganz unten in die Liste; eine Position, die noch immer einem geschätzten Vermögen von mehreren Milliarden US-Dollar entsprach.

„Unglaublich.“ Jenna war völlig gefesselt. „Lloyd.“ Sie stutzte. „William. William A. Lloyd.“ Sie blickte Maja von unten ins Gesicht. Erst waren dort nur Fragezeichen, dann konnte sie in Majas Augen sehen, dass es ihr ebenfalls aufgefallen war.

„William! *Für Will.* Der Briefumschlag!“

Mr Lloyd hieß nicht nur William. Er besaß auch ein Vermögen. Seine Branche: Hedge-Fonds.

2.

Maja hatte inzwischen Kaffeepulver in der Kanne und wartete auf das Wasser im Kessel. Zwischenzeitlich ließ sie sich neben ihr auf einen Stuhl fallen.

Jenna richtete sich auf und zog den Briefumschlag aus ihrer Jeanstasche. Zusammen musterten sie die Handschrift und jeden weiteren Millimeter des Papiers so intensiv, als könne es nicht nur seinen Empfänger, sondern möglichst auch seinen kompletten Inhalt preisgeben. Nichts dergleichen passierte leider.

Sie stand auf und ließ den Umschlag zwischen den Seiten eines der Bücher verschwinden, die stapelweise am Ende der Ofenbank lagen. Auf dem Weg zurück zu ihrem Stuhl fühlte sie sich merkwürdig erleichtert.

„Such doch einfach mal den Namen." Maja deutete auf den Bildschirm. „Ich mache den Kaffee fertig."

Jenna tippte *William A. Lloyd* ein. Gebannt las sie die Ergebnisse. „Also, wenn wir Facebook, Twitter, Instagram, LinkedIn abziehen ... und Wikipedia ... dann haben wir genau ein brauchbares Ergebnis; zumindest auf der ersten Seite."

„Und?" Maja hatte zwei volle Becher in der Hand und balancierte zusätzlich noch mit einem Plätzchenteller auf Jenna zu.

„Das Charing Cross in London"
„Ein Krankenhaus?"
Jenna nickte und folgte dem Link. Die sich öffnende Seite begann ganz oben mit einem Namen in blauen Buchstaben: *William Lloyd.* Darunter fanden sich Texte zu Hintergrund, Expertise, Forschung und Publikationen. In Schwarz auf Himmelblau konnten sie unter anderem die Patientengruppe, Fremdsprachenkenntnisse, Spezialgebiete und die Qualifikation nachlesen – die medizinische Qualifikation.
„Dieser *William Lloyd* hier ist promovierter Chirurg. Allgemeinchirurgie." Jenna öffnete weitere Webseiten des zugehörigen Teams und stellte fest, dass allen weiteren Personen Portraitfotos zugeordnet waren, jedem, nur nicht Dr. Lloyd. Jenna sprang auf und nahm einen Schluck Kaffee. „Ich muss mal gerade telefonieren. Ms Holly Chapman. Sekretariat. Mit Telefonnummer. Das hat nicht jeder Arzt." Sie überlegte. „Entweder er hat es sich erarbeitet oder er hat einfach nur den richtigen Namen." Jenna stürzte auf den Flur hinaus und betätigte die Wählscheibe. Schneller als vermutet hörte sie eine Stimme am anderen Ende, von einem Mann.
„Hallo. Jenaya Joloncovschi. Könnte ich bitte Ms Chapman sprechen? Es geht um eine Terminvereinbarung bei Doktor Lloyd."
„Doktor Lloyd ist auf unbestimmte Zeit nicht tätig. Und Ms Chapman arbeitet in einer anderen Abteilung. Tut mir leid."
Allein sein mechanischer Ton ließ sie nicht nur vermuten, dass er diese Auskunft schon unzählige

Male geben musste, sondern dass er das Telefonat auch bereits als beendet betrachtete. Schnell setzte sie fort: „Entschuldigung. Moment bitte. Nicht mehr tätig? Warum? Der Termin wurde bereits vor Monaten gemacht.“ Unmittelbar nachdem sie es ausgesprochen hatte, spürte sie bereits, dass es zu viel war. Seine Stimme transportierte eine frostige Distanz; den ganzen Weg von London bis zum Kloster.

„Doktor Lloyd hat sich beurlauben lassen. Ms Chapman wird Sie übersehen haben. Alle Termine sind verlegt oder einem anderen Chirurgen zugeordnet worden.“ Er machte eine Pause.

Jenna vermutete, dass er überlegte, wie er sie am schnellsten loswürde. Sie nutzte die Chance. „Ich möchte sie selbst sprechen. Ms Chapman. Wie ist die Nummer bitte?“ Das hatte er im Griff, und sehr schnell hatte sie die gewünschte Information. Dann war sie sogar mutig genug, noch eins draufzusetzen. „Sind Sie zufällig auch in der Chirurgie tätig? Ich habe mich nämlich immer schon gefragt, warum Doktor Lloyd der einzige ohne Foto auf der Webseite ist.“

Absolute Ruhe am anderen Ende.

„Sind Sie noch da?“, fragte Jenna.

„Seine Bedingung“, sagte der Mann plötzlich. „Schon bei der Einstellung. Goodbye Ms ...“

„Ist er gut? Doktor Lloyd? Ist er ein guter Chirurg?“ Sie wagte einen letzten Vorstoß. Schließlich hatte sie nichts zu verlieren außer einer telefonischen Verbindung. Doch diese Antwort kam schnell und spontan.

„Der beste, den wir jemals hatten. Entschuldigen Sie bitte. Ich muss heute noch operieren. Goodbye, Ms Joloncovschi.“

3.

Ungläubig starrte Jenna auf den Hörer in ihrer Hand. Viele Sekunden noch lauschte sie ins Nichts hinein bevor sie einhängte und zu Maja an den Holztisch zurückkehrte. „Ich bin mir nicht sicher, was mich mehr irritiert. Dass ein Chirurg selbst ans Telefon geht, dass er meinen Namen richtig wiedergeben konnte oder dass zufällig ein brillanter Chirurg mit dem Namen *William Lloyd* abgetaucht ...“

„Abgetaucht?“ Maja zog die Brauen hoch.

„Nehmen wir einfach mal an, rein hypothetisch, dass der vor ...“ Jenna versuchte gedanklich abzuwägen, welcher Zeitraum ihr anhand des Fotos und des geschätzten Alters des Jungen am wahrscheinlichsten vorkam. „... dass der vor gut dreißig Jahren wieder aufgetauchte *Lloyd-Junge* nicht nur Milliardär, sondern ebenfalls ein Chirurg von vielleicht Mitte Vierzig ist. Dann bekommst du die Nachricht, dass er sich hat beurlauben lassen; und das offensichtlich nicht geplant, sondern von einem Tag auf den anderen. Davon ist auszugehen, wenn Holly Chapman alle anstehenden Termine absagen oder auf andere Chirurgen verteilen musste. Außerdem ...“ Jenna spürte, dass sie gedanklich in Schwung kam. Erfahrungsgemäß geschah das immer dann, wenn lose Enden begannen, sich zusammenzufügen. „Außerdem ist Ms Chapman in eine andere Abteilung versetzt worden. Das heißt sehr wahrscheinlich, dass sich Mr Lloyd auf unbestimmte Zeit Urlaub genommen hat. Also für mich klingt das schon sehr nach *abgetaucht*."

„Er ist von der Bildfläche verschwunden, quasi über Nacht", fügte Maja hinzu, runzelte dann allerdings die Stirn, bevor sie fortsetzte: „Meinst du, er ist der Milliardär? Mit Mitte Vierzig? Ein Chirurg? Hedge-Fonds?"

„Wenn ich jetzt Ms Chapmann anriefe, wie wahrscheinlich wäre es, dass sie solche Informationen preisgibt?"

Majas Gesicht wurde ganz kraus und sie schüttelte energisch mit dem Kopf.

„Gar nicht wahrscheinlich, ich weiß." Aber entmutigen ließ sich Jenna nicht mehr. „Sein Vater! Er ist in der Liste. Er hat das Vermögen gemacht, geerbt, vergrößert, was auch immer. Ich glaube, in solchen Familien ist es nicht unüblich, dass der Sohn den Namen des Familienoberhaupts bekommt. Außerdem steht in der Liste *William A. Lloyd* und unser Chirurg hat keinen Mittelnamen. Auf der Webseite steht nur *William Lloyd*."

„Da!"

„Ja." Mit den Gedanken war Jenna bereits Schritte weiter.

„Da!", sagte Maja eine Spur lauter.

„Ja ... auf der Webseite, ich weiß."

„Jenn?"

Irritiert über Majas Beharrlichkeit löste sie endlich den Blick vom Bildschirm. Sie schaute an ihre Seite und sah die Italienerin am Fenster zum Hof stehen. Der Becher dampfte zwischen ihren Händen und ein Lächeln lag auf ihren Lippen.

„Es ist Weihnachten, Jenn." In Zeitlupe drehte sich Maja zu ihr an den Tisch zurück.

Die Außentür schwang in den Raum hinein und Greg betrat die Küche.

4.

„Michael, hallo!" Martha kam ihm bestens gelaunt mit einer Papiertüte im Arm entgegen. Unter den Einkäufen der Inhaberin des Tathitus Guest House konnte er Salbeiblätter und eine lange Stange mit frischem Blätterteig erkennen.

„Martha."

Brav lächelnd nickte er ihr zu und hob grüßend die Hand, während er die erste Etage des Hotels über eine gewundene Holztreppe verließ und auf den Ausgang in Richtung Dorfplatz zusteuerte.

„Ach, Martha?"

Sie war bereits auf dem Weg zur Küche, doch machte auf dem Absatz kehrt. Am Rezeptionsbereich trafen sie zusammen. Mit dem Zeigefinger schob er seine Brille zurecht und kniff dabei die Augen zusammen.

„Martha, Sie wissen doch bestimmt, ob Martin drüben auch kleine Geschenke hat?" Er blickte auf seine Schuhspitzen hinab. „Ich habe Jenna kennengelernt. Und, weil Weihnachten ist, naja, ich dachte, ich könnte einfach mal die Initiative ergreifen, die Gelegenheit nutzen ... Schokolade vielleicht?“ Langsam hob er den Blick.

„Oh Michael ...“ Offenherzig lächelte sie ihm entgegen. „... ein paar Pralinen hat er immer da.“ Sie schien nachzudenken. „Jenna kenne ich gar nicht. Nur vom Sehen vielleicht.“ Ihr Gesicht hellte sich deutlich auf. „Aber Maja! Wir sehen uns regelmäßig auf dem Markt, so eine tolle Köchin mit wahnsinnig raffinierten Rezepten. Was die so alles zaubert aus dem Garten vom alten Kloster! Die Touristen lieben ihre Gläschen und ...“

„Martha, Vorsicht.“

Die Blätterteigstange hatte sich beängstigend weit zur Seite geneigt. Sie rückte ihre Tüte im Arm zurecht und kämpfte gleichzeitig mit einer rötlichbraunen Haarwelle, die ihr über beide Augen gefallen war. Mit einer Handbewegung strich sie die Strähne aus dem Gesicht, und die Tüte neigte sich wieder bedrohlich gen Boden.

„Ich gehe jetzt mal besser. Martin wird froh sein, wenn nicht alle kurz vor Ladenschluss bei ihm reinschneien.“

Schon im Gehen rief er über seine Schulter zurück. „Und melden Sie sich, wenn ich helfen kann. Bei etwas.“

Mit einem letzten Gruß zog er die Tür zum Dorfplatz auf und trabte locker die Eingangstreppe hinunter.

Das Kloster also.
Interessant.

5.

„Ich war nicht weg. Ich wollte ...“

Greg saß vor einem frischen Kaffee am Holztisch, Jenna gegenüber. Maja werkelte an ihrem Lieblingsplatz.

„Ich habe Norwich nicht verlassen, ich ...“ Wie auch immer er es versuchte auszudrücken, er müsste einfach viel zu viel erklären, um es vernünftig klingen zu lassen.

„Er konnte sie nicht sehen, Jenna.“

Eben noch trotzig wie ein Kind, getarnt hinter dem Kaffeedampf, blickte sie nun auf.

„Der Schütze in der Einfahrt ... er konnte den alten Mann mit dem Jungen nicht sehen. Wenn Martin’s Market das Ziel war, dann hat er auf die alte Frau geschossen. Nur auf sie! Das Haus links hat die anderen beiden verdeckt und danach wird er einfach nach hinten hinaus verschwunden sein. Es ist mir eingefallen, als ...“

„Wir haben auch Neuigkeiten.“

Jenna war ihm ohne Vorwarnung ins Wort gefallen. Stumm blickten sie einander an.

„Maja und ich waren in Freyas Wagen. Wir haben ein Bild, einen Namen!“

6.

„Maja, hätten Sie vielleicht Block und Bleistift für uns? Ich glaube, wir sind an einem Punkt angelangt, der besondere Maßnahmen erfordert."

Wortlos zauberte die Italienerin Papier und einen Stift aus einer Schublade an der gegenüberliegenden Schmalseite des Holztisches. Jenna wagte nicht, es zuzugeben, dass sie von dieser Schublade bislang überhaupt keine Kenntnis hatte.

Greg nahm sich den Stift und den Block im Querformat, und während Jenna berichtete, schrieb er nebenbei: *William A. Lloyd* mittig in die obere Hälfte und darum herum einen Kringel, darunter nach links versetzt *Dr. William Lloyd* und nach rechts versetzt *Vater und Sohn?*. Vom beurlaubten Chirurgen über Milliarden und Hedge-Fonds fügte er hinzu, was relevant schien; etwas kleiner auch weitere Kringel für *Freya*, *Brief: Für Will*, *Entführung Lloyd-Junge* und *altes Zeitungsbild* und zudem einen großen Kringel für die *alte Frau vor Martin's Market*. Dann brachte er noch *Zach Lewis*, *Bürgermeister-Kandidat* und *Verschwunden* unter und legte das Blatt etwas schräg, damit Jenna lesen konnte.

Maja hatte neben den Vorbereitungen zum Abendessen bereits weitere Kaffeebohnen zermahlen und stellte den Kessel auf. Greg hob den Kopf und schien gleichsam den Duft zu inhalieren, der durch den Raum zog. Ebenfalls mit der Nase in der Luft konnte Jenna spüren, dass sie nicht nur in Erwartung des Koffeins aufgeregt war. Es war vor allem die eine Idee, die noch nicht auf Gregs Papier erfasst war.

„Kaffee?" Greg hielt die Kanne bereits in der Hand, die Maja Momente zuvor zum Tisch gebracht hatte. Wortlos hob sie ihre Tasse.

„Greg, *schuldlos schuldig*, es kann kein Zufall sein, dass Freya und Dr. Miller sich unabhängig voneinander so ähnlich ausgedrückt haben. Wir sollten das hinzufügen."

Er zog eine vertikale Linie und schrieb die zwei Worte hochkant und quer über die gesamte Papierhöhe. „Alles klar. Damit haben wir es wohl vollständig." Er stand auf, holte einen Korb mit Walnüssen aus der Ofenecke, setzte ihn auf den Tisch und lehnte seine Graphik samt Block so daran, dass sie alle drei sehen konnten. Maja hatte sich zu ihnen gesellt, und eine ganze Weile taten sie nichts anderes, als über ein Wort nach dem anderen nachzudenken; jeder für sich, zurückgelehnt an ihre Stühle, mit einem Becher Kaffee in der Hand, in aller Stille der Klosterküche, in der es bereits erschreckend laut wurde, wenn hin und wieder das Holz im großen Ofen knisterte.

Greg beugte sich vor und richtete sich auf. „Jenna, weiß David vom Zeitungsausschnitt und diesen ganzen Hinweisen?"

Er fragte in einer Art, die sie auf der Stelle hellhörig werden ließ. Offensichtlich bemüht um einen ruhigen Tonfall vibrierte seine Stimme in einer Weise, die sie es eher spüren als hören ließ; und was sie wahrnahm, war das Gefühl der Besorgnis. Wellenartig schien es sich von Greg auszubreiten. Alarmiert schaute Maja von der Graphik zu Jenna und wieder zurück. Jenna spürte Hitze bis zu den Haaren hinauf. Zeitgleich begann sie zu frösteln und schüttelte sich innerlich bevor sie antwortete: „Niemand außer uns."

Sie konnte ihm ansehen, dass er sich die Worte genau zurechtlegte, bevor er fortsetzte: „Sie haben mit Maja ein Bild in Freyas Wagen gefunden, bei dem es um einen entführten Jungen geht. Wir beide haben auf dem Kamerafilm von Martin's Market zwei Personen entdeckt, die sich um alles kümmern, nur nicht um den Jungen an ihrer Seite."

Greg hielt inne.

„Und David ... der sucht seit Wochen nach einem Jungen, der wie vom Erdboden verschluckt scheint!"

7.

Es war schon lange dunkel, aber Mr Headman saß auf der Bank, neben seinem Baum, gegenüber der Hölle. Die Verwandlung hatte schon vorher begonnen. Doch seit sie es ausgesprochen hatte, die Weiterentwicklung ihres Projektes, war die Bathory wie der Teufel selbst.

Warum musste es eigentlich immer heiß sein in der Hölle? Und Feuer geben? Er stellte sich Thea im kalten Verlies vor. Das war die Hölle.

Siehst du, Vater? Wieder ein Beweis. Es gibt keinen Gott, der richtet. Es gibt keinen Teufel. Es gibt nur uns, Vater. Uns! Die Menschen. Und alles, wozu wir fähig sind. Wir sind die Teufel.

Allein ihr Verhalten war mehr als Bestätigung. Wie angestochen machte sie Pläne, reaktivierte Kontakte, telefonierte, traf Vorkehrungen und Verabredungen ...

Ach, und da war er auch schon, pünktlich, ... voller Vorfreude? Mr Headman ließ den Kopf sinken und wollte etwas tun, er wollte sich abgrenzen, deutlich machen, dass er anders fühlte. Er schaute nicht hoch zum Himmel und zweifelte auch nicht an seiner gerade gemachten Aussage, aber er tat es trotzdem: Er bekreuzigte sich, etwas ungelenk vielleicht und es sah auch ganz sicher nicht so gekonnt aus, wie es manchmal in Filmen zu sehen war, aber es tat gut; aus dem Drang heraus, die Abscheu deutlich zu machen, vor dem, was er sah und nicht sah, aber dennoch wusste.

Sie waren leicht zu erkennen, an dem Blumenstrauß und der Tüte mit Lebensmitteln. Jeder Nachbar, der zufällig aus dem Fenster schaute, würde in dem Besucher einen Freund der Familie zu erkennen glauben, der lediglich zu einem geselligen Treffen ins Haus kam; keinen pathologisch Abartigen, der sich vor Vergnügen bereits in die Hose spritzte, wenn er sich den Kleinen nur vorstellte. Nackt. Allein. Für eine Nacht.

Langsam stand Mr Headman von seiner Bank auf, entfernte sich von seinem Baum. Er ging dem Mann entgegen. Noch konnte nur er ihn sehen, noch war er vom Haus aus nicht erkennbar.

Dies war nun der Zweite. Mit dem Ersten hatte es bereits besser geklappt, als er gedacht hatte. Entsprechend frühzeitig hatte er sich auf dessen Weg zu ihm gesellt. War mit ihm gemeinsam ein ganzes Stück gegangen. Vorgestellt hatte er sich als Theas Geschäftspartner und war entsprechend auf offene Ohren gestoßen. Er hatte berichtet, dass alles vorbereitet wäre. Alles bereit. Für die Nacht. Und dabei hätte Mr Headman schwören können, dass der Schwanz ihm bereits aus der Hose platzte, wenn der Mantel es nicht verdeckt hätte.

Der Zweite war nicht besser. Er begleitete ihn wieder ein Stück des Weges und war froh, dass wirklich alles vorbereitet war. Unauffällig sah er sich um. Es war kalt, und die Menschen waren in ihren Häusern, saßen vor ihren Fernsehern, aßen mit ihren Familien. Die Straßen waren leergefegt.

Bis zum Schatten eines großen Strauches waren es nur noch wenige Meter, ausreichend weit entfernt vom Haus, sehr schön nahe am Kanaldeckel. Langsam ließ er sich einen halben Schritt zurückfallen. Fast freundschaftlich legte er seine Hand auf dessen Schulter. „Kumpel, Moment. Eine Sache noch. Der Junge, er mag besonders, wenn du ..." Voller Erwartung blickte der Zweite ihn an.

Mr Headman trat einen halben Schritt in seinen Rücken, tat so, als wolle er hinter ihm die Seite wechseln und zog ihm mit der freien Hand das Rasiermesser über die Kehle. Genau im Schatten des

Strauches ließ er ihn leicht gurgelnd auf den Boden sinken. Schnell wickelte er einen Schal um seinen Hals.

Bedächtig nahm er Tüte und Blumen vom Weg, ging die paar Schritte zum nächsten Baum und griff den bereitgestellten Haken. Nur wenige Meter weiter zog er damit den Kanaldeckel zur Seite und ließ beides in den Schacht hinabfallen. Den Zweiten schob er schließlich hinterher.

Nicht mehr gurgelnd.

Bis die beiden auffälliger stanken, als Kanalisationen es ohnehin taten, und sich die Ratten aus allen Löchern ergossen, musste er eine andere Lösung gefunden haben; vielleicht eine mit etwas mehr Weitblick. Er hatte ohnehin schon Glück gehabt, dass die beiden von normaler Statur waren. Einen Fettsack hätte er nicht so unauffällig das Rohr hinunter bekommen.

Kurzfristig allerdings würde es schon schwer genug werden, Theas Laune zu ertragen. Nachdem auch das zweite Date sie offensichtlich versetzt hatte.

8.

„David ist im Büro, wegen eines anonymen Hinweises. Sie machen sich auf die Suche." Jenna schloss die Küchentür hinter sich und kam zurück an ihren Platz.

Für alles Mögliche hatte sie bereits sein Handy benutzt, aber für das Telefonat mit David musste es das Relikt auf dem Flur sein ... Greg erschrak beinahe über seinen eigenen Gedanken und rief sich innerlich zur Ordnung. Er hatte sich entschieden.

„Ich habe ihm alles erzählt, von vorne bis hinten und ...", Jenna zögerte. Sie wirkte erschöpft und Greg konnte Schatten unter ihren Augen sehen. „... und jeden einzelnen unserer Schritte."

Nach einer Pause, die sie nutzte, um Wasser in ihren Becher laufen zu lassen, setzte sie fort. Sie wirkte äußerlich unverändert, aber in ihrer Stimme konnte er es hören. Sorge und Zweifel ließen ihren Ton dunkler werden. „Er ist desillusioniert, Maja. So habe ich David noch nie erlebt."

„Ist das ein Wunder, Jenn? Der Junge ist seit Wochen verschwunden. Die Tage, die David mehr als fünf Stunden geschlafen hat, kann er wahrscheinlich an einer Hand abzählen. Der ist fix und fertig."

Majas Worte hingen im Raum wie überreife Äpfel im Klostergarten. In der Küche schien sich eine gewisse Stimmung auszubreiten. Greg konnte spüren, wie die Resignation drohte, auf sie herabzufallen. Und dennoch, alles in ihm schrie danach, der Situation mit etwas Aktivität auf die Sprünge zu helfen. Dafür war er zurückgekommen. Sollten sie sie nicht einfach nutzen, ihre Chance? Sei sie auch noch so klein?

„Ich gehe mal davon aus, dass David heute Abend nicht hierhin kommt?"

Jenna bewegte den Kopf hin und her. „Sie gehen dem anonymen Hinweis nach und suchen ein Haus. Irgendwo weiter im Osten, hinter den Broads."

„Alles klar. Dann werden wir jetzt auch tätig." Energisch schob Greg den Stuhl zurück und zog sein Laptop aus der Tasche. „Wenn unsere Annahmen ansatzweise stimmen sollten, scheint es aus unerfindlichen Gründen einen Zusammenhang zwischen Freyas Tod und dem verschwundenen Jungen zu geben. Also. Stellt euch vor, ihr seid David." Bei aller Disziplin, Greg schaffte es nicht, den Wunsch zu unterdrücken, er wäre David. „Welche unserer Infos sind entscheidend?" Er öffnete das Video von Martin's Market und setzte den Timer auf 18.16 Uhr, gut eine Minute vor dem Schuss. Sehr klar konnte er die Gesichtszüge der Frau erkennen, die, wie sie bereits wussten, auf einen Mann mit einem kleinen Jungen wartete. Die technische Qualität des Films ließ in der Tat nichts zu wünschen übrig. Wirklich gute Arbeit, Josh.

Da seine Frage noch immer unbeantwortet im Raum stand, hob Greg den Kopf. Physisch immerhin waren sie anwesend, auch wenn sich Maja bereits wieder zurückgezogen hatte und offensichtlich mit Zutaten für ein Abendessen hantierte. „Hallo? Jenna? Was ist der Polizei die größte Hilfe?"

„Wenn sie wissen, wen sie festnehmen müssen?", gab Jenna mit einem skeptischen Blick zur Antwort.

„Natürlich!" Greg musste selbst schmunzeln über den Tatendrang, den er in sich spürte. „Wenn sie einen Verdächtigen haben." Ostentativ machte er eine Pause und lehnte sich an seinen Stuhl zurück. „Wenn. Sie. Ein. Gesicht. Haben."

Von der Frau, die zum Zeitpunkt des Schusses im Bild war, suchte er die besten Einstellungen und machte aus verschiedenen Perspektiven zahlreiche Screenshots. Greg lehnte sich zurück. „Seine Mail-Adresse?“ Jenna schien so in Gedanken, dass sie zusammenzuckte. „Die Mail von David? Jenna?“ Bereitwillig sprang sie auf und setzte sich an seine Seite.

„Ich schreibe ihm, von meinem Account aus. Vielleicht liest er die Nachricht dann schneller.“

Sie klickte sich durch die Screenshots, die Greg vorher gemacht hatte und erstellte eine eigene E-Mail mit Anhängen. Er wollte nicht bewusst sehen, was sie ihm schreiben würde; so dicht an dicht konnte er es aber auch nur schwer verhindern.

„David! Wichtig! Bitte ansehen. Martin's Market Video. Jenn.“ Persönlich wäre anders gewesen. Sie betätigte den Senden-Button und lehnte sich zurück.

Greg nutzte den Moment, verstaute den Laptop wieder in seinem Trolley und stand auf. „Falls ich hier momentan nicht helfen kann ...“ Da Maja das Essen zubereitete, hoffte er, dass sie sich angesprochen fühlte. „... würde ich gerade mal meine Sachen wieder nach oben bringen.“

„Ich bin dabei.“ Jenna stand ebenfalls auf. „Maja?“

Eine Melodie in Moll vor sich hin summend – Greg meinte sogar, ein Schostakowitsch-Stück zu erkennen –, nickte Maja nur mit dem Kopf.

„Dreiviertelstunde. Wenn ihr dann fertig seid, wäre das wunderbar.“

Greg kam nicht umhin, wieder festzustellen, dass ihre Ausdrucksweise doch manchmal mehrdeutig war. „Na dann. Bitte sehr." Mit eleganter Geste ließ er Jenna den Vortritt.

Nachdem die Treppe in den ersten Stock mehr als deutlich protestierte, dass sie zwei Personen gleichzeitig tragen musste, drehte sich Jenna auf der obersten Stufe ohne Vorwarnung um. Der Höhenunterschied zwischen den Stufen sorgte augenblicklich dafür, dass sie Nase an Nase voreinander standen. Sofort setzte sie einen Schritt zur Seite.

„Wie geht es Ihnen eigentlich?"

Wahrscheinlich zum ersten Mal seit der Szene im Krankenhaus spielte sie ohne erkennbare Zeichen von Ärger oder Spott auf das Thema an. Langsam bewegte er seinen verbundenen Arm hin und her. „Einen Marathon würde ich jetzt nicht laufen wollen."

Insgeheim war er natürlich auf dem Weg, um sich weitere der wirksamen Tabletten zu genehmigen. Noch nicht ein einziges Mal hatte er so viele Stunden zwischen den Medikamenten vergehen lassen, um überhaupt fühlen zu können, wie sich die Schmerzen inzwischen anfühlen würden.

Ohne Eile liefen sie den langen Flur entlang. Ein paar Meter tiefer, und sie würden durch die Reihen der wiederentdeckten Bibliothek wandeln. Bevor sie zu ihrem Eckzimmer abbog, blieb Jenna noch einmal stehen.

„Wer nicht pünktlich wieder an der Küchentür steht, hat verloren" sagte sie freudig und hatte dabei ein Grinsen von einem bis zum anderen Ohr auf dem Gesicht.

Wie schon so oft war er irritiert über ihre Stimmungsschwankungen, grinste nur unbeholfen und machte sich über die gewundene Treppe an den Aufstieg. Als er oben in seinem Zimmer ankam, stellte er fest, dass sie absolut nichts verändert hatten; er war keine vierundzwanzig Stunden weg gewesen.

Greg ließ den Trolley mitten im Raum stehen, nahm zwei Tabletten und versuchte, lang auf dem Bett ausgestreckt, etwas Ordnung in seine Gedanken zu bringen.

9.

Von weit her drang ein rhythmisches Knarren an sein Ohr. Er sah Jenna, wie sie elegant die Treppe zur Küche hinabstieg, Stufe für Stufe, die dunklen Haare offen über Schultern und Rücken, die grünen Augen leuchtend unter den langen Wimpern. Strahlend glücklich kam sie Schritt für Schritt auf ihn zu und das Holz ächzte und krachte ...

Greg konnte selbst spüren, wie er zusammenfuhr, wie sich sein Herzschlag in einem Bruchteil der Sekunde zu verdreifachen schien, wie das Blut durch seine Adern rauschte und eine plötzliche Anspannung wie ein Stromschlag durch jede Zelle seines Körpers fuhr. Jenna war weg. Aber dafür war er aufgewacht.

Er brauchte trotzdem noch eine Menge weiterer Atemzüge, bis er endlich realisierte, dass Jenna wohl tatsächlich die Treppe hinunterschritt. Ein Blick auf sein Handy reichte aus, um ihm lediglich zu bestätigen, was er bereits in sich gefühlt hatte; dass er seit Minuten hätte unten sein sollen. Er war eingeschlafen!

Greg fegte durch sein Turmzimmer, steckte das Handy ein, richtete seine Kleidung, nahm eine weitere Schmerztablette und klatschte sich eine Handvoll Wasser ins Gesicht. Dann fuhr er sich ein paar Mal mit den Fingern durch die Haare und gab sich einen Moment vor dem Spiegel. Er stellte nicht nur fest, dass er halbwegs passabel aussah, sondern vor allem, dass er großen Hunger hatte. Er verließ sein Zimmer und freute sich einfach nur auf ein gutes und ausgiebiges Abendessen.

Die letzten Stufen seiner Turmtreppe nahm er mit so viel Schwung, dass er beinahe in die dunkle Silhouette hineingesprungen wäre, die plötzlich vor ihm im Flur auftauchte. Doch vollständig bremsen konnte er nicht mehr. Im letzten Moment drehte er sich zur Seite und rammte mit seinem Verband gegen Jennas Rippen. Die Schmerzexplosion war derart heftig, dass er zwar nicht mitbekam, wie sie ausholte, doch das klatschende Geräusch und das Brennen an seiner Wange konnte er umso deutlicher hören und fühlen. Sie hatte ihm ins Gesicht geschlagen.

Greg stand auf den Dielen und tat gar nichts. Er wartete ab, bis sich das Klopfen im Arm auf ein erträgliches Maß reduziert hatte. Die Wange war dagegen Nebensache. Dann hob er den Blick und sah Jenna mit dem Rücken gegen die Wand gepresst, die flachen Hände an ihren Seiten. Ihr Brustkorb hob und senkte sich deutlich. Ihre Augen waren dunkel und glühten, verborgen hinter einzelnen Haarsträhnen; wie ein Panther in einem Hinterhalt.

„Jenna, wo sind Sie?“ Greg schaute von unten nach oben, um ihren Blick einzufangen. Nach etlichen Sekunden sah er Spuren von Erkenntnis in ihren Augen.

„Greg.“

Nicht ganz so bitterböse wie neulich, jedoch nur wenig freundlicher starrte sie ihm entgegen.

„Hi, Jenna, Sie haben mir eine runtergehauen.“

Ihr Blick wandelte sich. Mit aufgerissenen Augen trat sie einen Schritt auf ihn zu.

„Oh.“

Greg musste lachen. Er empfand die Situation als derart skurril, dass er es nur auf die Drogen schieben konnte, die gerade in Form von Schmerzmitteln durch seine Adern rauschten. „Jenna. Stehen Sie gern einfach so im Weg und schlagen zu?“

„Oh verdammt, Greg, entschuldigen Sie, das war ... das muss purer Reflex gewesen sein.“

Ihre Augen verdunkelten sich und es kam ihm vor, als wäre sie gedanklich gerade nicht bei ihm, sondern weit weg in der Zeit. Der Moment war nur flüchtig und Greg sah, wie sie sich zwang, wieder in der Gegenwart anzukommen.

„Eigentlich wollte ich Ihnen ja nur das Abendessen retten. Ich war schon unten“, beeilte sie sich fortzusetzen. „Da es in der Küche allerdings totenstill war, bin ich an der Treppe wieder umgedreht und wollte nach Ihnen sehen. Ich dachte, Sie wären eingeschlafen."

„Ich! Eingeschlafen! Ich schlafe nicht ... im Gegensatz zu meinen Studenten."

Nach dem Schrecken im dunklen Flur gingen sie den Umständen entsprechend gut gelaunt in Richtung Küche. Sie entlockten der knarrenden Treppe so viel Lärm wie nur möglich, und noch während Jenna schließlich die Hand auf die Klinke legte und die Tür aufschob, blickte sie über ihre Schulter zu ihm zurück.

„Ich habe übrigens gewonnen. Erste!", sagte sie freudig und gab der Tür einen letzten Schwung.

Er konnte ihn zuerst sehen.

10.

Instinktiv machte Greg einen großen Schritt und nahm Jenna den Raum. Er quittierte es mit einem Lachen. Greg hätte es auch wiedererkannt, ohne ihn zu sehen.

Der Mann, der eine so auffällige Narbe am Hals trug; eine Narbe, die bis zur Wange hochreichte, wie eine züngelnde Flamme; dieser Mann saß am Tisch in der Klosterküche.

Er saß etwas schräg an der langen Seite, hatte sowohl die Außentür und die Küchenzeile als auch die Innentür im Blick. Greg konnte spüren, wie Jenna nach links trat.

„Michael. Was für eine Überraschung."

Greg hatte bereits so viel Zeit mit ihr verbracht, dass er ihren Ton durchaus deuten konnte. Sie war unsicher. Genauso wenig wie er selbst wusste sie nicht, was sie von dem Besucher in ihrer Küche halten sollte.

Michael nickte ihnen lächelnd zu. Ansonsten blieb er still.

Darum bemüht, nicht völlig ratlos zu wirken, sah Greg sich im Raum um. Von ihrer Position an der Tür war nicht mehr Erkenntnis zu erhoffen als von jedem anderen Platz in der Küche. Also bewegte er sich vorwärts in Richtung Anrichte. Jenna folgte ihm bis zu dem Stuhl, der ihr am nächsten war, und legte beide Hände auf der Lehne ab.

„Wo ist Maja?" Noch in der Bewegung versuchte Greg seine Frage so beiläufig wie möglich klingen zu lassen. Bereits im ersten Moment, als er Michael wahrgenommen hatte, war ihm klar gewesen, dass er allein im Raum saß.

Greg sah, dass Jennas Hände nicht mehr locker auf der Stuhllehne lagen. Deutlicher als noch vor Sekunden traten ihre Knöchel hervor.

„Maja. Ja …", antwortete Michael gedehnt. Als ob er sich noch damit abfinden müsste, dass er überhaupt reden sollte; oder vielleicht sogar seine Anwesenheit rechtfertigen.

„Sie ist nicht da."

Mit einem zufriedenen Gesichtsausdruck schaute er von Greg zu Jenna und wieder zurück; als hätte er damit alle Fragen vollumfänglich beantwortet.

Greg schaute zu den Herdplatten in seinem Rücken. Ein überdimensionaler Topf mit schräg aufgelegtem Deckel stand auf der Kochstelle, aber lediglich eine minimale bläuliche Flamme zeigte an, dass sich darin vermutlich auch etwas Essbares befand. Ein einzelner Teller mit einem Löffel stand rechts vom Herd, zwei weitere noch gestapelt links davon.

Ungewöhnlich.

Als wäre Maja mitten in ihrem Tun unterbrochen worden. „Hat sie eine Nachricht für uns hinterlassen?", fragte Greg.

Michael wackelte nur mit dem Kopf hin und her und musterte sie weiterhin abwechselnd mit einem naiv wirkenden Grinsen im Gesicht. Auf Greg wirkte sein Verhalten noch beeindruckender als James' handfeste Drohungen in seinem Londoner Büro; bevor er nach Tathitus Log aufgebrochen war. Aber nicht nur das, Michaels Verhalten reizte ihn. Ein kleiner Zornesfunke hatte sich in seiner Magengegend gebildet.

„Hat sie irgendetwas gesagt? Wann sie wiederkommt?", versuchte Greg es ein weiteres Mal und bemühte sich um einen möglichst neutralen Tonfall.

„Mhm ..." Michael zog die Lippen nach innen, presste sie fest aufeinander und wirkte dabei absolut kindisch. Er wendete den Kopf mal hierhin, mal dorthin, stellte beide Füße eng nebeneinander, legte die flachen Hände zusammen in seinen Schoß und ließ die Schultern hängen.

Als wäre ihm, nach einer gefühlten Ewigkeit, aus dem Nichts heraus schließlich eine Antwort in den Kopf gekommen, sah er Greg schließlich entgegen.

Sein Ausdruck hatte sich verwandelt. Die einfältige Mimik war weg. Ein Lächeln lag auf seinen Lippen; so eisig wie der Frost draußen.

„Konnte sie nicht mehr", sagte Michael ungerührt.

11.

So kontrolliert Jennas Verhalten rein äußerlich auch schien, so unbeständig und fragil war es darunter. Nur ein Kratzer an der Oberfläche und ihre Fassung würde arg ins Wanken geraten. Ganz unabsichtlich trug er nicht einmal den gewohnten Rollkragen, der seine Narbe sonst so gut versteckte; aus seinem schlichten Ausschnitt schmückte sie lang seine Halsseite hinauf. Amüsiert beobachtete er, was geschah. Er fand Gefallen an seinem Spiel.

Nach wie vor unbewegt standen sie vor ihm. Nahezu identisch huschten ihre Blicke durch den Raum, doch völlig unterschiedlich schienen sie die spärlichen Informationen zu verarbeiten, die er ihnen hingeworfen hatte.

Befürchtung und Hoffnung wechselten in Jennas Blick so schnell, dass ihre unbewegte Haltung einen skurrilen Kontrast dazu bildete. In Greg war die Sorge um Maja bereits mit einem gehörigen Maß an Wut gepaart. Nicht ungewöhnlich, doch wieder einmal hätte er dem äußerlich so distinguiert wirkenden Mann diese Reaktion nicht zugetraut. Als er gerade überlegte, wie er sie nervlich noch etwas weiter in Richtung Demoralisierung treiben konnte, wurde ihm diese Entscheidung im nächsten Moment bereits abgenommen.

Ein derart penetrantes Klingeln zerriss die Stille zwischen den vier Wänden, dass er ihnen ihr Zusammenzucken nicht verübeln konnte; nicht einmal, wenn sie bis an die Decke gegangen wären. Ansonsten allerdings passierte leider nichts. Greg und Jenna starrten ihn an. Niemand setzte sich in Bewegung.

„Möchten Sie nicht vielleicht ans Telefon gehen, Jenna? Ich lasse ihn auch in der Zeit in Ruhe, versprochen."

Greg würde es lieben, sie aus der Schusslinie zu haben; er würde ihn dafür hassen, dass er sich über ihr Verhältnis zueinander lustig machte, welches sie scheinbar selbst nicht kannten. Vor allem aber musste er irgendwie weiterkommen. Vielleicht würde er ihnen noch ganz anderes androhen müssen. Natürlich blieb Jenna stehen.

„*Gehen Sie an das verflixte Telefon!*" Er wollte eigentlich nicht *verflixt* sagen, aber wer wusste schon, was noch passieren würde. Er musste irgendwie steigerungsfähig bleiben.

Nach einem letzten Blick hin und her, zwischen Greg und ihm, setzte sie sich endlich in Bewegung und lief aus dem Zimmer. Wie dankbar er ihr doch war, dass die aggressive Klingelei ein Ende hatte. Dafür war Greg nun deutlich grimmiger als noch zuvor in ihrer Anwesenheit. Er fokussierte ihn aus zusammengekniffenen Augen, blieb aber stumm.

Ebenfalls still harrte er der Dinge, die kommen würden, und weil er bereits eine vage Vermutung hatte, was zumindest als Nächstes passieren könnte, verschwendete er auch keine Gedanken mehr an irgendwelche Pläne zu weiteren Schritten.

Aus dem Flur klang ein freudiger Ausruf zu ihnen herein. Schneller als erwartet kam Jenna zurück, und unverzüglich konnte er genau das sehen, was er geahnt hatte. Ihr Teint schien vor Erleichterung zu strahlen. Aus ihren Augen leuchtete ihm die Glückseligkeit entgegen. *Spielverderber!* Immerhin konnte er sich noch an Gregs völlig verdatterter Miene erfreuen. Auf Jennas Stimmungswechsel schien er sich absolut keinen Reim machen zu können.

„Das war Maja!“, rief Jenna aus.

Wenn überhaupt möglich, blickte Greg noch verwirrter drein.

„Eigentlich wollte sie nur mal eben Essen hinbringen, aber sie ist aufgehalten worden im Heim. Sie hat nur angerufen, um Bescheid zu geben, dass wir nicht warten sollen.“

Jenna war dermaßen aufgeregt, dass sie erst einmal Luft holen musste. Gregs Gesichtszüge wirkten weniger hart als noch zuvor, er setzte einen halben Schritt nach hinten und lehnte sich gegen die Küchenzeile. „Was tun Sie hier, Michael?“

Schlicht und direkt. Irgendwie wurde Greg ihm sympathisch. „Ich wollte natürlich sehen, wie es Ihnen geht.“ Offenbar reichte ihm das als Antwort nicht aus. Auffordernd blickte Greg ihm in die Augen.

„Ich hatte angeklopft und gemerkt, dass die Tür nur angelehnt war. Und da es aussah ...“, er deutete auf den Topf und die Teller, „... als würde jeden Moment jemand zum Essen kommen, habe ich die Tür geschlossen und hier am Tisch gewartet.“ Dabei verschwieg er allerdings, dass er bereits draußen zwischen den Eichen gestanden und beobachtet hatte; unter anderem auch, wie Maja mit dem Morris Minor in Richtung Dorf gestartet war. „Von einer Maja wusste ich nichts. Hier war niemand“, setzte er mit hängenden Schultern hinzu.

„Haben Sie Hunger, Michael?“, fragte Jenna.

Er musste auflachen, als er Gregs Reaktion auf ihre Frage beobachtete. Im ersten Moment schien er seinen Ohren nicht trauen zu wollen. Dann blickte er sie so entsetzt und wütend an, als wolle er ihr an die Gurgel springen. Auch das hätte er gerne noch weiter beobachtet, doch wieder einmal passierte etwas anderes. Zu gern hätte er Gregs Miene gesehen, wenn er der Essenseinladung mit Freude zugestimmt hätte. Erneut klingelte das Telefon.

„Moment, ich gehe mal gerade dran. Und danach essen wir“, sagte Jenna und rauschte von ganz allein aus der Küche hinaus.

Stille.

Unbewegt stand Greg noch immer an der Küchenzeile. Sein Gesichtsausdruck allerdings konterkarierte den äußeren Frieden; in ihm schien es heftig zu arbeiten. Vermutlich war er gerade bei der Frage angelangt, ob er seinem Retter aus dem Wald vielleicht Unrecht tat. Er war wirklich gespannt, ob Greg sich so leicht in die Irre führen ließ. Auch dies jedoch blieb eine offene Frage, deren Antwort ihm leider nicht vergönnt war.

Die Küchentür flog vollständig auf und knallte mit Schwung gegen die Wand. Wüsste er nicht ganz sicher, dass sie drei allein im Kloster waren, wäre er alarmiert auf die Füße gesprungen. So blieb er entspannt auf seinem Stuhl und taxierte Jennas Gesichtsausdruck.

Ihre Stirn war gerunzelt, die Lippen derart zusammengepresst, dass nur noch ein Strich zu sehen war. Der Ton ihrer ohnehin hellen Haut schien um eine Spur blasser geworden zu sein. Stocksteif stand sie mitten im Raum. Nur flüchtig warf sie ihm einen gehetzten Blick zu, bevor sie sich Greg zuwandte. Allerdings schienen ihr die Worte zu fehlen. Also war etwas passiert; etwas, was offensichtlich nichts mit ihm zu tun hatte. Obwohl er doch bedauerte, dass es wohl kein Essen mehr geben würde, war er neugierig.

„Greg“, sagte Jenna und ihre Stimme war dabei so tonlos wie die Farbe ihrer Haut. „Der anonyme Hinweis, David ... der Hinweis, es war ein Foto. Die Polizei hat ein Foto erhalten, mit einem Haus. Und einer Frau auf dem Gehweg.“

Hilfesuchend wedelte Jenna mit den Armen in der Luft. Als würde sie sich den Raum zum Sprechen erst erkämpfen müssen. Dabei hingen sie geradezu an ihren Lippen und warteten gebannt, was folgen würde.

„Sie ist identisch mit der Frau, die an dem Abend vor Martin's Market stand ... die Frau mit dem Mann und dem kleinen Jungen!"

Er wusste, welchen Abend sie meinte und er wusste in dem Moment, als sie es ausgesprochen hatte, was es bedeutete, was passiert war, dass er einen Fehler begangen hatte.

Ihre Worte, die noch als Nachklang im Raum zu fühlen waren, blendeten sich gleichmäßig aus und wurden von einem langgezogenen Piepen überlagert, das an einem Ohr anfing und schließlich seinen gesamten Kopf ausfüllte. Geräusche und Stimmen drangen nur noch wie durch Watte zu ihm durch. Die Welt begann sich zu drehen. Schatten wirbelten um ihn herum; die Frauen, die unzähligen Mädchen, die Stimmen aus der Dunkelheit. Sie waren zurück. Sie stiegen auf aus den Tiefen. Sie war aufgestiegen aus der Tiefe. *Mit ihren langen dunklen Haaren und großen Augen, die so tief grün schimmerten wie manchmal das Meer im Sonnenlicht.* Dort stand sie, mitten im Raum. Sie war zurück. Und er hatte einfach nicht hingesehen. Sie forderte Rache. Vergeltung. Mit jedem Recht dieser Welt. So deutlich und wahrhaftig, wie die Hand an seiner Schulter ...

„Michael?"

Er musste blinzeln und überlegte angestrengt, wer Michael war. Unsanft rüttelte es an seiner Schulter.

„Michael?"

Er hatte noch keine Antwort darauf gefunden, wer wirklich gemeint war. Doch er kam auch nicht dazu, es zuende zu denken. Sein Kopf schien zu explodieren, und mit einem Schlag verstummte das Piepen, verschwanden die Schatten, standen die Klosterwände wieder dort, wo sie hingehörten.

Hektisch und viel zu tief atmete er ein und bekam einen Hustenanfall, der ihn zu ersticken drohte. Seine Wange brannte wie Feuer, und er versuchte sich auf den Schmerz zu konzentrieren, der gerade so heilsam real wirkte, dass er schnell wieder zurück war in der Welt, in der Greg ihm eine runtergehauen hatte. Er war ihm dankbar dafür.

Für seine Naivität hätte er noch viel mehr Schläge verdient. Er hätte es verhindern müssen.

Der Teufel ... sie hatte es wieder getan.

12.

Ja, vielleicht hatte Greg kräftiger zugeschlagen als nötig. Nein, es tat ihm überhaupt nicht leid. Eigentlich hätte er die Situation sogar nutzen und Michael auf seinem Stuhl festbinden sollen. Die Gelegenheit würde sich so schnell kein zweites Mal ergeben. Er konnte es in Michaels Augen sehen; zumindest nachdem er wieder unter den Lebenden war.

Greg war Etliches gewohnt. In puncto kuriose Krankheiten und gesundheitliche Einschränkungen war seine eigene Familiengeschichte ein unerschöpflicher Erfahrungsschatz. Dass ein Mensch von jetzt auf gleich in sich selbst verschwand und hin wieder auch zu jemand anderem wurde, hatte er bereits bei Jenna kennenlernen müssen. Dass sich jemand geistig offenbar in eine andere Art von Welt so vollumfänglich zurückzog und dabei physisch das Atmen einstellte, war ihm neu.

Obwohl Michael noch immer mit seinem Husten zu kämpfen hatte, sprang er bereits auf die Füße und machte sich der Gegenwart gewahr, in die er so abrupt zurückgeholt worden war.

„Wir fahren."

Es war mehr ein Krächzen als tatsächlich gesprochen. Doch allein diese Unerbittlichkeit, die aus Michaels zwei Worten klang ... der Mann war eine Bedrohung.

„Wir fahren. Sofort!"

Michaels Ansage schien unmissverständlich; dennoch, niemand bewegte sich. Jenna blickte abschätzend von einem zum anderen. Greg konnte sein Drohen unter der Fassade zwar spüren, allerdings hatte er weder eine Idee noch geeignete Mittel, um sich und Jenna schützen zu können. Also wartete er. Michael wäre gezwungen, zu reagieren.

Er ließ das Kinn bis fast auf die Brust sinken. Die Hände an den herabhängenden Armen waren so stark zu Fäusten geballt, dass sie erst rötlich und dann immer weißer wurden. Er atmete ein und wieder aus. Dann öffnete er langsam die Fäuste an seinen Seiten, bewegte vorsichtig die Finger in alle Richtungen, hob den Kopf und begegnete ihren Blicken. Mit der Rechten griff er zur Brille und zog sie von der Nase. Mit der anderen Hand fuhr er sich in die Haare und zog daran; immer und immer wieder. Nach ein paar Mal hinterließ er dabei einen

Strubbellook, bei dem jeder Londoner Friseur vor Neid erblassen würde. Greg hatte den Eindruck, er musste sich regelrecht zwingen, seine Hand wieder zu senken. Dann wandte Michael sich Jenna zu.

„Ich kann nicht fahren." Sie hob abwehrend die Hände, obwohl er noch gar nichts gesagt hatte. Dann stockte sie mitten in der Bewegung.

„Sie wissen, wo das Haus steht?", fragte Michael.

Sie antwortete nicht sofort. Auffällig starr sah sie ihm in die Augen, bevor sie zögernd sprach: „Ungefähr ... nicht so ... ganz genau."

„Dann finden Sie es heraus, aber während der Fahrt. Sie wissen ja, wie sein Handy funktioniert", sagte er und deutete beiläufig auf Greg.

Michael setzte die Brille wieder an ihren angestammten Platz und schien zu überlegen, wie er fortfuhr. „Ich kenne sie; sie, die den Jungen hat, von früher. Wenn sie sich noch immer mit ähnlichen Männern wie damals umgibt, sollten Sie sich für David wünschen, dass wir ihn noch rechtzeitig warnen können."

Greg hätte beinahe spontanen Applaus gespendet. Er kam nicht umhin, dem Mann Respekt zu zollen. Die Beziehung zwischen Jenna und dem jungen Detective konnte Michael höchstens erraten haben; allein aus der Art, wie sie dessen Namen genannt hatte.

Jennas Gesicht spiegelte sofort, dass der Schuss ins Blaue ein Treffer gewesen war. Ihre Körperhaltung veränderte sich; mit hoch erhobenem Kinn stand sie nun an ihrem Stuhl. Wenn sie dem ungebetenen Gast auch ganz sicher nicht vertraute, seiner Argumentation schien sie folgen zu können; zu wollen. Ihre Schultern strafften sich.

„Unser Wagen ist nicht da“, sagte sie.

„Sie telefonieren. Ich fahre.“ Auf dem Absatz machte Michael kehrt und verschwand auf den Hof hinaus.

Greg wusste bereits um die Aussichtslosigkeit seines Unterfangens noch bevor er den Mund aufgemacht hatte. Er versuchte es dennoch.

„Jenna! Er ist gefährlich. Dort ist etwas. Unter der Oberfläche. Ich weiß, dass Sie das auch spüren! Haben Sie die Polizei benachrichtigt? Sie hatten doch David am Telefon!“

Stumm blickte sie ihm entgegen. Ihre Augen transportierten einen Ausdruck, den er nicht deuten konnte; so wenig wie ihre Antwort.

„Ich weiß, wer er ist.“

Sie ging auf den Flur und kam mit ihren Jacken über dem Arm wieder zurück. Nur im Vorbeigehen drückte sie ihm brüsk seinen Mantel in die Hand, löschte die Flamme am Herd und folgte Michael.

Seufzend zog sich Greg an und lief ihnen hinterher in die Kälte.

13.

Für Schaulustige, die sich dicht an dicht vor einem Absperrband drängten, war die Gegend definitiv zu nobel. Und sehr wahrscheinlich war es auch einfach viel zu kalt. In angemessenem Abstand konnte er nur sehr kleine Grüppchen ausmachen, die das Geschehen neugierig verfolgten.

Alle Zufahrtswege waren längst versperrt. Er ließ den Defender stehen, wo er halten konnte. Mit großen Schritten lief er zum Absperrband. Er war dicht dran.

„Jenn!“ Aus dem Trubel vor dem Haus trabte ein junger Mann auf sie zu, David vermutlich. „Jenn, gerade kann ich nicht.“ Noch in der Bewegung warf er ihm und Greg strenge Blicke entgegen. Danach sah er mit einem fragenden Ausdruck zu Jenna.

„Das ist Greg. Hatte ich doch erwähnt. Und das ist ...“ Jenna sah ihm direkt in die Augen. „Das ist Michael. Ein Bekannter. Er hat uns freundlicherweise gefahren.“

David schien nicht erfreut zu sein über unnötige Besucher, ließ es jedoch für den Moment dabei bewenden. „Wir müssen noch einiges klären. Gegenüber vom Haus ist eine Bank; dort unter dem Baum.“ David deutete auf ein fast kahles Wallnussbaumgerippe. „Wartet bitte.“ Dann lief er zurück zum Haus.

„David, die Frau ... ist alles in Ordnung?“, rief Jenna ihm hinterher.

Er blieb stehen und drehte sich um. „Wir haben sie. Aber den Jungen nicht. Obwohl es im Haus massenhaft Spuren gibt.“ Angespannt warf David einen letzten Blick herüber und ging.

Er stand noch immer vor dem Absperrband. *Wir haben sie,* hatte David gesagt. Äußerlich unbewegt musterte er die Mischung aus Rettungswagen sowie dienstlichen und zivilen Polizeifahrzeugen. In Richtung der angezeigten Bank gehend konnte er unauffällig sein Umfeld aus unterschiedlichen Blickwinkeln betrachten. In keinem der Pkws war auf der Rückbank eine Person oder auch nur eine Silhouette auszumachen.

Bis auf ...

Sein Blick blieb an einem finsteren Glas im Heck einer schwarzen Volvo Limousine hängen. Soweit er festgestellt hatte, war es der einzige Wagen mit abgedunkelten Scheiben. In Fahrtrichtung stand der Pkw ordentlich geparkt am Straßenrand; genau vor den Steinstufen, die zur Fronttür des Hauses führten. Vielleicht nur Zufall.

An der Bank angekommen blieben sie unschlüssig stehen. Die Kälte lud nicht unbedingt zum Sitzen ein. Auch ohne sich umzuschauen, konnte er fühlen, dass Greg ihn seit der Abfahrt aus dem Kloster nicht einmal aus den Augen gelassen hatte. Er musterte ihn so skeptisch wie eine Antilope die umherschleichende Raubkatze, stets darauf bedacht, mit Jenna hinter ihm zu bleiben. Auch gerade hielten sie sich noch viele Meter entfernt. Im Zweifel würde das auch nicht helfen.

Er lehnte sich mit der Schulter gegen den Walnussbaum. Als Jennas Begleitung hatte David sie bereits näher an das Haus gelassen, als er es als fremde Person jemals geschafft hätte. Doch realistisch geschätzt standen seine Chancen dennoch nicht gut; zumindest nicht, wenn es darum ging, herauszufinden, wer oder was sich hinter den dunklen Scheiben des Volvos befand. Er spielte im Kopf alle Möglichkeiten der gegebenen Situation durch, als seine Aufmerksamkeit von einem toten Blatt über ihm abgelenkt wurde. Durch einen kaum spürbaren Wind wurde es in seine Richtung gelenkt.

Automatisch hob er den Kopf und sofort zog ihm ein Geruch in die Nase, so ausgefallen, signifikant und unverwechselbar, dass er nicht glauben konnte, der einzige zu sein, der es wahrnahm. Unauffällig und gleichzeitig prüfend blickte er von Jenna und Greg hinüber zu Polizisten, Spurensicherung und Technikern.

Bedingt durch die Windrichtung schien es purer Zufall zu sein, dass der Gestank noch kein weiteres Aufsehen erregt hatte. Langsam, fast schlendernd, mit den Händen in den Taschen setzte er sich in Bewegung. Entgegengesetzt zum Haus betrat er die Straße, schlüpfte unter dem Absperrband hindurch und lief schräg auf den gegenüberliegenden Bürgersteig zu. Mit jedem Schritt wurde es einfacher, der Spur zu folgen. Er musste lediglich die Nase in die Luft halten.

Einen guten Meter vor einem Kanaldeckel raubte es ihm schließlich den Atem. In sicherer Entfernung hinter dem Zugang zur Kanalisation blieb er stehen und schaute sich erneut um. Nichts hatte sich verändert. Jenna und Greg beobachteten ihn aus der Ferne. Alle anderen Personen, die so ein Einsatz mit sich brachte, machten einen unverändert tätigen

Eindruck; absorbiert von geschäftiger Professionalität.

Zwar hatte er überhaupt keine Ahnung, wie es zuging, dass er noch immer der einzige war, der die Verwesung roch. Doch ihm kam eine Idee in den Sinn, wie er genau das nutzen könnte. Was auch immer dort unten war. Diese Intensität konnte nicht allein von einer toten Katze herrühren; nicht einmal von einem Bernhardiner. Also war es doch seine Bürgerpflicht, einen der Ordnungsbeamten darauf hinzuweisen.

Noch eingehender sondierte er die Aktivitäten des Polizeipersonals und passte einen Moment ab, der zwei Uniformierte zu einem Wagen in seiner Richtung marschieren ließ. Zügig setzte er sich ebenfalls in Bewegung. Er kam gerade noch in Reichweite, bevor sie auch das zweite Bein im Pkw hatten. „Tschuldigung, da is was Totes."

Er versuchte, ein wenig zu nuscheln, während er aus dem Dunkel heraus direkt auf sie zu hielt, allein vom Zwielicht der Straßenlaternen beschienen. Vermutlich waren nur seine Umrisse erkennbar. Er konnte es ihnen nicht verübeln, dass sie zuerst die Hand auf der Waffe hatten, bevor sie verbal reagierten.

„Wie bitte?", fragte der kleinere der beiden Polizisten, der trotz der Kälte lediglich ein kurzärmeliges Hemd trug. Er reichte kaum über das Wagendach.

Im Augenwinkel konnte er sehen, dass der wesentlich größere Kollege unauffällig ein paar Schritte zurücktrat. Nun bildeten sie ein wunderschönes gleichschenkliges Dreieck. Perfekte Schusspositionen.

„Was Totes. Im Kanal dort. Stinkt fies." Vor dem Hintergrund, dass der Junge noch nicht entdeckt wurde, tauschten sie über das Wagendach hinweg alarmierte Blicke aus. Bewusst hatte er nicht hinzugefügt, dass dort unten mehr Kilos liegen müssen, als es der Körper eines Kindes hergäbe.

„Wir schauen mal." Kleiner Mann in Uniform.

„Gehen Sie bitte vor." Großer Mann in Uniform.

Fügsam trottete er los in Richtung Kanaldeckel. Im Nacken spürte er zwar ihre Blicke, doch allein von der theoretischen Möglichkeit, dass sie tatsächlich etwas finden könnten, schienen sie bereits abgelenkt. Er hörte sie diskutieren, während sie ihm folgten. Gut so.

Da die beiden nicht genau wissen konnten, wohin er sie führen wollte, machte er einen Umweg und sorgte so dafür, dass sie sich möglichst schnell entgegengesetzt der Windrichtung bewegten. Wie in einen dichten Vorhang aus Regen trat er von einem zum anderen Schritt in den Geruchskorridor ein. Die Reaktion hinter ihm ließ nicht lange auf sich warten.

„Oh Mann!"

„Um Gottes willen!"

„Zur Seite!", rief die Stimme des kleinen Polizisten von hinten.

Aber sehr gerne doch. Er drehte sich um und ließ die beiden an sich vorbeieilen, während er selbst zusah, möglichst schnell wieder ein paar große Schritte abseits zu treten; hinein ins Dunkle in einen Bereich ohne Straßenlicht, aus den Augen und den Sinnen der Uniformierten, die bereits weitere Beamte per Funk verständigt hatten.

Die Limousine mit den abgedunkelten Scheiben blieb weitgehend unbeachtet zurück.

14.

„... der schwarze Mann, Michael ..." Jenna hielt inne, mitten im Satz. Ihr Blick ging unverwandt an ihm vorbei, abseits vom Haus entlang der Straße. Michael hatte sich so weit von ihnen entfernt, dass Greg ihn im Laufe des Gesprächs sogar ganz aus den Augen gelassen hatte. Wie konnte er schon gefährlich werden, bei der Menge an Uniformierten vor Ort?

Als Greg nun ihrem Blick und damit Michaels Bewegungen folgte, konnte er gerade noch beobachten, dass er mit zwei Polizisten im Schlepptau einen Schlenker auf die Straße machte; nur, um dann schnurstracks wieder auf einen offenbar ihm allein bekannten Punkt Richtung Gehweg zuzusteuern. Und noch während Greg sich fragte, was er dort eigentlich tat, veränderte sich die Atmosphäre vor seinen Augen.

In die qualifiziert wirkende Betriebsamkeit, die er zuvor wahrgenommen hatte, mischte sich nun ein Hauch von Hektik. Die in Hinsicht ihrer Körpergröße sehr ungleichen Uniformierten eilten gestikulierend an Michael vorbei. Der Kleine im Kurzarmhemd sprach engagiert in ein Funkgerät. Der größere Beamte mit langen Hemdsärmeln steuerte zögerlich auf etwas in der Straße zu, was Greg nicht unmittelbar ausmachen konnte.

Er folgte seiner Richtung mit den Augen und konnte einen Kanaldeckel erkennen, aus welchem feine Dampffäden in die Außenluft aufstiegen. Von der Seite und sehr vorsichtig beugte der Große sich darüber und schien eine Möglichkeit zu sondieren, wie der Deckel geöffnet werden könnte.

Mehr als ungewöhnlich war die heftige Reaktion, die danach folgte. Im diffusen Licht der Straßenlaternen konnte Greg nicht alle Details erkennen. Aber seine Gestik war eindeutig. Ab einem bestimmten Moment mitten in der Bewegung prallte der Polizist so angeekelt zurück, als wäre er gegen eine Wand voller wimmelnder Maden gelaufen.

Weitere Beamte und Techniker kamen hinzu, und der Fokus der Aufmerksamkeit verlagerte sich deutlich vom Haus in Richtung des Deckels. Er konnte David sehen. In Begleitung eines auffallend hageren Mannes ging er vom Haupteingang die Stufen hinunter zum Gehweg. Sie wandten sich nach links und folgten mit ernsten Mienen dem allgemeinen Interesse entlang der Straße. Die buschigen Augenbrauen über der knochigen Hakennase waren derart zusammengezogen, dass Davids Begleitung wie eine Karikatur seiner selbst aussah.

Dort, wo eben noch die beiden Detectives über den Gehweg gelaufen waren, tauchte nun Michael wieder auf; wie aus dem Nichts, aus dem Himmel gefallen. Fast schlendernd näherte er sich einer dunklen Limousine, die direkt vor dem Haupteingang des Hauses geparkt stand. Im Gegensatz zum Trubel der Betriebsamkeit, die sich rund um die Kanalisation weiter rechts drehte, bewegte er sich beinahe so ruhig wie in Zeitlupe; eine großgewachsene Erscheinung, die sich geschmeidig und selbstverständlich vorwärtsbewegte.

Michael lief auf die Front des am Straßenrand stehenden Wagens zu. So beiläufig er sich auch zu bewegen versuchte, für Greg war es offensichtlich, dass er immer wieder leicht den Kopf senkte, um konzentriert ins Innere des Volvos zu linsen.

Direkt neben dem Pkw angelangt, konnte Greg schließlich kaum glauben, was er sah. Mit dem letzten Schritt auf Höhe der linken Hecktür drehte Michael den Rücken zum Wagen und schien gleichzeitig in dessen Griff zu fassen. Wie von Geisterhand stand die Tür einen Spalt breit auf, während er aufmerksam in alle Richtungen blickte. Dann drehte er seine Schulter um fünfundvierzig Grad zum Pkw, trat einen Schritt rückwärts, duckte sich leicht und warf einen schnellen Blick auf die Rückbank, bevor die Tür geräuschlos wieder geschlossen wurde. Mit einem großen Schritt katapultierte er sich mitten auf den Gehweg zurück. Es hatte maximal drei Sekunden gedauert.

Mit den Händen in den Taschen schlenderte Michael in den Schutz eines Ahorn-Stamms, als hätte er sich dem Wagen weder genähert noch ihn jemals berührt.

„Jenna, haben Sie ...“ Greg blickte nach links und hätte nicht mehr erschrecken können, wenn sie sich neben ihm derweil in einen Pork-Pie verwandelt hätte. Noch schlimmer fand er allerdings, dass sie gar nicht mehr an seiner Seite stand. Er blickte über die Straße zum Haus gegenüber. Beinahe blieb ihm das Herz stehen. Er sah Michaels Rücken durch den Haupteingang ins Haus verschwinden, während Jenna ihm mitten über die Straße hinterhereilte.

15.

Wenn er auch draußen niemandem begegnet war, pures Glück, so würde er mindestens zwei Beamte in ihrer direkten Nähe antreffen, vielleicht sogar drei; ganz zu schweigen von allen weiteren, die noch irgendwo anders im Haus tätig waren; auf der Suche nach konkreten Spuren, die es möglich machten, das Kind zu finden.

Er lehnte die Holztür geräuschlos zurück an den Holzkeil. Die Messingbeschläge warfen glänzend das Licht der Scheinwerfer zurück. Der Haupteingang war gleißend hell beleuchtet. Vermutlich hatte er dreißig Sekunden, bis mindestens zwei Beamte vom Kanaldeckel zurück im Haus waren. Es sollte schon einem Wunder gleichkommen, wenn ihn auf seinem Weg vom Volvo zur Haustür niemand beobachtet hätte.

Bewegungslos stand er im Flur. Anhand der ersten Eindrücke versuchte er, sich über den ungefähren

Grundriss klarzuwerden. Das Haus war so groß, dass es eine Küche mit Sitzmöglichkeiten haben würde. Dort hätte er sie hingesetzt.

Langsam bewegte er einen Fuß vor den anderen und versuchte die diversen Stimmen und Geräusche einzuordnen, die aus jedem Winkel des Gebäudes zu kommen schienen.

Noch 24 Sekunden.

An der ersten Tür nach rechts angekommen lauschte er, nur für eine Sekunde. Dann blickte er achtsam, aber zügig um die Ecke und sah in ein elegantes, jedoch vollkommen leeres Esszimmer, das an einem ovalen Tisch Platz für zwölf Personen bot.

Noch 22 Sekunden.

Mit ein bisschen Glück wäre die Küche der nächste Raum auf der rechten Seite. Unter halbovalen Wandlampen, die den Flur in ein mildes Licht tauchten, schob er sich am Mauerwerk entlang. Er passierte eine Tür auf der linken Seite, die in eine Art Salon zu führen schien. Ansonsten war der Raum ebenfalls leer.

Anhand der Stimmen und klopfenden Geräuschen, die hin und wieder gedämpft an sein Ohr drangen, vermutete er die meisten Techniker und Polizisten über ihm und vor allem im Keller. Und sie taten gut daran. Denn falls der Junge sich irgendwo in der Nähe befinden sollte, dann im Keller. Er nahm nicht an, dass sie ihr Muster verändert hatte.

Noch 19 Sekunden.

Plötzlich wurde es laut über ihm. Ein Schutzanzug auf zwei Beinen lief in der ersten Etage entlang des

Treppengeländers. Ein direkter Blick nach unten und er wäre entdeckt.

Rasch ließ er sich mit gewinkelten Beinen hinab, drehte seine helle Gesichtsfläche entgegen der Treppe in Richtung Wand und hoffte inständig, dass die dunkle Kleidung auf einen entfernten Blick mit der Anrichte verschmolz, die er soeben hinter sich gelassen hatte.

Oben ließ der Mann in verwaschenem Blau gerade die ersten Stufen ins Erdgeschoss links liegen. Dann verschwand er vom Treppenabsatz in die andere Haushälfte. Geräuschlos richtete er sich wieder auf und gestattete sich ein tiefes Durchatmen.

Noch 14 Sekunden.

Er konnte bereits sehen, dass er mit zwei weiteren Schritten an einer Tür anlangte, die nicht weit offenstand; nicht, wie alle anderen Türen im Haus. Vielversprechend.

Er setzte den ersten großen Schritt und beschloss, im Moment der Bewegung nicht mehr innezuhalten. Mit dem zweiten Schritt setzte er seinen Fuß bis auf einen Millimeter an die untere Türkante heran. Mit der Hand gab er dem Holz einen sachten Schubs. Beinahe quälend langsam schwang die Tür in den Raum hinein.

Thea Bathory saß am Tisch.

Da war er.

Der Teufel persönlich.

Noch 11 Sekunden.

Träge hob er seine Lider.

Eiskalt quittierten die grauen Stahlaugen das Erkennen.

Die Lippen verzogen sich zu einem fratzenartigen Grinsen.

Leider konnte er die Show nicht viel länger genießen.

Er musste ihnen lassen, dass sie ihn auf jeden Fall nicht unterschätzt hatten, den Teufel. Theas Hände schienen gefesselt zu sein. Je ein bewaffneter Beamter links an die Anrichte gelehnt und rechts auf einem Hocker sitzend blickten ihm verblüfft entgegen.

Das Überraschungsmoment war auf seiner Seite.

16.

Offenbar um möglichst geräuscharm ins Haus zu gelangen, drosselte Jenna ihr Tempo deutlich an der untersten Steinstufe hinauf zum Haupteingang. Greg hatte sie eingeholt, als sie die Tür gerade so weit aufgeschoben hatte, dass sie einigermaßen hindurchpassen würde. Klar hatte sie angenommen, dass er folgen würde. So schaute sie sich lediglich um und legte nur einen Zeigefinger an die geschlossenen Lippen.

Greg sagte keinen einzigen Ton. Allerdings ließ er es sich auch nicht nehmen, ihr gleichsam mit Händen und Füßen deutlich zu machen, was er von dieser Aktion hielt. Sie quittierte seine wilde Mimik und fuchtelnde Gestik lediglich mit einem eigenen Handwedeln und blickte sofort wieder nach vorn.

Er hatte verstanden. Sie war sparsam, aber eindeutig; er sollte folgen und die Klappe halten. Greg schaute ein letztes Mal über seine Schulter die Straße entlang, bevor er sich durch die Eingangstür in den Flur schieben würde. Der Kanaldeckel, der draußen alle vorhandene Aufmerksamkeit in Anspruch genommen hatte, erstrahlte inzwischen in einem künstlichen Licht. Spontan musste er an den unterirdischen Büchergang im Kloster denken; an das helle Licht des großen Strahlers, an die Stunden zwischen den großartigen Werken, an die regionalen Geschichten und Entdeckungen, die die Klosterbewohner zusammengetragen und ... Entdeckungen! Östlich des Klosters hinter den Broads! Sein Innerstes zog sich zusammen, er versuchte es zu fassen, festzuhalten, die Überlegungen zu konkretisieren ...

Oh je.

Greg schaute nach links zurück und sah Jenna im Flur neben einer Anrichte stehen. Von Michael nahm er nur noch wahr, dass er nach rechts durch eine angelehnte Tür in ein unbekanntes Zimmer verschwand. Greg blickte zurück zur anderen Seite und verspürte den unbedingten Drang zur Flucht.

Leise fluchend folgte er Jenna in den Flur hinein und versuchte auszurechnen, wie viel Zeit ihnen blieb, bis David mitsamt der vier Polizisten sie erreicht hätten. Sie bewegten sich nicht unbedingt langsam.

Als Erstes fassten sie zur Waffe, das taten sie immer. Aber er wusste es. Und er selbst vergeudete keine Zeit.

In Richtung Küchenzeile machte er einen Schritt in den Raum hinein. Mit dem Beamten, der ihm am nächsten Stand, hätte er es am Leichtesten. Dass der zweite sofort Alarm schlagen und zielen würde, konnte er sowieso nicht verhindern.

Noch 9 Sekunden.

Er erwischte die Hand des Polizisten auf dem Griff der Waffe und hielt sie dort. Entsetzt blickte der so unvermittelt wehrlose Mann ihm entgegen. Mit einer Drehung brachte er seine Schulter an dessen Seite, zwang ihn, die Hand zu öffnen, legte seine eigene Hand auf den Griff, zog die Waffe und schoss. Die Kugel traf. Dort, wo sie treffen musste. Der Polizist gegenüber ging zu Boden.

Noch in der Drehbewegung ließ er die Waffe im Bogen auf die Arbeitsplatte rutschen und nutzte den Schwung, um sehr genau zwischen Haaransatz und Augenbraue zu treffen. Der zweite Uniformierte schlug gegen die Wand und rutschte daran herunter.

Dann stand er ganz still.

So still wie er saß.

Der Teufel.

Er blickte ihm in die Augen.

Und plötzlich waren es wieder Hunderte. Hunderte gequälte Seelen, die ihn ansahen. Ihn anflehten.

Gerechtigkeit forderten. Der Teufel sagte keinen Ton, saß bewegungslos.

Die letzten 5 Sekunden gehörten nur ihnen beiden.

Er atmete ein.

Der Teufel starrte.

Seine Hand schnellte nach vorn und drückte die Stirn zurück, bis es knackte. Er fühlte den klavierlackschwarzen Griff weich in seiner rechten Hand und fixierte den überstreckten Hals. Dann schloss er die Augen. Er wusste genau, wie das Messer ...

„Dr. Lloyd! Will! Will, nicht ... es ist gut." Eine Hand schob sich sanft auf seinen Unterarm. „Freya hätte das nicht gewollt."

Mitten in der Bewegung hielt er inne. Er drehte den Kopf zur Seite und öffnete die Augen. Sie war es. Freya sprach aus ihr. Sie war es. Die Meerjungfrau. Sie waren zurück. Für ihn. Und sie sagten, dass es gut sei. Sie sagten ihm, Will Lloyd, dass es gut sei.

Er ließ den Arm mit dem Messer zu Boden sinken und nahm die Hand von der Stirn. Der Teufel grinste.

Will verschloss die Augen und Freya lächelte ihm entgegen. Das Ziehen in ihm vervielfältigte sich bis zur Implosion. Befreit und unendlich erschöpft ließ er den Kopf sinken.

Zwei Männer rissen ihm die Arme nach hinten und knallten seinen Kopf auf die Tischplatte. Er ließ es geschehen. Grob zurrten sie seine Gelenke auf dem Rücken zusammen, der Kunststoff schnitt ihm beißend in die Haut. Es war ihm egal.

Dort, wo niemand seinen Blicken folgen konnte, sah er wirbelnde Schatten am dunklen Winterhimmel. Durch ein Loch in der Wolkendecke drehten sie sich bis weit zu den funkelnden Sternen hinauf.

18.

Mr Headman saß auf einer Bank, neben einer Tamariske, deren Stamm derart knorrig war, dass er sich in Gesellschaft unzähliger Gesichter wähnte. Mit Knollennasen, fleischigen Wangen, und hervor unter wulstigen Augenbrauen blickten sie mit ihm zusammen auf die kaum bewegte Fläche hinaus. Ihre buschigen Zweige schaukelten in der milden Brise, die ihnen vom Meer entgegenwehte. Die grau-grünen Blätter rauschten so sanft über seinem Kopf wie die Wellen am Strand, die ruhig, aber stetig den Sand hinaufspülten.

Langsam wendete er den Blick gen Horizont, auf die unversperrte Weite des Mittelmeers, das mit dem winterlichen Sonnenuntergang von Minute zu Minute dunkler zu werden schien.

Er hatte der Bathory den Rücken gekehrt. Wortwörtlich.

Es tat ihm nicht leid, im Gegenteil. Er hatte Erfahrungen gemacht und war zur richtigen Zeit am richtigen Ort gewesen, um zu beschützen; vielleicht, um Dinge wiedergutzumachen.

Er war weit davon entfernt, von Vorsehung oder gar Schicksal zu sprechen. Gegenüber den Baumgesichtern an seiner Seite, nur ihnen gegenüber, gab er allerdings zu, dass ihn der Gedanke einer Art von göttlicher Gerechtigkeit immerhin gestreift hatte.

Aber schließlich war er es ja wohl gewesen, der den Jungen beschützt hatte. Er jedenfalls hatte keine riesengroße Hand aus dem Himmel fahren und die pädophilen Schweine in das Kanalloch stopfen sehen.

Seit er die Insel verlassen hatte, verging kaum eine Minute, in der er nicht inständig hoffte, dass sie den Kleinen endlich gefunden hatten; dass sein Foto mit dem Teufel vorm Haus an der richtigen Stelle angelangt war; dass sein Hinweis auf der Rückseite für die Polizei eindeutig genug war.

Seufzend stand er auf, legte zum Abschied die Hand auf eine hölzerne Stirn des Tamarisken-Stamms und lief die touristisch belebte Einkaufsstraße des Ortes zu seiner Pension hinauf. Er passierte gerade einen Kiosk in einem der üblichen weißen Häuschen, als sein Blick von einer Überschrift auf dem Titelblatt einer englischsprachigen Tageszeitung eingefangen wurde: *Engländer per Luftpost verschickt.*

Aus reiner Neugier und für die späte Lektüre am Abend zog er das Blatt aus dem Ständer und legte dem Mann mit den schwarzen Augen und dem freundlichen Grinsen eine Zwei-Euro-Münze auf die Theke. Mit einem gemurmelten: „De nada" erwiderte er den Dank des Kioskbesitzers und las noch im Gehen den Artikel: „Der an Heiligabend spurlos verschwundene Bürgermeisterkandidat des Ortes Tathitus Log in der Grafschaft Norfolk im Osten Englands wurde am Flughafen Alicante in einem verwirrten, aber ansonsten wohlbehaltenen Zustand wieder aufgefunden. Der Mann war unbemerkt in einer belüfteten Transportkiste am Flughafen London Gatwick als Luftfracht aufgegeben worden. Ein Taxifahrer war von Norwich aus unwissend mit dem Job beauftragt worden. Zum eigentlichen Auftraggeber konnte der Fahrer nur wenige Angaben machen. Jedoch gab er zu, für den Dienst ein großzügiges Trinkgeld erhalten zu haben. Ein durchgeführter Drogentest am unfreiwilligen Fluggast fiel eindeutig positiv aus. Die Polizei glaubt den Angaben von Taxifahrer und Bodenpersonal, nichts Ungewöhnliches bemerkt zu haben. Der Mann war offenbar intensiv betäubt und kann sich an nichts erinnern."

Leise in sich hineinlachend tauchte Mr Headman zurück in den Strom der Touristen. Sachen gibt's, dachte er und wäre dabei beinahe vor einen Trog mit einem Kaktus getreten, der mit kräftig roten Dornen in den Ladenbereich eines Blumen- und Pflanzengeschäfts lockte.

19.

„Ich habe so etwas noch nie gesehen." Noch immer starrte Greg ungläubig auf das Haus. „Seit wann wussten Sie, dass Michael eigentlich Will und Will der Mann ist, der bei Dr. Miller war?"

„Wirklich sicher war ich mir erst im Kloster. Er hatte die Brille abgesetzt." Dabei blickte sie auf das Haus gegenüber, sah sich geistig jedoch wieder dort stehen. „In dem Moment sind mir seine Augen aufgefallen. Und es war genau, wie Dr. Miller sagte ... Kalt. Leuchtend blau, aber ohne Gefühl."

Gemeinsam trotzten sie dem Frost und saßen Seite an Seite auf der Bank neben dem Wallnussbaum. Jenna fühlte sich innerlich so leer und dabei so angespannt, dass sie sogar für eine einzige Zigarette den Preis einer Schachtel gegeben hätte. Wehmütig dachte sie an das Fach in ihrem Kleiderschrank.

Seufzend lehnte sie stattdessen ihren Kopf gegen Gregs Schulter. Es war ihr egal, was er dachte. Er bedachte es mit einem Lächeln, das sie mehr fühlte, als es zu sehen. Unverwandt beobachteten sie das Haus gegenüber.

„Sie werden die Suche bald einstellen. Sie haben das gesamte Gebäude und den Keller vollständig durchforstet. Der Junge scheint nicht dort zu sein, trotz massenhaft Hinweisen."

Sie hatte es gerade ausgesprochen und konnte sofort merken, dass sich seine Körperspannung veränderte. Sie richtete sich auf. Selbst durch den Mantel hindurch konnte sie spüren, dass sich etwas in seinem Inneren in Bewegung gesetzt hatte. Unnatürlich regungslos saß er neben ihr; den Blick nicht mehr schräg nach links in Richtung Haupteingang, sondern geradeaus auf die abzweigende Straße gegenüber gerichtet. In sanftem Schwung führte sie den Verkehr einen Hügel hinunter. Das Mauerwerk, welches das Haus umgab, folgte dem Straßenverlauf hinab und war entsprechend hoch gebaut worden, um die Waagerechte mit der Mauer im Eingangsbereich des Hauses halten zu können.

Langsam dreht er seinen Kopf zu ihr hinab. „Haben Sie das Foto gesehen, Jenna?"

Sie schüttelte verneinend mit dem Kopf, kramte allerdings gleichzeitig in ihrem Gedächtnis, welchen Wortlaut David verwendet hatte, als er von dem anonymen Hinweis berichtete. „David hat von einer Teddybär-Zeichnung gesprochen, auf der Rückseite des Fotos. Außerdem stand dort *Im Verlies*, in einer männlichen Handschrift."

Entschlossen stand Greg auf und drehte sich zu ihr um. Etwas von Aufbruch lag in der Luft, und dennoch schien es ihm nicht zu behagen. Er stand vor ihr wie ein Kind, das sehr genau wusste, dass seine Chancen schlecht standen; und andererseits wild entschlossen war, es trotzdem zu tun.

„Jenna, ich glaube, wir müssen mit David sprechen. Wahrscheinlich mache ich mich einfach nur lächerlich. Aber ohne das zu klären, kann ich hier nicht weg."

Sie wusste nicht, worum es ging. Aber was auch immer es war, es schien ihm aufrichtig am Herzen zu liegen. Tief in ihr protestierte etwas bei der Aussicht, sich wieder erheben zu müssen, dennoch gesellte sie sich zügig an seine Seite, und gemeinsam bahnten sie sich ihren Weg durch die noch immer kreuz und quer abgestellten Polizei- und Einsatzwagen. Durch die zwei Leichenfunde im Kanal hatte sich deren Anzahl sogar noch vergrößert.

Bereits auf der Hälfte der Straße wurden sie von gleich drei Uniformierten aufgehalten. Der unbefugte Zutritt dreier Zivilisten in das Haus würde für die

Einsatzleitung noch Konsequenzen haben. David würde Probleme bekommen; zumal zwei Einsatzkräfte angeschossen beziehungsweise verletzt worden waren. Und wenn sie nun nicht einmal den Jungen finden konnten ...

Mit ein bisschen Glück andererseits würde der Polizist überhaupt keine Schäden davontragen. Will war Chirurg, er wusste, was er tat. Zudem hatten sie nicht nur eine weitere Verletzte, sondern sehr wahrscheinlich ein weiteres Mordopfer verhindert; dessen war sich Jenna sicher. Zwar hatte sie noch nicht ganz verstanden, wie genau alles zusammenhing, doch sie nahm an, dass Will mit der Bathory seiner traumatischen Vergangenheit begegnet war.

Man machte ihnen sehr deutlich, dass sie zu warten hatten, aber nur Momente später kam David zufällig die Steinstufen vom Haus hinunter. Angespannt kam er ihnen entgegen. Jenna musste es ihm hoch anrechnen, dass er bei ihrem Anblick nicht bereits genervt abwinkte. Wortlos signalisierte er, dass er zuhörte, aber die wachsamen Blicke galten seiner Umgebung. Weitere Überraschungen konnte er an diesem Abend wahrlich nicht gebrauchen.

Jenna sah, wie sich Gregs Stirn in Falten legte. Er atmete tief ein, bevor er sprach. Offenbar wollte er es hinter sich bringen.

„Es kann sein, dass hier tatsächlich ein Verlies ist. Und damit ist nicht der Keller gemeint."

Er hatte so schnell gesprochen, dass Jenna nicht verstanden hatte. Fragend blickte sie David an und konnte in dessen Gesicht dasselbe Unverständnis erkennen.

Greg versuchte es anders: „In Teilen Englands gibt es unterirdische Höhlen ... Nottingham ... Sandsteinhöhlen ... Edward III. soll durch so einen Tunnel seinen Thron von einem unliebsamen Regenten befreit haben. Mortimer's Hole."

Er verstummte und suchte wohl vergebens nach Anzeichen von Erkenntnis in ihren Gesichtern. Schnell setzte er fort: „Hier soll es auch ein Höhlensystem geben. Ich habe es in einem der Bücher im Klosterkeller gelesen."

Jenna sah, dass er nun Davids volle Aufmerksamkeit hatte. Der Polizist blickte so konzentriert auf das schwarze Leder seiner Schuhspitzen, dass Jenna den inneren Kampf spürte, den er gerade mit sich selbst austrug. Der Detective in ihm fragte sich, ob er wirklich so weit gehen konnte. Der Mensch in ihm befahl ihm, jede Möglichkeit zu nutzen, und sei sie noch so winzig.

„Also gut. Greg, was sollen wir tun?" David hatte sich dem Haus fast wieder zugewandt, als er feststellte, dass Greg offensichtlich keine Absicht hatte, ihm zu folgen.

„Eigentlich ..." Greg stockte und musterte intensiv die Mauer, die das Grundstück umgab. Dann setzte er entschlossen fort: „... sollten wir als Erstes im Garten nachschauen."

David nickte.

Gemeinsam überquerten sie wortlos die Straße. Dabei fiel Jennas Blick eher zufällig auf das Grundstück nebenan. Ein Apfelbaum ließ dort dunkel und im Frost erstarrt seine Zweige über die Mauersteine hängen. Scheinbar leblos trotzte er der Kälte des Winters. Und dennoch konnte sie es vor ihrem geistigen Auge bereits sehen, wie der Frühling aus dem Holz eine Blütenpracht in Weiß und Rosa zaubern würde.

Mit einem unerklärlichen Gefühl inneren Friedens legte sie ihre Hand auf das silberne Medaillon an ihrem Hals.

7. Kapitel

Ergebung und Kenntnis

1.

„Dem Jungen geht es den Umständen entsprechend gut. Er ist im Krankenhaus, zusammen mit seiner Mutter“, berichtete Greg und nickte zum Dank für den Kaffee, den Maja vor ihn auf den Holztisch in der Klosterküche gesetzt hatte.

„Und wo? Ich meine, wie habt ihr ihn gefunden?“ Ebenfalls mit einem Becher in der Hand ließ Maja sich auf den Stuhl gegenüber fallen. Aus ihrer Miene sprach genau dieselbe Mischung aus Ungläubigkeit, Überforderung, Erschrecken und Fassungslosigkeit, die Greg bereits seit dem gestrigen Abend in sich spürte.

„Der Keller des Hauses könnte früher Teil eines Höhlensystems gewesen sein. Vielleicht hat der Bau des Kellers einfach aus einem Höhlengang ein abgeschlossenes Verlies entstehen lassen.“

Er nahm einen großen Schluck und genoss einen Moment lang einfach nur den Geschmack des Kaffees, bevor er fortsetzte: „Der Zugang jedenfalls war vom Garten aus. Dort waren rundherum derart viele

Büsche und Sträucher mit Stacheln, Dornen und giftigen Früchten gepflanzt, dass sich jemand mal viel Mühe gegeben hatte, etwas zu verbergen. Genau darunter, hügelabwärts und vom Haus abgewandt, gab es eine Holztür; dahinter Stufen und ein schmaler Gang. Und von einem Moment zum nächsten standen wir in dem Höhlengewölbe; geräumig, trocken, mit massiven, tragenden Säulen."

Greg machte eine Pause, und Maja nutzte die Gelegenheit, um einen Holzscheit nachzulegen. Dann lehnte sie sich mit ihrem Kaffee in der Hand gegen die Küchenzeile.

„Und dort war er? Dort unten? In der Kälte? Im Dunkeln? Allein?"

Mit jedem Wort steigerte sich die Ungläubigkeit in ihrer Stimme. Sie konnte die seelische Kälte der Bathory ebenso wenig fassen, wie alle anderen Beteiligten. Greg nickte. „Mit Matratze, Decken, Essen, Trinken, Spielzeug, einer Lampe. Aber dennoch. Ja."

Das Knarren der Treppe drang zu ihnen herein. Jeden Moment würde Jenna durch die Tür treten und Maja nahm augenblicklich den Kessel zur Hand, um Wasser aufzusetzen. Gemächlich öffnete sich die Tür und Greg beobachtete, wie sie in die Küche trat und mit der Klinke bedächtig den Schließer zurück ins Schloss drückte.

„Guten Morgen zusammen."

Maja strahlte ihr vom Herd aus entgegen. „Jenn ... Kaffee? Tee?" Sie beobachtete, wie er selbst den Becher an die Lippen hob. „Kaffee wäre toll. Sind Sie aus dem Bett gefallen?"

Sie lief zum Weihnachtsbaum hinüber und schaute durchs Fenster in die Dämmerung hinauf. Er folgte ihrem Blick und konnte, obwohl es noch nicht einmal wirklich hell war, sehen, dass sich der Wolkenpanzer der letzten Tage verändert hatte. An vielen Stellen waren füllige Gebilde mit feuchtigkeitsgeschwängerten Bauchseiten zu erkennen.

„Du merkst erst jetzt, Jenn, dass Norddeutsche Frühaufsteher sind?“ Mit einem Augenzwinkern grinste Maja von einem zum anderen und wandte sich wieder ihrer Kaffeemühle zu.

Jenna kam zum Tisch und ließ sich an dessen Stirnseite nieder. Mit einem dritten Kaffeebecher kehrte auch die Italienerin zurück und stellte die Tasse vorsichtig auf dem Holz ab. Greg beobachtete, wie sich der Dampf aus der Flüssigkeit erhob und sich von der Wärme des Ofens in Richtung Küchenzeile drücken ließ.

Es wurde ruhig im Raum.

„Er war es“, sagte Jenna schließlich in die Stille hinein. „Freya ... Will war es.“

„Hast du mit deinem Bruder gesprochen?“, fragte Maja.

Jenna nickte und nahm einen Schluck vom frischen Kaffee. Automatisch hob er ebenfalls den Becher zum Mund ... und stockte auf halbem Weg. Nur mit einer riesigen Portion Willenskraft führte er die Bewegung schließlich weiter und trank.

Bruder?

Bemüht unauffällig stellte er die Tasse zurück auf das Holz. Am liebsten hätte er fassungslos die Hände vors Gesicht geschlagen und sich in der Dunkelheit versteckt; wie früher als Kind. Mein Gott ... Die Vertrautheit zwischen ihnen, die knappe Kommunikation, das blinde Verstehen ... Halb- oder Stiefbruder, anders wäre der asiatische Einschlag nicht zu erklären, hin oder her. David und Jenna waren kein Paar, sie waren Geschwister?

Wie von weit entfernt hörte er die Frauen reden. Offenbar hatten sie nichts bemerkt und er beeilte sich, der Unterhaltung zu folgen. Beflügelt von einem Hochgefühl, das aktuell nicht weniger passend sein könnte, konnte er nur mit Mühe ein Lächeln unterdrücken.

„... ist tatsächlich Chirurg im Charing Cross. Dr. William Lloyd. Und er ist Milliardenerbe; nämlich der einzige Sohn von William Arthur Lloyd."

„Hedge-Fonds", sagte Greg verhalten und gleichzeitig äußerst bemüht, nicht breit grinsend vor den Frauen zu sitzen. Versteckt hinter dem Kaffeebecher versuchte er die Kontrolle über seine Gesichtszüge zurückzugewinnen.

„Richtig. Hedge-Fonds ..."

Sie suchte offenbar nach Worten, um fortzusetzen. Konzentriert blickte sie in den Kaffee zwischen ihren Händen, als verspräche sie sich von dort wirklich Hilfe. Langsamer als zuvor erzählte sie schließlich weiter.

„Michael scheint allerdings auch der Will zu sein, der als Kind entführt, jahrelang festgehalten und missbraucht worden ist. Bei einer Razzia in London gegen illegale Prostitution hat man ihn zufällig entdeckt. Äußerlich weitgehend unversehrt“, sie blickte auf, „aber innerlich tot.“

Greg konnte ein Funkeln in ihren Augen erkennen, das wahrlich kein Ausdruck von Freude war.

„Er wurde zurück zu seiner Familie gebracht.“

Jennas Ton war mit einem Mal so streitbar, dass er irritiert war und offensichtlich auch so aussah. Erklärend fuhr sie fort.

„Er wurde zurück zu seiner Familie gebracht. Punkt. Mehr nicht. Ein zehnjähriges Kind, missbraucht, physisch und seelisch gefoltert. Über Jahre. Aber ... Sie haben ihn. Nur. Zurückgebracht. Keine Therapien, keine psychische Aufarbeitung, nichts. Gar nichts.“

Aus ihren letzten Worten sprach reines Entsetzen. Da das kaum noch steigerungsfähig war, schlug es beim nächsten Satz in pure Desillusion um.

„Schlimmer ist aber fast noch: Die Familie hatte ihren Anteil daran. Sie haben die Geschichte, so gut es ging, geheim gehalten; kein Aufsehen erregen, kein psychisch gestörtes Kind haben.“

Sie nahm bereits den letzten Schluck und Greg stellt fest, dass seine Tasse ebenfalls so gut wie leer war. Maja sprang wortlos auf und füllte den Kessel.

„Daher auch die Distanz zur Familie“, berichtete Jenna weiter. „Er ist zur Army geflüchtet und hat danach ein Medizinstudium begonnen. Es ist nicht unüblich, dass der Erbe auch das Imperium übernimmt, aber er scheint überdurchschnittlich intelligent und hat sich für eine Karriere als Chirurg entschieden.“

Maja stand an der Küchenzeile und wartete auf das Blubbern und Pfeifen des Kessels. An ihren zusammengezogenen Augenbrauen konnte er ablesen, dass es heftig in ihr arbeitete. „Jenn, illegale Prostitution und ein Kind? Über Jahre? Was haben die ... warum?“ Hilflos redete sie stumm mit den Händen weiter. Offenbar genauso schwankend wie er selbst zwischen der Option gesegneter Unwissenheit und dem Drang, es hören zu wollen. Maja sammelte die Tassen ein und begann, die Bohnen zu mahlen. Mit frischem Kaffee in ihren Bechern berichtete Jenna weiter.

„Will hat kaum etwas zu seiner Vergangenheit erzählt. Er hatte wohl einen Raum für sich, mit Bett, Möbeln, Spielsachen, ähnlich wie der Junge, den wir jetzt gefunden haben. Später hatte er auch massenhaft Bücher und Zeitschriften, ausreichend Essen und Trinken, jedoch unterirdisch. Die ganze Anlage war unter der Erde; ein Areal mit niedrigen Decken, Räumen und verzweigten Gängen. Aber immerhin hatte er ein Oberlicht mit ein paar Sonnenstrahlen hin und wieder. Im Prinzip hat man ihn versorgt und in Ruhe gelassen ... bis auf einen Tag in der Woche.“

Jenna machte eine Pause, trank Kaffee und atmete tief ein. „Ein Mann in schwarz. Ohne Gesicht. Immer dieselbe Stimme. Immer dasselbe Prozedere.“

In der Klosterküche herrschte absolute Stille. Das Ungesagte multiplizierte sich in ihren Köpfen.

„Weit entfernt hat er dabei immer wieder Geräusche von anderen vernommen. Er hat irgendwann realisiert, dass in seinem Raum nicht nur schwarzes Glas in einer der Wände eingelassen war. Es war Fensterglas mit einem schwarzen Vorhang. Er saß über Jahre in einer Art Schaukasten. Man hat ihn gezwungen, zuzusehen, wie ein junges Mädchen mit gefesselten Knöcheln und Handgelenken erhängt wurde." Jenna machte eine Pause und blickte durchs Fenster zum Himmel herauf, bevor sie weitersprach: „Sie haben ihm schlichtweg gedroht. Sollte er nicht stillhalten, würde ihm dasselbe widerfahren."

„Warum jetzt? Warum hier?", fragte Greg.

„Freya war dort", antwortete Jenna, „dort in London. Sie war eines der Mädchen. Aber vor allem: Sie hat ihn dort versorgt. Ihn. Will."

2.

„Will hat sich gerächt? Nach mehr als dreißig Jahren?", fragte Maja mit fassungsloser Miene.

Jenna verneinte sofort mit einem Kopfschütteln, besann sich dann aber und nickte einmal, bevor sie langsam fortsetzte: „Doch, im Prinzip schon, aber nicht an Freya, sondern an der Bathory – die alte Frau vor Martin's Market. Sie hat sich damals der Strafverfolgung entzogen, indem sie sich blitzschnell in die Opferrolle begeben hatte. Sie war nur wenig älter als die anderen Mädchen, hat sich offenbar glaubhaft naiv gegeben. Und die wirklichen Opfer waren derart eingeschüchtert, dass sie nicht widersprachen, sondern einfach froh waren, überlebt zu haben. Danach ist die Bathory untergetaucht, mit einem riesigen Haufen Bargeld. Sie war nicht der Kopf der Organisation, aber Verwaltung und Kreativmanager."

Greg hörte puren Sarkasmus. Dabei stand ihr die Traurigkeit derart deutlich ins Gesicht geschrieben, dass er am liebsten ihre Hand genommen hätte.

Jenna atmete hörbar aus und zog unsicher die Schultern nach oben. „Freya hat wohl versucht, mit dem Thema abzuschließen, indem sie geflohen ist; weg von London, versteckt in unserem Wald in Tathitus Log."

Greg sah den Wagen im Wald vor sich, aber das wäldliche Aussteigerleben war nicht selbstgewählt. Freya war eine Getriebene, eine Vertriebene, die es Rest ihres Lebens nicht anders aushalten konnte, als unter freiem Himmel zu leben.

„Den Kontakt zu Will hat sie dabei nie vollständig aufgegeben", berichtete Jenna weiter. „Irgendwie haben sie aneinander festgehalten, auch wenn sich ihre Leben völlig unterschiedlich entwickelt haben. Dass die Bathory irgendwann in Martin's Market aufgetaucht und in die Gegend hinter den Broads gezogen ist, war purer Zufall. Aber das Schicksal hat seinen Lauf genommen, weil Freya es vor Will nicht verheimlichen konnte.

In London war es üblich, dass alle Einkäufe auf die umliegenden Gegenden verteilt wurden; und dann immer an den Abenden, kurz vor Ladenschluss. Wenn Freya sie also einmal in Martin's Market gesehen hatte, hat Will einfach gehofft, dass es nur eine Frage der Zeit war, sie dort wieder anzutreffen."

„Also hat er sich spontan beurlauben lassen und ist hierher ins Dorf gezogen. Er hat sich auf die Lauer gelegt." Greg überlegte. „Wie kam es dann zu dem Schuss auf Freya? Auch Zufall? Sie kannte ihn doch. Sie muss es doch gewusst haben, dass er dort steht und wartet und ..."

„Keinen Ton", sagte Jenna. „Dazu hat er nicht eine Silbe gesagt."

Greg nickte, stutzte dann aber mitten in der Bewegung. „Er war im Wald genauso auf dem Weg zu Freyas Wagen wie wir?"

Jenna nickte. „Nachdem er aus Liverpool zurück war."

„Liverpool?", fragte Maja.

„Will ist nach dem Schuss geflohen. Aber erst, nachdem er Sam gefunden hatte. Er hat Sam zufällig entdeckt, weil er nach dem Zeitungsartikel mit dem Foto suchen wollte. Das hat er genau genommen sogar dreimal versucht. Beim ersten Mal ist ihm der Hund dazwischengekommen, Gott sei Dank, beim zweiten Mal ..." Sie schaute Greg in die Augen. „... haben wir ihn daran gehindert."

Er musste innerlich grinsen, versuchte dabei allerdings eine etwas beleidigte Miene aufzusetzen. „Ja, sagen Sie es ruhig. *Ich* habe ihn gehindert, weil ich in die Falle gegangen bin."

Maja und Jenna blickten einander an und prusteten gleichermaßen los, dass sie sich vor Lachen kaum auf ihren Stühlen halten konnten; eine innere

Befreiung, die sie gerade wohl besonders nötig hatten. Also dermaßen witzig fand er das nicht. Greg wartete einfach ab, sah aus dem Fenster und stellte fest, dass die tiefgrauen Wolkenbäuche noch zugenommen hatten. Es wirkte beinahe dunkler als noch früher am Morgen.

„Und beim dritten Mal ...", setzte Jenna schließlich fort: „... hat er es einfach nicht gefunden." Sie stand auf, lief auf den Ofen zu und zog das vorletzte Buch aus dem Stapel. Mit dem gebundenen Rücken auf ihrer Hand trug sie es zum Tisch zurück, legte es auf das gemaserte Holz und setzte sich wieder.

Greg blickte sie fragend an, aber Maja drehte sich plötzlich zur Küche hin um und sprang auf. „Moment, nicht weitermachen. Bin sofort wieder bei euch."

Zügig lief sie zum Herd und schien an den Schaltern zu hantieren. Ohne weitere Erklärung kam sie umgehend zurück.

„Was ist mit dem Buch?", fragte Greg.

Mit einer gekonnt gespielten Unschuldsmiene blickte Jenna ihm ins Gesicht. Sie öffnete die Seiten, zog den Umschlag hervor und legte ihn auf den geschlossenen Buchdeckel. Er drehte den Brief genau so, dass er die zierliche Handschrift lesen konnte, ohne sich den Kopf verrenken zu müssen: „*Für Will.* Was steht drin? Aus Freyas Wagen oder?"

Jenna zuckte nur mit den Schultern. „Der Brief ist zu. Ich weiß nicht, was sie geschrieben hat."

Greg blickte ihr mit einer gehörigen Portion Skepsis entgegen.

„Ich weiß es wirklich nicht." Etwas verlegen musterte Jenna den cremefarbenen Umschlag, bevor sie sagte: „David weiß nichts von diesem Brief. Und Will vermutlich auch nicht."

„Tatsächlich", stellte Greg fest und hoffte, dass sie den bitteren Unterton durchaus hören konnte. „Und wann hatten Sie vor, den Umschlag ins Spiel zu bringen? Will hat den Absender dieses Schreibens erschossen!"

„Ich weiß. Sie haben recht."

Wie bitte? Hatte er richtig gehört?

„Sie haben recht, aber ich habe den Moment verpasst. Gegenüber David. Und außerdem ..."

Jenna hob ihren Blick vom Tisch und sah zu ihm auf. Greg hätte schwören können, dass sie ihren Wimpernaufschlag absolut berechnend einsetzte. Er war fasziniert, wohl wissend, dass er gerade manipuliert wurde.

„Müssen wir denn sagen, woher der Brief wirklich stammt? *Ich* hätte ihn doch geschrieben haben können. Am liebsten würde ich ihn Will persönlich überreichen. Ganz direkt." Sie machte eine Pause, um dann betont nachzusetzen: „Es steht ihm zu."

Greg stellte fest, dass er nicht einmal für sich selbst entscheiden konnte, was richtig und was falsch war. Außerdem wurde er von einem Duft abgelenkt, der ihm mit einem Mal köstlich in die Nase zog. Er hob den Kopf und sah Maja breit grinsend am Tisch sitzen. Dann stand sie auf und lief auf den Herd zu.

Aus seinem Blickfeld hinaus bückte sie sich hinab, um kurz darauf furchtbar fluchend wiederaufzutauchen. Gestenreich wedelte sie mit der linken Hand und blickte mitleidig auf ihren Daumen. Was sie dennoch nicht davon abhielt, mit einem Handschuh ein Blech voller dampfender Hörnchen in den Raum zu halten. „Die Croissants sind fertig!"

Er blickte zu Jenna hinüber und sah, dass sie mit zusammengekniffenen Augen an den Lichtern des Weihnachtsbaumes vorbei aus dem Fenster starrte. Greg folgte ihrem Blick und konnte im ersten Moment lediglich feststellen, dass eine auffällige Helligkeit durch die Scheiben drang. Dann sah er es ebenfalls.

Erst vereinzelt, nur hier und da, allerdings von Sekunde zu Sekunde mehr fielen dicke weiße Flocken durch die Luft und segelten sanft zu Boden.

3.

Greg war fassungslos. Er konnte es einfach nicht glauben, dass er *dafür* Tathitus Log verlassen hatte. Völlig entgeistert saß er in seinem Londoner Büro vor der Bücherwand. Doch selbst die konnte seine Laune nicht retten. Wie vor den Kopf gestoßen starrte er aus dem Fenster in die Dunkelheit hinaus und versuchte das Wirrwarr an Gefühlen zu lösen, das sich in ihm verknotet hatte.

Keine vierundzwanzig Stunden lag Steves Anruf zurück, der die Idylle vernichtet hatte. *Greg, du musst zurückkommen. Sofort. Morgen oder gar nicht. Und bei gar nicht kommen wir auch kaum mehr an die Bücher im Kloster. Einmal konnte ich für dich absagen. Aber jetzt ist sie zufällig in London. Jetzt will SIE uns besuchen. Jetzt ist es ernst! Greg, das ist wichtig. Ich zahle den Zug und buche. Bitte!* Steve war sein bester Freund; eigentlich auch sein einziger, wenn er es recht bedachte. Er konnte ihn kein zweites Mal hängen lassen.

Will war im Gefängnis. Jenna und Maja ging es gut. Die Argumentationslage war dünn. Sie brauchten ihn nicht. In einer wunderbaren Winterlandschaft saßen sie bei einem Weihnachtsbaum vor einem Ofen und Plätzchentellern.

„Ach verdammt." Er verscheuchte die Bilder aus seinen Gedanken und fegte wie zur Bekräftigung eine graue Fussel beiseite, die sich auf der eingestaubten Schreibtischoberfläche fand. Wie passend, dachte er, die graue Maus hat ihre Spuren hinterlassen. Dabei verzog er bitter das Gesicht und konnte nicht verhindern, dass sich die Situation erneut vor seinem geistigen Auge abspielte.

Lange vor dem Termin war Steve in sein Büro geplatzt wie üblich, hatte achtlos seine Ledermappe auf die Fensterbank befördert und sich in den Stuhl vor dem Schreibtisch fallen lassen. Greg war zwar nur halb bei der Sache, aber Steve ließ keinen Zweifel daran, dass die Bürokratie die Hölle war.

Während Funde von metallischen Objekten und Münzen als Schatz definiert werden konnten, war es mit literarischen Werken weniger eindeutig. Da der Bücherkeller zudem nicht seit Jahrhunderten eingemauert gewesen war, sondern lediglich hinter Schrank und Holztür versteckt, könnten die ursprünglichen Besitzer sogar noch gefunden werden; sehr wahrscheinlich unter den Zisterziensermönchen, absolute Protagonisten in Sachen Schriftlichkeit, die Tathitus Log erst vor wenigen Jahren verlassen hatten.

Darüber jedoch würde er sich zu allem Übel nicht auch noch Gedanken machen. Sein Zugeständnis, umgehend zurück nach London zu reisen, fand Greg mehr als ausreichend. Sollte Steve doch den Rest übernehmen.

Wie überall im Leben war es auch hierbei von Vorteil, die entsprechenden Verbindungen zu pflegen, und sie könnten einen großen Schritt in die richtige Richtung machen, wenn das anstehende Gespräch gut liefe. Sie erwarteten den zuständigen Beamten von Norwich. Während ein regionales oder auch das National Museum wohl für die Aufarbeitung von archäologischen Funden zuständig wäre, würde sich Steve ihr gegenüber gerne hinsichtlich der Literatur ins Gespräch bringen. Er spekulierte darauf, dass selbst die Mönche einverstanden wären, sollten sie denn tatsächlich noch Besitzansprüche geltend machen können.

Der Beamte oder die Beamtin, um genau zu sein, war also in jedem Fall entscheidend. Genau aus diesem Grund wollte Steve ihn auch dabeihaben. Es war eine Frau. Das Wichtigste war jedoch: Greg war da gewesen. Er hatte die Werke gesichtet, er konnte berichten und überzeugen; vor allem überzeugen, meinte Steve und zwinkerte ihm verschwörerisch zu.

Dann hatte sich der große Zeiger von Gregs Bahnhofsziffernblatt über seiner Bürotür auf die Zwölf zubewegt, während der Kleine auf der Vier ruhte. Beinahe auf die Sekunde genau klopfte es, sehr energisch und deutlich. In Gregs Magengegend hatte sich schlagartig ein ungutes Gefühl ausgebreitet. Dennoch rief er in ruhigem Ton, wie beiläufig, ein „Ja, bitte?“ durch die geschlossene Tür und augenblicklich, er hatte weder wahrgenommen, dass die Klinke sich nach unten, noch dass sich die Tür überhaupt bewegte, stand sie mitten im Raum. Völlig überrumpelt sprang er auf, ohne zu denken und streckte ihr den Arm entgegen. „Green, willkom...“ Noch bevor er ihr Gesicht vollständig wahrgenommen hatte, sah er die gehäkelte Tischdecke um ihren Hals. Ihm schwante Böses, während er den Blick hob und sich dem spitzen Mausgesicht aus dem Zug gegenübersah.

Sie bleckte große Zähne mit auffällig weißem Ton, der von einem unspezifischen Grau grundiert wurde. Für ihr schmales Gesicht wirkte die weiße Wand in ihrem Mund ein Stückchen zu massiv. Das wiederum war ihm im Zug nicht aufgefallen. Wahrscheinlich hatte sie nichts zu lachen gehabt; schuldbewusst versetzte ihm der Gedanke einen Stich in die Magengegend.

Jetzt konnte er in ihrem Lächeln weder Herzlichkeit, noch Bitterkeit oder gar Erkenntnis entdecken. Es wirkte schlichtweg professionell. Mit deutlichem Druck nahm sie seine Hand entgegen, stellte sich erneut als Ursa King vor und steuerte auf den freien

Sessel zu, der in Gregs Besprechungsecke am Erkerfenster für sie bereitstand. Im Hinsetzen schaute sie hinunter auf die laternenhelle Straße vor dem Gebäude, deren Licht durch die dünne Schneedecke reflektiert wurde. Automatisch folgte er ihrem Blick und musterte die Zweige der Bäume vor seinem Fenster, die schwer an ihrer ungewohnten Last trugen. Er untersuchte den Stamm der Ahornbäume auf Riss- und Bruchspuren, konnte zwar nichts entdecken, dafür jedoch etwas anderes erkennen; dort war eine Bewegung, ganz klein nur und verdeckt hinter dem Stamm.

Da Steve bereits mitten im Gespräch mit Ms King war, riskierte er noch einige Sekunden, um vielleicht herauszufinden, was genau seine Aufmerksamkeit abgelenkt hatte; aber nichts, keine einzige Regung mehr vor dem Gebäude. Er vermutete, dass es entweder eine Sinnestäuschung oder lediglich eine schwarze Amsel gewesen war; wobei er bisher angenommen hatte, dass die Vögel nicht mehr im Halbdunkel unterwegs waren.

„Greg? Greg, du warst doch dort. Sei so freundlich und berichte von dem Klosterkeller."

Er war zwar zügig wieder bei der Sache, um nahtlos an Steves Vorlage anknüpfen zu können, ein böses Funkeln seines Freundes hatte er sich allerdings trotzdem eingefangen.

So räusperte er sich und versuchte, möglichst unbefangen zu erzählen, wie der Keller und die Bücher entdeckt worden waren; vor allem aber, warum sich nicht Norwich, sondern London nach Tathitus Log aufgemacht hatte. „Durch ein Telefonat wurden wir persönlich angesprochen, Ms King. Und viel mehr aus Gelegenheit und Neugier, als aus dem Bewusstsein heraus, einen Kulturschatz heben zu wollen, bin ich losgefahren. Sogar eher privat als dienstlich. Insgesamt habe ich erst einen sehr kleinen Teil der Sammlung überhaupt sichten können, aber feststeht: Es lohnt sich. Für einen Privatfund ist die Menge der Werke gigantisch. Und der gute Steve, Prof. Fitzsimmons hier, hat neben dem entsprechenden Know-how vor allem auch die adäquaten Ressourcen."

Später saßen sie wieder zu zweit in seinem Büro. „Wie auch immer du das immer wieder aufs Neue schaffst. Sie steht auf dich", hatte Steve sofort geurteilt; für ihn gleichermaßen Synonym und Garant für den Erfolg ihres Projektes. Er war zufrieden.

„Es ist Weihnachtspause, Kumpel. Mary würde mir den Hals umdrehen, wenn ich mit dir im Pub versacke. Aber das holen wir nach. Ich will alles hören aus dem Dorf und ... ach übrigens ..." Mit der Jacke über eineinhalb Armen drehte er sich bereits in der Tür stehend noch einmal um. „... was meinte Ms King zum Schluss eigentlich mit *Demut*?", fragte er mit gerunzelter Stirn, verschwand jedoch sogleich auf die Flure hinaus, nachdem Greg lediglich abwinkte.

Mit Denkerfalten im Gesicht, saß er nun zurückgelehnt in seinem Bürostuhl und musste schmunzeln. *Prof. Green, üben Sie sich in Demut. Andere Men-*

schen bemühen sich auch. Für sich allein genommen, hätte das alles und nichts bedeuten können. Ms Kings Abschiedsworte hingegen: „Vielen Dank, ich finde allein hinaus. Ich muss unbedingt telefonieren. Und möchte nicht stören."

Sie hatte ihn tatsächlich wiedererkannt und er fühlte sich ein ganzes Stückchen kleiner angesichts der Größe, mit welcher sie die Situation gemeistert hatte.

Gedankenverloren malte er eine stilisierte Weihnachtstanne in die Staubschicht auf seinem Tisch. Die Stille um ihn herum erinnerte ihn schmerzlich daran, dass er in einem menschenleeren Collegegebäude saß. Noch schlimmer war allerdings, dass ihn in seiner Wohnung nichts anderes erwartete.

Seufzend drehte er sich zu den Lieblingsstücken in seinem Rücken um. Nur zufällig fiel sein Blick dabei auf Steves Ledermappe, die er so achtlos auf die Fensterbank befördert hatte.

Hallo, meine kleinen Freunde, dachte er ergeben und begutachtete die gesammelten Werke hinter ihm. Wer von euch möchte mich denn heute begleiten? Kaminfeuer und ein Buch oder Kaminfeuer und ein Comic. Er spürte in sich hinein und meinte zu fühlen, dass er sich mit diesen Gedanken durchaus anfreunden konnte. Oder Kaminfeuer und einen Artikel schreiben vielleicht? Kaminfeuer und über das Kloster schreiben? Über Will? Seine Entführung? Den Missbrauch? Über den Schuss in Tathitus Log und seine Hintergründe?

Mit deutlich gehobenerer Gemütslage klappte er den Laptop zu und drehte gedanklich bereits einige

Schlüsselwörter zu einer Schlagzeile zurecht. Doch er stockte und ließ sich zurück auf seinen Stuhl sinken. Das Knacken im Treppenhaus nahm er kaum wahr.

Es steht ihm zu, hatte Jenna gesagt; der Brief von Freya, ihn persönlich zu lesen, unberührt durch fremde Hände, für die er nicht bestimmt war. *Es steht ihm zu.*

Vielleicht hatte sie recht. Sie hatten lediglich an der Hülle seiner Geschichte gekratzt, und was sie hervorgebracht hatten, war grausam. Ob er Will nun mochte oder nicht. Es steht ihm zu, dass seine Geschichte auch seine blieb. Greg horchte in sich hinein und konnte fühlen, dass er sich die Chance auf einen verdammt guten Artikel entgehen ließ. Aber er wusste auch, dass es richtig war.

Schwungvoll stand er auf und griff in der Drehung zu *Asterix im Morgenland.* Während er sich hinunterbückte, um das Heft in seinem Rucksack zu verstauen, hörte er ein Geräusch in seinem Rücken. „Steve, suchst du deine Leder..."

„Professor. Ich wusste, dass ich irgendwann Licht sehen würde."

Noch bevor Greg sich aufgerichtet und überhaupt umgedreht hatte, spürte er eine unnatürliche Hitze in sich. Dann blickte er in ein Gesicht, in dem er gerne die Beunruhigung erkannt hätte, die gerade in ihm selbst hochzusteigen begann. Was er wirklich sah, alarmierte ihn.

James lehnte mit der Schulter am Türrahmen, ein Bein angewinkelt, die Hände in den Jeanstaschen.

Mit den Handgelenken wölbte er die Collegejacke nach oben, die seinen Körper wesentlich massiger erscheinen ließ, als er tatsächlich war. Schwarze Haarsträhnen fielen ihm filzig in eine Hälfte seines schmalen Gesichts, während sie auf der anderen Seite kurzrasiert von seinem Kopf abstanden.

Greg beobachtete, wie er beinahe manisch mit dem Kopf ruckte, von oben nach unten, von rechts nach links blickte, abwechselnd die Nasenwurzel runzelte und die Stirn in Falten legte. Immer wieder rieb er die Lippen aneinander und ging mit der Zunge darüber. Er konnte sogar sehen, wie sich seine Finger in den Taschen bewegten. Alles in allem hätte er beinahe lässig wirken können, wenn nicht mit jeder Sekunde deutlicher wurde, dass er alle Mühe aufbringen musste, um überhaupt stillstehen zu können.

„James, setzen Sie sich doch. Sie sehen aus, als könnten Sie einen Tee gebrauchen", sagte Greg und wollte, möglichst geschäftig und beiläufig wirkend, den Wasserkocher in seiner Nische am Schreibtischfenster anstellen; wohl wissend, dass dieser nach so vielen Tagen der Abwesenheit garantiert leer sein dürfte. Oder dringend frischen Wassers bedurfte.

„Ich muss schnell Wasser holen, einen Augenbli..."

„Sie gehen nirgendwo hin."

James stand bereits vor ihm, bevor er sich mit dem Kocher in der Hand wieder der Tür zuwenden konnte. Nur aus den Augenwinkeln konnte Greg seine Bewegung erkennen.

Der Wasserkocher fiel ihm aus der Hand und krachte mit einem dumpfen Knall auf die Dielen. Er fühlte Wärme in der Magengegend und sah auf einen glänzend-stählernen Messergriff hinunter, der ab dem Schaft aus seinem Bauch ragte.

Wetterfahne, dachte Greg plötzlich. Das ist besser als Windrichtungsanzeiger.

4.

Liebster Will,

lerne zu kämpfen, lerne zu helfen, und nutze das eine um das andere zu verteidigen. Kannst du dich noch erinnern? Eigentlich heißt es, lerne zu verzeihen, nicht zu helfen. Das habe ich dir nie gesagt. Ich konnte es einfach nicht. Was dir angetan wurde, lässt sich nicht verzeihen. Was ich getan habe, lässt sich nicht verzeihen. Ich hätte früher einen Weg finden müssen, dich dort herauszubringen. Ich habe versagt, Will.

Und dennoch wusste ich es, dass du es schaffen würdest, dass du es schaffen würdest zu leben. Trotz allem. Ich wusste es in dem Moment, als mich deine Blicke trafen. Nachdem sie mich ... nachdem sie es mich haben fühlen lassen, wie sie es finden, was ich von ihnen hielt. Sie hatten es dir angetan, Will, dir, einem Kind. Und du hast mich so ernst und dabei so wissend gemustert, wissend und überlegen, Will, schon damals.

Ich weiß, wo du heute stehst. Ich weiß, wo du abends ausharrst, geduldig abwartest, wohin du zielst. Wirst du es wirklich tun, wenn du ihn siehst? Wenn er dir leibhaftig begegnet? Der Teufel?

Manchmal sind wir da, Sam ... Samantha und ich. Und weißt du, was ich festgestellt habe? Wenn man schon im Hintergrund ist und beobachtet, kommt man nie auf die Idee, sich umzuschauen. Du hast uns nie bemerkt und dabei konnte ich sie immer nur schwer davon abhalten, zu dir zu laufen.

In Liebe, Freya

PS: Wenn du diesen Brief liest, dann ist es bereits geschehen. Dann war es mein Urteil. Meine Erlösung.

Quellen

„Sein Gesicht war dem Himmel zugewandt, die Augenhöhlen waren leer."
vgl. Der Blindensturz, Gemälde des niederländischen Malers Pieter Bruegel des Älteren, entstanden 1568.

„Dr. Fausts Beobachtungen eines schwarzen Hundes beim Osterspaziergang ..."
vgl. Goethe, Johann Wolfgang: Faust. Der Tragödie Erster Teil. Stuttgart: Reclam, 1986, 2000. S. 34.

„Gedanklich verfolgte er ihren Weg in den Körper und beobachtete, wie sie durch die Nase in den Rachen und ..."
vgl. https://www.netdoktor.at/anatomie/bronchien-6690578. Autoren: Dr.med. Kerstin Lehermayr, Dr. med. Matthias Thalhammer (Erstautor 2009). Medizinisches Review: Dr. Ludwig Kaspar. Redaktionelle Bearbeitung: Philip Pfleger. Stand der medizinischen Information: Februar 2015. Abrufdatum: 25.02.2018.

„Er wusste, dass in solchen Augenblicken vor allem das männliche Nebennierenmark Adrenalin produzierte ..."
vgl. https://www.tagesspiegel.de/wissen/stressforschung-auf-die-adrenalin-ausschuettung-folgt-cortisol-das-uns-aufmerksam-haelt/8094122-2.html. Abrufdatum: 25.02.2018.

"A loaded gun won't set you free."
New Dawn Fades, Lied der Band „Joy Division", Sänger Ian Curtis, Album: Unknown Pleasures, veröffentlicht: 1979.

„Würde er die Ärmel seines Jacketts hochschieben, könnte er es auch daran erkennen; die Piloerektion ...“
vgl. https://medlexi.de/Piloerektion_(Gänsehaut). Aktualisiert am 7. März 2019 von Dr. med. Nonnenmacher. Abrufdatum: 25.02.2018 und 31.03.2019.

„Motorische Hyperaktivität, schnelle Pulsfrequenz, gesteigerter Blutdruck, erhöhte Körpertemperatur, hohe Atemfrequenz; die Symptome einer zentralnervösen Stimulation ...“
vgl. https://www.dhs.de/suchtstoffe-verhalten/illegale-drogen/kokain.html. Abrufdatum 25.02.2018.

„Und doch ist nie der Tod ein ganz willkommner Gast.“
Goethe, Johann Wolfgang: Faust. Der Tragödie Erster Teil. Stuttgart: Reclam, 1986, 2000. S. 45.

„Besonders Gefühle wie Freude, Schmerz und Leid sollten eigentlich ansteckend sein ...“
vgl. https://www.planet-wissen.de/natur/forschung/spiegelneuronen/index.html. Stand: 28.08.2018, 16:39. Abrufdatum: 14.10.2018.

„'Ideomotorischer Effekt; durch intensives Denken soll eine gewisse Muskelaktivierung erfolgen ...“
vgl. Stangl, W. (2019). Carpenter-Effekt. Lexikon für Psychologie und Pädagogik. https://lexikon.stangl.eu/1382/carpenter-effekt/wort. Abrufdatum: 25.02.2018.

„Asterix bei den Briten“
Goscinny, René; Uderzo, Albert: Asterix bei den Briten. Deutsche Erstauflage: 1971 bei Ehapa.

„Asterix im Morgenland“
Goscinny, René: Asterix im Morgenland. Deutsche Erstauflage: 1987 bei Ehapa.

Dank

Liebe Leserin, lieber Leser,

„Von allen Welten, die der Mensch erschaffen hat, ist die der Bücher die Gewaltigste.“ (Heinrich Heine)

Schon sehr lange begleitet sie mich, die Welt der Bücher. Für mich sind Lesen und Schreiben einige der wenigen Tätigkeiten, bei denen das Herz dem Denken überlegen ist.

Eine Buchveröffentlichung dagegen ist schwierig ohne ein gehöriges Maß an Verstand. Und deshalb bin ich sehr dankbar, dass ich das nicht allein meistern musste: Vielen Dank an Anna Helene Lemke für ihre Ideen; und weil sie mich darin bestärkt hat, zu glauben, dass es in meinem Text nicht nur Figuren, sondern Charaktere gibt. Vielen Dank an PD Dr. Mareike Menne für ihre Fähigkeiten und Vertrauen und das kostbarste aller Güter, ihre Zeit. Vielen Dank an meine besonderen Testleser und Ratgeber, ohne die kein Schriftsteller auskommen kann. Vielen Dank für die gestalterische Begleitung, die die Wirkung eines Werkes erst einzigartig macht.

Ich hoffe, dass mein Buch nicht nur die Antwort auf die Frage nach einem Mörder gibt. Die besten

Geschichten waren für mich immer die, die vor allem gezeigt haben, was passieren muss, damit es passiert.

Janne Joonsen, 2019